中国专业作家作品典藏文库

中国专业作家作品典藏文库

王棵卷

随他去吧

王棵／著

SUI
TA
QU BA

中国文史出版社

目录

随他去吧

一

对于这条车流量过大的国道，李筱清总是心生惧意。起先只是简单的生理反应，那些莽撞的汽车在她的想象中失去了控制，迎着她的视线奔扑过来，紧接着，有股冷风钻进她胸口，她被一种深邃的惊慌感扼住了。一切来得太快，去得更快！李筱清顾盼身边奔涌的车流，屏住呼吸，默诵这句话。毋庸置疑，她是因这个世界的超速运动而惊慌。

这是岁末年初的一个傍晚，李筱清坐在长途大巴上，恍惚间又被那种惊慌感扼住了。日近黄昏，阳光却格外晃眼，国道上形态各异的汽车顶上都升腾着一层反光，稀薄，恒久，虚弱无力。李筱清突然对南方的一切产生了怀疑：那个和她约好六点半见面的男人，这个约会本身，都令她觉得不可靠。到处都是骗局，昨晚她不是还从网上看到一篇色诱网友见面最后把对方抢个精光的报道吗？这个刚刚在网上认识的男人，她了解他吗？怎么能这么轻率地跑出来和

1

他约会呢？李筱清坐不下去了，快速拿出手机，给那个名叫唐洛西的男人发了个短信：我还是决定不和你见面了。信息发出后，她发现大巴已经开到他们约定见面的长安大酒店。一些男人女人正从酒店的大门进进出出，零星几个男人站在酒店门口的台阶上，或低头沉思，或向国道这边眺望。大巴一掠而过，李筱清慌忙回头，遥遥审视酒店台阶上那几个男人。她与那男人素未谋面，那么他们中的哪一个是那个名叫唐洛西的网络男子呢？或者他并没有按时站在那里吧，那里并没有一个叫作唐洛西的男人。她把头收回来，蜷进座位，感到了惆怅。前面开始塞车，大巴停了下来。一股巨大的倦意拦住了她的思绪，使她没精神下车原路返回。过了长安镇就是深圳的地界，几十分钟后，大巴将在深圳的宝安城区停下来。李筱清拿出手机，查看手机簿里的姓名。叫孙辉的男人就这样从这个庞杂的生活里跳了出来。事后李筱清回想当晚情形，免不了会这样感慨：生活基本上不是有预谋的，但更谈不上天意；有些时候，完全因为人一时的茫然失措，才使生活转瞬间流向某条支流。

在给这个同样陌生的男人打电话之前，李筱清有过片刻的犹豫。但她总得做点什么，这个念头比她心里的其他念头更尖锐，最后她还是不假深思，打通了孙辉的电话。电话里的男人很激动，仿佛他多少天来一直在等着这个从天而降的电话。你真的会过来找我吗？他难以置信。李筱清淡淡地说，你在宝安哪里？三十一区！你知道三十一区吗？怕李筱清变卦似的，他焦急起来。他这股子激动劲让李筱清很是受用。不知道，李筱清说，你告诉我怎么走吧。他大声告诉李筱清一个搭车方法，又说了一个叫雄风娱乐城的地名，定下来两个小时后在那里碰面。

李筱清把手机拿下来，扭头看窗外。阳光暗淡了些，窗玻璃上隐隐浮出她的投影。她看到自己因为那个男人的焦急而变得神采飞扬。从下午在网上约见唐洛西，到现在临时约见这另一个叫孙辉的男人，这所有的举动似乎都有些不可理喻。但作为一个三十六岁的老姑娘，她能够原谅自己突如其来的不理智。

二

那男人缩在一张椅子里，头微微向一侧肩膀侧着，整个脖子都被埋进了肩膀中间的凹处，他就这样从头至尾保持着那个坐姿，没有任何表情，紧紧盯着她这里。背景是呆板的一片漆黑。他的样子看上去萎靡不振，但又不失质朴和单纯。就李筱清的择偶观来说，质朴和单纯比优秀更有吸引力一些。是啊，一年多来，李筱清一直在忙着为自己寻找一个合适的婚嫁对象。

在到达雄风娱乐城之前，李筱清坐在车上竭力回忆孙辉照片上的样子。黑蒙蒙的背景，浮在黑色中的萎靡不振的男人，她花了很长时间才把即将出场的孙辉与那张照片对上号。她都快忘记他了。大约半年前，她深圳一个女友给她捎来这张照片，背面附着他的手机号。在六月中旬前后，她接到过这个男人不下十余条短信，以及两个电话，但她觉得对方工作不稳定，思前想后还是没同意与他见面。但这男人留给她的印象还是不错的，她不是没遇到过热情的男人，像他这样热情的男人却也少见，李筱清到现在还记得那男人给她打电话时那激动、热烈又不失诚恳的话。这么一说的话，她突然决定在这个傍晚约见这男人，也不算太失理性。

大巴在宝安汽车站停下，李筱清问了路，打了个的士直奔三十一区。的士在三十一区出口处的雄风娱乐城外面停下，李筱清边给司机付钱边往外张望，一眼就看到了站在娱乐城门口马路边的孙辉。他个子高高的，有点壮，比照片上那个不阴不阳的形象强多了，李筱清刹那间还以为认错了人。她走过去，很快感觉到一种弥漫在这个男人身上的浓重气息，在照片上，这种气息可能是萎靡不振，对应到眼前的真人，那就成了他身体里挥之不去的压抑感。李筱清突然生出某种奇怪的感觉，就是这样的：心里隐隐一沉，莫名其妙地，注意力就集中到了他身上。走到他身边，他才看到她。他笑了起来，小小的眼睛挤成一条缝。已经夜了，路灯辉映下，他的牙齿是一种纯粹的洁白。如此不加掩饰的欣喜使他身上的郁悒一扫而光，整个儿他就变成了一个阳光灿烂的男人。李筱清喝到一口热水似的，心里一下子充实了许多。他们连自我介绍都省略了，第一句交谈就是家常话。他们不约而同地问对方吃饭没有。都没吃。他建议他们去前面的湘菜馆共进晚餐。李筱清很轻松地就跟着他走。走在他身后，她注意起他的穿着。上面是一件黑夹克。李筱清一眼就看出料子不怎么好。这无疑暴露出他所处的经济层次不会太高。但在李筱清的择偶准则中，这个状态并没有被列为重点计较条目，对一个女人，尤其像李筱清这种经济条件尚可的女人来说，未来老公的品质是否纯良比什么都值得警惕；还有健康的身体，也是较为重要的。看这男人生了两条健壮修长的腿，在牛仔裤的包裹下随着他的大步迈进虎虎生风，相当养眼。李筱清习惯性地就给他打分。在她的择偶试卷上，这个男人至少也是七十五分吧。对李筱清这样长期困于结婚焦虑症的姑娘来说，通常情况下，六十分就是万岁了。

你很漂亮！

坐下来，点完了菜，孙辉给了李筱清这样一句评价。左右桌上都有人，他是小声说出这句评语的，头微微向她这边靠过去。李筱清却警惕地望着他，下意识地思忖他为什么要这样说。她看到他说完这句话后仍盯着她的眼睛，似乎在等着她对这句评价的反应。这令人觉得他很认真。他的认真使李筱清觉得那评语和虚伪一点都不沾边。李筱清不动声色地把目光放到杯子上，举杯摇了摇，冷静地喝了口水，再仰起头，与孙辉四目相对，她脸上露出因得到赞美而无法抑制的由衷微笑。

你看，你笑起来，你的嘴角翘翘的，很漂亮。你的嘴角真的很特别。我这个人怪吧，很少有人喜欢上别人的嘴角的。李筱清不无惊讶地听到了"喜欢"这两个字以无意识的方式从这个男人嘴里漏出来，她心里不由感动了一小下。孙辉还在继续说，表情一直认真，看着绝不是个油腔滑调的人。你的眼睛也漂亮啊，那么大，双眼皮。李筱清无法藏匿心里的愉悦了，她抱起双臂，微笑伫立在脸上，歪着头，专心听他说下去。在她的履历里，这么真心夸她的男人并不多见，她并不是个美貌女人，如果年龄尚小，拥有苹果般光洁饱满的皮肤和清澈明亮的目光，有人夸她美丽，她还不至于惊诧，年轻总可以替女人加分的。而现在，她已经这么大年纪了，年龄已是劣势，使她的容貌打折，她再觉得自己可以与美丽这种词汇挂钩，那就是不自量力了。但这个晚上她还是决定相信孙辉的赞美。美不仅是一种客观呈现，有时也是一种比照之后产生的落差。在她看来，这个男人觉得她美，是因为他本身相貌普通，比如他生了一双小眼，便会觉得天底下所有的双眼皮和大眼睛都是美的，他会因为自己的欠缺而忽略对方的眼袋以及隐没在眼角的鱼尾纹。并且，大概由于这个男人不佳的经济状况，像她这样衣着考究、气度不凡的女人，有时也会使他的审美观念转向形而上。

李筱清许久没有像今天这么志得意满过了。这个男人仿佛就是一道甜点，专门让她来开胃的。菜上齐了，她筷子不停，食欲真好。孙辉大部分的精力都用于关照她。上了一个新菜，他就赶紧将它移到最接近她的地方；她嘴角沾了点油，他立即扯了张面巾纸递过去。自始至终，他都望着她。好像他等了好多年了，才等到这么喜欢的女人，怕眼神一疏忽，这女人就会飞掉。他这种近乎迷恋的眼神令李筱清受用到了极点。这道甜点，真是甜得舒心爽肺，叫她里里外外都舒服得很。李筱清津津有味地品味着这个湘菜馆并不精致的食物，不免就想，是不是自己以前过于计较男人的外部条件了呢，很多虽然平庸但让女人暖心的男人都被她错过了吧？

像你这么好条件的，应该很容易找朋友的。有钱，长得漂亮。你到现在还不结婚，是因为你太挑吧？

孙辉开始表达起来，真是个直截了当的男人。很显然，在这之前，他从那个曾经试图撮合他与李筱清的介绍人那里获知了李筱清的许多情况。让李筱清感动的是，半年过去了，她这边早已将他扔到了九霄云外，如果不是因为傍晚一时无聊，她可能一辈子都再不可能与这个男人打交道，而在孙辉这里，却显然是一而再再而三地思虑过她的。李筱清抬眼向外望了望，看到饭馆门口的马路上驶过几辆巴士，不知怎的，她感觉那些车子的速度明显降了下来，令她觉得时光悠长。她望着孙辉，感觉到自己眼里溢出粼粼水光。孙辉现在开始说到了他自己，用一种分析的口吻。我就和你不一样了。

我工作不稳定，没什么存款。而且，而且我还有很多麻烦事。我跟你说出来，你肯定会介意的，不过我还是想告诉你。我离过婚，有个四岁大的儿子在老家，爷爷奶奶带着。我条件太差了，不容易找。

那种浓重的气息不知不觉又回到了他身上，李筱清整个人都被这种郁悒之气镇住了。刚才从他嘴里吐出的他的那些情况，李筱清是从不知晓的。当初介绍人并没给她讲那么细，也可能这么长时间过去，她早忘光了他的事情，她之前压根儿就没打算注意这个人的。要是她知道他这个人的境况这么困窘，打死她今晚也不会来见他。但是现在，真是很奇怪，她打心眼里排斥自己去计较他的困窘，反而感动地想：这是个多么实在的男人，他不讲这些又有什么关系呢？但他偏要讲出来。这男人难道不是太淳朴了吗？他的淳朴使他身上所有的不足都变得无关紧要。李筱清突然说出一句在这之前完全有悖于她的择偶观的话。其实，你说的这些不重要的，有些女的，是不注重这些的。你容易找的，容易的，真的，相信我，我比你更了解女人。

她简直是在向他暗示，请他不要自卑，眼前这个他觉得又漂亮又有钱的女人，他都是能配得上的，还有什么女人他配不上呢？他咬着嘴唇，眼里闪着光，直望着她，却并没有接她的话。过了一会儿，李筱清感觉到桌底下一阵响动，紧接着她的手就被一团温热的东西裹住了。他还是用那种令李筱清感动的目光凝望着她，底下握住她的手，轻轻抚着。过了会儿，他小声而清晰地说，我喜欢你，刚才在娱乐城门口猛一见到你，就喜欢你了。

李筱清越过他的头，眺望门外马路上的车子，感觉所有的车子都停住了，时光回到很多很多年以前。她有点不自在，嘴角不易觉

7

察地轻颤了一下。多少年了，她不就是在追寻这样的夜晚吗？温暖、自足，自己是一个相当重要的女人，一切围绕在她周围，她是生活的重点。她想，也许她可以在这个男人身边停下来，女人总要停下来的，这个条件并不好的男人，她可以考虑。

三

　　孙辉抢着买的单，吃过饭后他们来到马路上，胡乱走着。李筱清恢复了一切必要的矜持。他们走得很慢，孙辉不停去拉她的手。她恢复了她日常生活待人接物的正常状态，不回避，也不刻意迎合。他们就这样在路边漫无目的地散步。他跟她说了很多话，由此李筱清知道他老家是湖南衡阳的，不在衡阳市里，在下面的一个山村；年初，他受一个朋友的鼓动到深圳来打工；他结婚早，儿子已经四岁了，是个十分乖巧的小子。在他不断说着的期间，李筱清接到了下午那个叫唐洛西的男人的短信，他用简洁的话问她为什么变卦。他的简洁让李筱清觉得，她的失约对他来说无足轻重，没什么大不了的。不假思索地，李筱清就关了手机。但这个短信使她感慨起来，她想起了自己在已经过去的这个下午的冲动：有时候，她竟然会那么不知所措，进而做事有失分寸。可作为一个孤身的女人，要她时刻保持理智，她还真是做不到。

　　一种对生活的隐忧在夜色中回到了李筱清身上，使她对身边这个令她愉悦的男人恋恋不舍。他们去看了一场电影，出来后已经是十一点了。孙辉什么也不说，拉着她向三十一区方向走。李筱清已经从孙辉口中得知，他那个鼓动他来深圳的朋友在三十一区开了个

8

饭店，孙辉来这里就是在那饭店帮工，他朋友在这个城中村租了一套三室一厅的房子，加上饭店里两个伙计，四人合住着。毫无疑问，孙辉是想带李筱清去他们的出租屋。她去还是不去呢？一路上她虽然一直顺从地跟着他，但另一方面却在绞尽脑汁，盘算去或不去的利弊和对错。去的话，是不是显得也太随便了，他们毕竟今晚才认识。越来越接近三十一区了，她突然就横下心来，一心一意地跟着他去了。她有什么好考虑的呢？她这么大年纪的女人了，对性这种事并不保守。既然他们相互有感觉，她就不应该败兴。更何况，就算他们以后不会有发展，她跟他去，也只赚不亏，瞧这男人两条粗壮的长腿，看起来真的不错，堪称性感。

在孙辉狭窄的单人床上，李筱清感受到了这个叫三十一区的城中村无所不在的喧闹和杂乱。孙辉到底是结过婚的，在那种事上称得上老到。他轻柔而谨慎，用粗糙的手掌和濡湿的唇舌，爱抚她身体的每一个细部，真是太周到细致了。李筱清直到今天才发觉，自己原来也可以成为一件珍贵的器皿。而这种自我肯定全部是这个男人带给她的。她觉得自己都快要对他动情了。她听着屋外杂乱无章的市声，以及来自身体里的快乐鸣叫，暗想这可真是个不可多得的淳朴男人。最难能可贵的是，他并不急于进入她，却总将她紧紧搂在怀里，在她耳边说，让我多抱你一会儿，我想这样一直抱着你。真好！一个热衷于抱她的男人，那么，他是真的迷恋她了，甚至一见钟情。是这样吗？李筱清真的动情了，至少，在这个夜晚，她的真情已经在这个局促的房间里摇曳。她打开孙辉床头的台灯，在突如其来的强烈灯光下深深打量这个男人。他身体里一贯的抑郁此刻变成一种深沉的男性之美。他说过他二十七岁，看起来却足有三十岁的样子。可在李筱清的眼里，他还远远没有到男人的地步，算得上一个十足的男孩。他这么年轻，却给她带去足够的自足和自满。李筱清忽然感觉鼻塞。她欠起身，将头枕上他饱满紧绷的大腿，一声哽咽被她咽了下去。

你爱我吗？

深夜时分李筱清推醒睡梦中的男人，脱口向他问出这句话。这是这个城中村一天之中少有的寂静时分，她借着窗外射进来的一点亮光，逼视被她问得一脸愕然的孙辉。她自己也快被这句无厘头的问话惊住了。她显然明白，就他们目前的相识程度而言，这个提问该有多么不着边际，但她还是任由自己说出了这句话。她始终都是关心这个问题的：什么人爱着她，又有什么人是将她忽略不计的？在她生活的很多瞬间，她心里时常会涌出这样一个失常的想法：抓住她面前走过的一个男人，或者女人，问一问对方是否在意着她，这个人也许是她的熟人，也许不是。在她心里，这个夸张的想法一天比一天失控。这样一个温情弥漫的夜晚，李筱清问出这句废话，似是无意，又是有意。而这个刚刚跟她认识不到几个小时的男人，却显然被她的问题怔住了。夜的寂静使寂寞深入人心，孙辉长长地吁了口气，盯着李筱清，用一种极其严肃的口吻说，你不觉得，你现在问这个问题，太过轻率了吗？

李筱清如释重负地抱住他，开心地大笑起来。她真满意他的回答，或者说，这个男人的回答太符合她的需要了。她想她真的可以用心和他交往下去。

你很漂亮！

在她的笑声中，她再次听到这个男人对她的赞美。她很久没有享受过今晚这种彻底的愉悦了。

四

那饭店开在三十一区主街道的中间部位。起床时孙辉用目光征求过李筱清的意见。他知道这么一大早要求一个刚刚认识一晚的女人陪他去饭店上班，这是不礼貌的。他的小心翼翼却使李筱清觉得，如果她不陪他去，就有点对不起他了。李筱清虽然困得很，但仍然装着很高兴的样子对他说，没关系的，我陪你去上班。让我一个人睡你屋里，我也不敢。再说，这么早也不见得有回虎门的车。虎门就是李筱清居住的那个镇子。和这个南方城市里飞速发展的所有镇子一样，一条国道横穿整个镇子。被这条国道串起来的所有镇子的规模都堪比内地的一个小城市。

这是个小饭店，但装修还考究，充其量只能算是个特色餐馆。由这个饭店的规模可以判断，在这里负责给老板打下手的孙辉月收入不会太高。经验明确地告诉李筱清，孙辉只能算是个很普通的打工仔。不过这是李筱清预料中的。他们到饭店的时候，是早晨五点来钟，天完全暗着。客人始终很少。孙辉说，这个饭店刚刚开张，白天生意一直比较冷清，但到了晚上，吃夜宵的人比较多，才会忙碌起来，通常白天都是比较清闲的。后来天渐渐亮了，马路开始恢复车水马龙人来人往，这个城中村像每一个白天一样繁复和杂乱起来。从早晨到上午，有那么三四个小时，李筱清始终就在饭店里闲待着，但李筱清坚持让自己在这里陪孙辉，她想既然她愿意与他交往下去，就应该做一个谦和温顺的女人，更何况，她这个上午回虎门的话，也不见得有什么重要的事情可做，如果她真的是个忙碌女人的话，昨天下午她就不至于那么不知所措了。然而，在那漫长的几个小时里，李筱清终究还是郁闷了。这个孙辉还是让李筱清疑惑起来：他一直一副心事重重的样子，时而还会欲言又止；尽管他始终对她殷勤有加，但仍然无法掩饰他的魂不守舍。

李筱清坐在饭店门口的桌子边，或者有时候站到门口，回过身来打量坐在吧台里的孙辉，止不住就想，这个男人身上的郁悒之气是那么根深蒂固，尽管他有时会努力压制这种气质，但再怎么压制，也只是暂时，他这辈子都改不了他是个抑郁的男人。而且，当李筱清长久面对这个男人的阴郁，她冷不丁就会发现，这个男人其实是一个谜团。她倒吸一口冷气，暗想，孙辉真的可以给她多年挑三拣四的择偶生涯做一次稳妥的总结吗？

九点半的时候，无所事事的感觉使李筱清再也不能在饭店待下一刻，但她还愿意给孙辉机会，她走到吧台边，告诉孙辉说她出去转一转，过一会儿再过来找他。孙辉没有阻拦，但用了一种称得上依依不舍的目光凝望她。李筱清走出饭店，穿过嘈杂的马路向这个城中村的外围走。走过六七十米远，她下意识地回了回头，看到那饭店挤在一排五颜六色的店铺之间，可以被任何视线忽略的样子，渺小极了，似乎随时随地可以消失。可就是这样一个不起眼的店铺里，竟然坐着一个她试图交往下去的男人，那男人貌不惊人，没一处地方可以不被人群淹没，他们才认识十几个小时。李筱清被这些杂七杂八的念头拽住了，骤然间心就冷了下去。她惶惑地向前走了几步，再抬起头她发现周遭的一切都变得清晰起来，马路、的士、耳里塞着 MP3 嘴里啃着冰激凌的小姑娘、手机店门口拼命往行人手里塞广告的瘦小男孩、水果摊上五色缤纷的新鲜水果，生活立刻变得经脉分明。李筱清加快步走了起来，一时间她不知道自己接下来该去做什么。

她越过雄风娱乐城外面那个巨大的十字路口，向前面的一个超市走去。这中间的距离约莫有三百米。在这段路程即将结束的时候，她已经做出决定，在中午抵达之前，她要离开这里，回到她的虎门；她的生活不需要大幅度的变化，她宁可像从前那样焦虑但平静下去。她走到超市门口，正在往里进的时候，戏剧性地收到了昨天那个男人唐洛西的短信。这一次唐洛西发给她的字不再简洁，他用一种显然经过一夜深思的语气分析李筱清失约的原因，着重向她表达了他因为她的失约而产生的失落。李筱清耐心地翻看这个短信，迅速决定逗一逗这个男人。她想她绝对不会再去见任何一个男人了，至少在今天是这样。这个昨天被她否定的男人当然再不可能出现在她未来的生活里，对于这样一个几乎可以让她认为并不存在的男人，她犯不着对他客气。李筱清飞快地给唐洛西回了一个短信：我怕遇到骗子。她调皮又恶毒地跟他回答了她失约的原因。回完这个短信，她心里刚才偶然到来的那些沉重感很奇怪地就被她排空了。她面容恬静地往超市的食品区走，心想她该去买一盒巧克力带回去吃，为了减肥她已经有半年没吃过这东西了吧。她刚在那里走了几步，唐洛西的短信来了。她看都没看就把这个短信删掉了，同时不假思索就给孙辉发了个短信。我要回去了，她说。只几秒钟，孙辉的回信就来了：为什么？不为什么，她给他回道，我回去有事，我们有时间再见。孙辉说，你在哪里？已经走了，还是没走？李筱清说，马上就走。她过去买了盒巧克力，又顺带买了一双兔形拖鞋，接着就结账离开了超市。先前那个短信过去将近七八分钟后，孙辉的短信又来了。这一次，李筱清惊得差点把手里的巧克力扔到马路上。

你能借我点钱吗？我有急事，你能帮我吗？

五

叫李筱清的女人站在超市门口的马路边冷脸盯着手机屏幕，她的左前，是一座天桥，上面的栏杆被漆成黄色，让她觉得这个时代的一切东西都那么突兀，却又那么理所当然。她从袋里拿出巧克力，撕开盒子，掏出一块乳白色的心形巧克力，放在嘴里，似嚼非嚼。像不认识字了一样，她仔仔细细、反反复复翻看这条短信，玩味着它。马路上密密麻麻的车子变得模糊起来，她周遭的一切影像变得轻飘和低贱。终于，李筱清合上了手机屏幕，深吸一口气，目光立刻变得锐利了。她下意识挺了挺胸，环视周围的街景。有个男人，有个和她认识不到一天的男人，现在要跟她借钱，哈！这个男人竟然跟她借钱，他怎么能跟她借钱呢？为什么？为什么？李筱清眼前的街景随着这些质问消失殆尽，她竟流泪了。

昨夜的愉悦堪称无与伦比，此刻历历在目。孙辉认真的表情斧刻般立在她眼前。她需要给这个向她伸手借钱的男人一个回答。李筱清开始原路返回。路上掏出手机，给孙辉发短信。

你要多少？

五百。我没钱了，工资还没发，想提前订张回家的车票。

可以。我马上回饭店。

李筱清将手机丢进包里，慢条斯理地往三十一区方向走。经过

14

一间二十四小时自助银行，她顺便取了五百块钱。一路上她已经梳理好自己的情绪。事情无非两种可能：一、孙辉的确碰到了急事；二、他是个骗子。作为一个对世事通达的女人，她理性地让这两种可能性分占百分之五十。现在她可以给自己的慷慨一个理由了：假设是第一种可能，她如果不借钱给他，那不说明她太不讲情义了吗？假设可能性不幸沦落为第二种，她就把这五百块钱当作一次嫖资吧。这么多年独居下来之后，她李筱清早就不是一个喜欢作茧自缚的女人了，有一次，在朋友的鼓动下，她甚至还去过夜店。而在那种地方，男人的筹码低于八百的少之又少，如果他孙辉真愿意贱到那种程度的话，她牺牲了五百块钱换来一个美妙绝伦的夜晚就简直是太赚了，就这么简单。

　　还没到那饭店，李筱清已经把五百块钱准备好，单独放在包的一格。她打老远就冲孙辉招手，示意他出来。他脚步迟疑着，出来了。仍像先前一样，一身的郁悒，但他脸上的表情并没有不自然。李筱清二话没说，拿出钱。他颇有深意地望了她一眼，把钱装下。如她所料，他开始向她解释，吞吞吐吐，一五一十。她不动声色，任由他说下去，或不说下去。没关系，嘴长在他身上，他爱怎么说都是他的事，她无所谓。当然，他说得很多。他说他刚跟老板吵了一架，原因是老板不让他回去过年。可他跟儿子一整年没见面了，他想得慌。他觉得老板太没人情味了，还老朋友呢，过年顾客多就不让他回去。为了不让他回去，还拖着不发给他这个月的工资。

　　他说得那么多，李筱清基本上置若罔闻。但当他说到"儿子"和"家"的时候，她耳朵竖了起来，想象着他此刻急迫的心情，竟满心惆怅。瞧啊，要过年了，他如饥似渴地思念他的湖南老家、他

15

的儿子，他是那么急不可耐。这里的一切，发生过的所有事，包括昨晚与他整夜痴缠的女人，都可以在瞬间被他抛于脑后。她望着嘈杂的街路，再望望孙辉，兀自感慨万千：其实，所有人都活在自己的生活里，他自己生活里既定的一切才是最重要的；她李筱清对于这个萍水相逢的男人来说，根本是无足轻重的；昨晚她高估了自己，她从来都不是个重要的人。李筱清嘴角露出意味深长的微笑，低下头，目光盯在脚尖上，片刻之后，猛地抬头，高声说，就这样吧，我先走了。

我会还你钱的。孙辉追上前一步，试图去抓她的手，她让开了。他嘴角仓皇扭动了一下，在她身旁站定，低声这么说了一句。

似乎又觉得遗漏了什么，又补充道，我会找你的……你会再来找我吗？

李筱清挥挥手，一笑而去。从现在开始，她必须忘掉这个男人，这对她来说，应该没有难度。

六

十多分钟后，李筱清站在国道边，等待去虎门的巴士。接近正午，太阳出奇地亮，过往车辆多得惊人，在震耳欲聋的车喇叭声中，李筱清俯视自己在马路上的投影，觉得那团东西瑟缩而孤单。这条国道把附近的城市紧密连接到了一起，随便你想到珠江三角地带的哪座城市，广州、深圳、东莞、珠海，甚至去广西、福建、浙江等更远地方的长途车，都不用等几分钟，就可见到一趟直达或路过你抵达地的大巴遥遥冲过来。几乎从深圳开往全国各地的任何一趟巴士都要途经虎门，李筱清只在路边站了两三分钟，就等到一趟路过虎门的车。上了车，李筱清向着一个空位走去的途中，下意识向车窗外探看。国道边是密密麻麻的行人，他们匆匆走着，背着旅行包，不约而同地以手紧拽着包带，提防着随时可能从暗处射出的小偷，以及突如其来的飞车党。也有许多人趴在道边的围栏上东张西望。这些人大多是从贵州、广西、湖南、河南等全国各省份来深圳的外来务工人员，离春节只有半个来月的时间了，返乡的所谓民工潮已初现端倪。李筱清坐在僵冷的硬皮车座上，俯瞰从她身边掠过的芸芸众生。这国道上来去匆匆的一切竟使她产生一个错觉，恍然间她就觉得，整个世界成了过客的集市。这个颓丧的想法把李筱清惊了一下，这时她的手机又响了。李筱清第一个念头，是希望电话是孙辉打来的。打开手机一看，却又是那个唐洛西。李筱清有些失落。她踌躇着，拿不准该不该接这个电话。看样子昨天的那个约会，唐洛西是饱含期待的，或者，他欲见到李筱清本人的愿望极其迫切；也或许，她的失约激起了他一定要见到她的征服欲，不外如此，不妨看看他想说什么。

是一个喉音很重的男人，声音有些尖，听着有些童腔童调，让人觉得制造这种声音的人缺乏城府。这当然只是李筱清的主观臆断。但这个判断显然立刻左右了李筱清的思维，突如其来地，她就觉得生活刚跟她开了个玩笑：昨天，她害怕遇到骗子，在即将见到唐洛西的前一刻临阵脱逃，转而却遇到孙辉这样一个可能的骗子，是不是她昨天不该想那么多呢？如果直接去见唐洛西，就不会有现在的惆怅。大概孙辉的出现就是为了惩罚她昨天不必要的怀疑吧。生活虽然正日益变得扑朔迷离，但我们也没必要见风就是雨。

唐洛西在笑话她，当然也可以当作是一种解释，就从她刚才在超市门口那个不乏恶意的短信回复开始。我怎么可能是骗子呢？我都快给你逗死了。唐洛西真的在电话里笑了起来，像刚刚看过赵本山的小品片段。你有很多钱吗大姐？看来你看影碟比我还多啊。我打这个电话就是想告诉你，你想得太多了。你真的想得很多哦。我觉得你不是一般的有意思。

　　李筱清揣摩着这个男人的话，用直觉对自己说，昨天她是想得太多了。但这也是情有可原的，谁叫他们是网上认识的呢。她本人就是开网吧的，对网上的事情一直持怀疑态度。她认为网络的危险性至少是真实生活的三倍。虽然这么说，三天前她还是受到网络的一次蛊惑。那天晚上她突然接到一个垃圾邮件，本打算删除，但转念却打开了。接着她看到一个"天仙配"的网站，是专门给男人女人配对的。无疑是一个隐隐切中李筱清心思的网站。她当时就按照网站的指示注了册，详细登记了自己的情况、具体的择偶标准。她记得在自我情况栏她主要填了自己是单身，还配发了一张艺术照；在择偶标准上，她着重申明她要找一个与她居住地距离较近的同样单身的男人，以东莞地区为首选。在接下来的两天里，网站自动给她匹配了三位男性，而李筱清欣喜地发现，其中一位就在邻近虎门的长安镇。网站向李筱清提供了长安男子的相片。照片上的男子一表人才，凭长相就可轻松从三位男性中脱颖而出。李筱清毫不犹豫选择了他。网络的速度是惊人的，第二天，也就是昨天下午，他们就联系上了。先是在网上，用QQ，他们聊天，一聊就是三个多小时，还相互视频，在视频上，那男人已经不仅仅是长相不错了，看起来还风度翩翩，有气质就说明他内在不错。而李筱清上了视频也不错。有些人就是比较上镜。视频里的李筱清比她本人要年轻，且皮肤娇嫩。但李筱清提醒那男人说，我真人比较一般，而且老气。她当时对这个叫唐洛西的网络男人是心有期待的，出于心虚，不免给他敲了下警钟。她希望自己能和这个男人配对成功，又一个新年快到了，平时蛰伏在她身体里的结婚焦虑症再次疯狂发作。

李筱清这会儿坐在车里回想了一下，自己当时并未具体和唐洛西谈及她的经济状况。她好像还对唐洛西虚晃一招，说她几乎没什么钱的。当然，事实上，她也不算有钱人，在虎门这种地方，有钱的女人太多了，像她这种人，充其量也只是丰衣足食而已。现在李筱清就确定自己昨天下午太多疑了。但她的心情从上午到现在一直郁闷着，所以这个叫唐洛西的男人还是不能使她开心。她语气一点都不热情，对唐洛西说，你是不是骗子又怎样？现在这一点似乎不重要了。

唐洛西愣了一下，随即道，你想说什么？能不能讲清楚点？我这个人直性子，也希望你直来直去。李筱清本来想跟他说，我的意思是，你是不是骗子，现在我都没心情跟你去见面。但在她这个年纪，在男女关系上，终究是个留有余地的女人，她缓和了一下语气，说，前面是跟你开玩笑的，我怎么可能认为你是个骗子呢？再说我又不是小姑娘，你是骗子我也敢见你。是我昨晚临时有事，就没去见你。唐洛西沉默了一刹那。哦！那你现在有没有空？他这句话让李筱清凛然觉得，从昨晚到现在他一直在想着他与她见面的事，一心一意期待着得到机会与她真正见面。她的心活泛了一点。现在，也、也没什么事。唐洛西快言快语，那我们现在见个面吧，你不方便走，那就我过去，昨天就应该我去虎门见你，你非得约在长安见

19

面。李筱清一下子被激活了。还是我去见你吧，我方便，一个小时，昨天的地方见面。唐洛西说不见不散。

七

李筱清见到唐洛西的第一个想法是，视频是极具欺骗性的。她还顺理成章地想到了那些活跃在荧屏上的影视明星，在屏幕里那个美那个帅的，可到现实生活中，很可能是个干巴老头或一个黄脸婆。出现在李筱清眼前的唐洛西面色很差，晦暗而干燥，那张脸让人迅速想到枯枝败叶。他五官搭配不错，于是视频上他面部的所有缺点都被掩盖了。坐在长安酒店后面街上一个咖啡厅里，李筱清很快知道了他面色晦暗的原因。因为他的工作。一年四季，他都要熬夜，晚上做事白天睡觉。当然，也可能，他天生就是个衰脸佬。这个视频内外天壤之别的男人使李筱清有了一阵短暂的失落，但旋即她却兴奋起来。唐洛西平庸的外貌使她陡增数倍信心，她变得胸有成竹，这会儿她倒觉得，这一次，自己真的可能找对人了呢。帅哥哪个女人都想，但落到实处，大家却宁愿不要帅哥，而去找那些与自己旗鼓相当的男人。生活嘛就是这样，稳定压倒一切是战略核心，是主要行事指针。李筱清的面部表情变得坦然，举手投足深思熟虑，也因此充满了女人味，至少她是希望自己现在女人味十足的。我们离得很近。她是说长安与虎门。她一开口就给唐洛西指了一条阳光大道，如果唐洛西看中了她，并且懂得说话的奥妙，还有那个本事，他就可以顺着杆子一直爬到他们可以站到结婚礼堂的那一天。

唐洛西没有让李筱清失望，他的话一出口，她就看到了这个男人的勇敢和无畏。你比我想象的要好，他说。看来他知道自己视频内外出入太大，故而习惯于把对真人的期望降到最低。他搅了一下咖啡，用一种客观的语气，仿佛在分析着别人的事情，对李筱清说，我对你感觉不错，如果你对我感觉也不错，我们就交往。这是第一步。第二步，我们看看彼此性格上有没有什么大问题，能不能过到一起。第三步，我们就可以考虑结婚了。

李筱清全神贯注听他说话，一口咖啡徘徊在嗓子眼，都没敢咽下去，怕食道一蠕动，会漏听唐洛西惊人表达中的某一个字。这个人怎么这么坦率，她想。唐洛西还在说，情绪昂扬，为他的结婚三部曲的说法做一些必要的润色。恋爱不过是走过场，我们都这么大年纪的人了，就务实一点，直接一点，你说我说得对不对？李筱清近乎无意识地点了点头。他是说得太对了，对得那么残酷，又那么可爱。唐洛西还在语不惊人死不休。如果你对我一点感觉都没有，那我们今天喝完这个咖啡就拜拜，都再去寻寻觅觅。

李筱清什么话都说不出来了，什么话说出口都可以被唐洛西刚才那些话挡在门外。她望着唐洛西，到底还是赶上了他的思维，并因而发现了他那些话的破绽：人和人之间并不是立即可以下"是"或"不是"这种定论的，更多时候，我们都是对方的"鸡肋"，必须借助那些并不太有意义的相处来增加对彼此的兴趣、对彼此的认同；特别是男女这种事，总是需要这种心照不宣的程序，必不可少。李筱清把头低下。唐洛西却不再说那些绝对的话，他开始赞美李筱清。虽然那些赞美明显不像昨晚孙辉的赞美那么可信，让她受用，她也很容易就能从中听出他的夸张，但她还是开心起来：他乐意赞美她，就说明他是个与人为善的男人。而且他也懂事，懂得绝对的话说过之后就不要说了，后面要用和风细雨来打圆场。看来他还是一个正常的男人，只不过，他太热爱彰显自己的聪明劲罢了。

李筱清不动声色地确定了她即将对唐洛西实施的交往政策：给他机会，但她还将苦苦寻觅下去，到网上，或者借助她现实生活中的朋友，获得更多可能的婚嫁对象供她继续选择。但她表面上以一种斩钉截铁的语气，很快给了唐洛西一个答复。好啊！我们交往。按照唐洛西的政策，她的这句认可，就指向了他的结婚。在这个喜欢主导发言权的男人面前，她表面上扮演了一次被主导的角色，实际上却让自己握住了主动权，什么时候她觉得他不合适了，难道还不是她说了算？

唐洛西高兴极了。喝完咖啡以后，我带你去看我的歌厅，然后我们一起吃晚饭。再然后嘛……唐洛西脸上露出孩子气的促狭，要是你觉得我们可以定下来的话，也可以不走。我自己住，两个房间，两张床，你睡哪张床你自己决定。当然，走不走还是你自己说了算，你自己做主。就这样不好吗？

李筱清微微颔首，以示顺从。她觉得这个年龄与她相仿的男人是可爱的，这一点毋庸置疑。她愿意立刻就去看看他的歌厅，以便稍稍了解一下他的实力。她有早一点了解他的欲望。

八

唐洛西的歌厅是让李筱清失望的，也许这个男人身上无所不在的霸权感使她在见面之初认定他是个底气十足的男人，故而当她见到那个只有一个大厅没有任何包间的权作歌厅的地方时，她有种猝不及防之感。唐洛西邀她坐进歌厅，到吧台拿了瓶矿泉水给她喝。歌厅晚上营业，现在没有人，服务员都没有一个，只有李筱清和唐洛西两个人迎门坐在一张圆桌边。灯没打开，整个厅里幽暗着，外面倒是阳光明媚。看不见远处的国道，但仍然可以听到那边传来的车来人往的喧嚣，这一明一暗、一静一动的对比，让李筱清觉得流年似水。唐洛西开始讲他的创业史。同所有四十岁上下的男人一样，他的创业过程也跌宕起伏。他说到他最惨的时候，是在工厂里当钳工，最顺时他曾经拥有过一幢三星级的酒店，他一直有赔有赚，起起落落，到最后只剩下这一爿十几二十万块钱就可以盘下来的歌厅。他这个年纪，已经输不起了，打算守着这个歌厅过下去，进账不多，但利于他见好就收或改弦易辙。唐洛西的经济要比李筱清差一些。她在虎门那里，至少还有祖上给她分下来的六套出租屋，四套装修好了租出去，月月给她带来一份固定收入；另两套大的，她打通成了一大间，开了一家网吧，也是稳赚不赔。她无法排遣唐洛西给她带来的失落，决定放弃晚餐的计划，先回虎门，她要静一静。她说话是很有余地的，给了唐洛西一个滴水不漏的解释，说外地有个朋友今晚要去虎门，她要去接站。唐洛西欣然把她送走，直送到国道那里，望着她上了车。

之后的好几天，李筱清始终沉浸在一种无以言说的情绪中，说不清是沮丧还是无聊。她那些天都懒得做事，反正网吧她找了乡下一个亲戚上来帮她管理着，她多数时间也不用去。离春节越来越近了，人情往来上的事情也多了起来。她去看了一次父母，两位老人把镇上的家产——一些房子和店铺，全部分给了两个儿子和一个女儿，他们自己怕吵，在离国道较远的村子花了不多钱买了个小院子养老去了。他们见了面就围绕李筱清的大龄未婚说个没完没了，这是李筱清预料中的，也是李筱清越来越惧怕见他们的原因。李筱清还参加了多年未见的某个女友的婚礼，那女人离过两次婚，早就移民了，这次是回来向她的族人展示她的第三次结婚成果。和她一起回来的男人是个谢顶的香港男人，据说也是结过几次婚的，那男人在香港那边开巴士，很普通的香港小市民。李筱清看着这个移居香港的女友，想到当初自己也曾动过移民的念头，像她的许多女友一样，但最后还是担心自己实力不够，或者她过于传统，终究还是留在了虎门这个地方。现在她又觉得，如果当初她离开了这里，说不定今天就不会这么形单影只了。

总之随着春节的临近，李筱清的心情始终是阴郁的。唐洛西是认定李筱清已同意他了，每天都找她：吃饭，或者去他歌厅陪他上班。她都去了。在与他吃饭、陪他上班的几天里，她了解到他结过两次婚，没有孩子。他原配是前年得胃癌死了的。后面的那个女人，是他爱慕虚荣找的一个漂亮妞，那姑娘花钱如流水，一身的坏毛病，他最后忍无可忍把她休了，理所当然赔了一笔钱，这是今年年头的事。整个一年，他一直处于苦苦寻觅中，始终没找到合适的。他告诉李筱清与他有关的一切事情，想到哪里说到哪里。李筱清耐心听着，打心眼里觉得，这个男人的条件是那么的普通，是真正的"鸡肋"啊。

在这几天里，那个"天仙配"的网站又不断给她推送形神各异的男人，她偶尔也会鼓足勇气与其中的某一个联系，或许由于她的散淡不经，最终又都不了了之。无所事事的时候，她就想起了那个叫孙辉的同样普通的男人：他的小眼睛、诚恳的神情、低缓且温暖的语气、笼罩在他身上的郁悒之气，这个有点叫她拿不准的男人，他没有给过她电话，令她不由一而再再而三地确信他是个骗子，但又违心地希望他不是。有时她冒出一个让她反感的想法：主动给他打个电话，或者去三十一区找一找他，问清他到底为什么要跟她借钱。

腊月二十那天，也就是李筱清与孙辉分开整整一个星期之后，李筱清去深圳办了点事，回来的时候，车子经过了宝安。同样是傍晚，毫无征兆地，她就想起了孙辉。那时候公交车经过的地方离孙辉所在的地方肯定不足两公里。李筱清没有能力控制自己了，就这样，她坐在徐徐行进的巴士里，给孙辉发了个短信。我来宝安了，要不要我去看你？发完之后，她就后悔了，觉得自己有失自尊，简直不可理喻。

孙辉没回短信。巴士前进着，离三十一区越来越远，李筱清冲动了，拨响孙辉的手机。他不接。果然，果然啊。李筱清被一种绝望的感觉笼罩，无法控制愤怒了。黄昏如血，一切都静止在这一刻。她颤着手指，想给孙辉发去一句责问。她想了好多责问的话，比如，你到底怎么回事？你为什么要骗我？你到底是真心喜欢我还是一开始就是想着骗我的？如果你不是骗子，能不能给我一个解释？但写完后都被她删了，最后她还是字斟句酌着，发去一个颇具意味的短信。你确信再不接我申话了？

回信来了。一切似乎都如李筱清所料，却又使她生出进一步探究下去的冲动。

我在南昌，出了事，我一个家人在这里打工，给车撞了。

在南昌？他神出鬼没地就离开了深圳？李筱清悲哀地发现事情离那个她拒绝接受的可能性越来越近。她反复翻看这条短信，双目充血，最后视线停留在"一个家人"上。李筱清想，如果他说清楚是哪个具体的家人，她还真可能信了他。现在，李筱清只能觉得他一点都没有创意，排山倒海的失望涌向她，还有受辱感。但她迅速镇定了，心想她明知道没必要联系他的，那天在收到他要跟她借钱的那个短信时，她已经决定忘记这个男人了，她今天再来找他，不是自取其辱吗？巴士快速向前走着，离那个地方越来越远。李筱清静下心来坐了几分钟，拿定了主意，再不理会他，再也不要去想发生在她与他身上的那件事了。而孙辉的短信却来了，这次是一堆话。

我不敢联络你，怕你误会我，认为我是那种人。我真的不是你想的那种人，真的不是那种没有人格的人。你联系我，我才敢说了。我真的出了急事。怕解释不清楚，我招呼也没打，就离开深圳了。我不敢奢望你会原谅我，但请你相信，我是真的喜欢你，我爱你。这些天来，我一直很想你。

李筱清心情出乎意料地平静。她只看了一遍，就把头扭向窗外。她在等孙辉更多的解释，尽管她根本不把他的解释当回事。她只是突然那么渴望观看他的表演。作为一个与事件有关联的观众，观看一场演出，那也是一件有意思的事情。她想看看这个男人的演技能不能跳出俗套，如果落了俗，她就更要看扁他了。

我是真心喜欢你的。我一直想你。我爱你。

李筱清看着那个令人汗毛直竖的"我爱你"，睡意顿生。

九

唐洛西速战速决的心态是显而易见的。几乎每隔两个小时，他就会给李筱清来一个电话，不分昼夜。在电话里，叫唐洛西的鳏夫对李筱清有说不完的话，有趣的是，他从不东拉西扯，他的话题基本上都锁定在他与她的婚姻可行性上。他不停同李筱清分析，他们两个结婚的话，有什么利处，又存在哪些不足，对于这些不足，他将如何带头克服。他告诉李筱清婚姻就是那么回事，无非是找个伴，每个人都根据自身的条件找个尽可能和自己合拍的伴侣而已，而他觉得，他是相对适合李筱清的，而她，也是相对适合他的。他们当然还可以再苦苦寻觅，找到更合适的人，但那是可遇不可求的，况且时间不等人啊，再这么等下去的话，人慢慢就废了。没有绝对合适的人，我们只能找到一个相对合适、还凑合的人，找到这样一个人，就结婚算了，余下的事情就结婚之后慢慢解决。上面这句话是他的主要论点，他每次电话里都复述一遍，李筱清耳朵里都起了老茧。像第一次听到他说话那样，李筱清总觉得他说得很对，对得残酷，对得可爱。但在他条分缕析的演说中，似乎有某个根本性的问题被他忽略了。这也正是李筱清虽然几乎要被他那些长篇大论俘虏，但最终还是犹疑着没有对他松口的原因。

　　过小年这一天，李筱清在自己独居的房间里听到了一阵汽车喇叭的鸣叫。她拉开窗帘，站在透明的窗玻璃后，看到了楼下向她招手示意的唐洛西。在他的身后，是他包租的一辆现代车；他的手上，捧着很大一束玫瑰花。他类似枯枝败叶的那张脸在和煦的南国冬日里，严谨到了可爱极了的程度。李筱清清楚地听到隔着她一个小区位置的国道上传来的一声不合时宜的喧哗，这一年四季逼着她失眠的声音令她现在一分钟都不想在屋里待下去。她花了很长时间换了条上面布满花格子的羊毛裙子，披了条阔大的栗色披风，穿上她闲置了几年的一双褐色长靴，迟疑着走向早已在楼下等得不耐烦了的唐洛西。在唐洛西突然亮起来的眼神里，李筱清心里涌出一股莫可名状的伤感，她想她今天干吗要这么隆重呢？

唐洛西在长安大酒店预订了一间高级客房。这个夜晚是经过他精心计划的。像所有少小离家却永远无法忘却家乡的人一样，唐洛西还惦记着家乡的一些习俗，在他们山东老家，小年这个节日是被相当重视的。他要利用这个重要的节日来完成一次重要的仪式。唐洛西在满桌精美的菜肴前，一改往日急功近利的习性，他变得少有的含蓄。吃过饭后，他们站在窗口俯视酒店门口的国道。房间的隔音效果离奇地好，这里听不到来自外界的任何杂音，而国道上车来车往的情形竟然因此成为一道风景线。他们站在这里，像是在观看一场历史悠久的默片。唐洛西从后面准确地环住李筱清的腰，又绕上前来，嘴唇更为准确地落在她的耳际。他吮了几口，停了，蹭着李筱清的脸腮审视她的眼睛。李筱清纹丝不动。他把脸挪远，瞪着李筱清。李筱清避开他的目光。我们上床吗？他平静地问了一句。李筱清还是把头低着。她知道他对她的身体并不热衷，或者说，女人们的身体对他这样一个阅历丰富的男人来说，并不值得大惊小怪。性这种事早就变得容易了，所以他没必要被它束缚。何况李筱清并不具备令男人失去理智的身体优势。他眼下着重思量的是结婚这桩事，他的一切行动都是在为结婚的宏大目标服务。他们做爱，这意味着他的结婚三部曲的方针又前进了一步，所以，必须开始做，越快做越好。但因为这是计划中的一个小步骤，他就必须得到这计划中另一个主角的首肯，才能做做爱这件事。李筱清有点茫然。唐洛西又问了一句，要上床吗？李筱清突然来了情绪。这个男人把一切

28

透明化、公开化，摊到台面上说，在今天这种场合他也这样，这倒使她感觉到一种幽默。李筱清把手臂张开，使自己看起来像一个长年缺乏拥抱的婴儿。唐洛西默契地将她抱起来，快步走向里间的大床。

这个夜晚没什么不好的。唐洛西性能力不错。他似乎深知自己在这方面的能力，又是个习惯卖弄自己实力的人，所以这是一次扎扎实实的做爱。但李筱清却因为这过分圆满的做爱而空虚起来。她明确想到，她和唐洛西都太着急了，他们之间的所有事情，都摆不脱公事公办的无趣和刻板。她与他之间缺少了什么。深夜时她感到寂寞。她侧过身，背对身边呼吸粗重的唐洛西，数天前那个与孙辉厮守的夜晚，不驯服地跳进了这个夜晚，那个夜晚的每一个细节此际都变得那么逼真。

你很漂亮！

孙辉这句话跳动在昏暗的房间里。他细长的眼睛饱含深情，目光灼热。李筱清捂着心房瞪着回忆中的这个男人，而回忆夸大了一切美好的事情，她李筱清几乎要认为，那是她一生中最愉悦、温情、自满、自足、悠长、华美的一个夜晚了。她现在只要一想到他的声音、他任何一个举止神态，心里就止不住暖意丛生。

自从那天晚上她和孙辉重新联系上之后，孙辉开始一次又一次地给她发短信和打电话。她不接他的任何电话。她觉得自己没有什么好和他说的。她也不要听他说什么。但她控制不了孙辉的短信。那些短信一条比一条热烈。在不断企求李筱清谅解他之余，他不停地向她表白，他是多么想她，时间是个滋生爱情的东西，分别越久他越思念她；他确实是真心喜欢她的；他说他绝对是个重情义的人，他无法忘记她对他的好，如果她能够再给他一个机会，他会把她当作一件珍宝；他想和她在一起，一生一世；他爱她爱她爱她，这一切都是真的，请她一定要相信他。他还反问李筱清，如果他真的是个不讲人格的人，他干吗后面还要不停跟她解释那么多呢？

是啊！他为什么要跟她说那么多废话，偏偏从不解释为什么那么露骨地跟她借钱，难道是他觉得把这事挑明了说大家会难堪？没这么简单吧？李筱清都快被他搞迷糊了。感情上，她无法不相信他这一切都是发自肺腑的。但她却又忍不住一再提醒自己，不要相信自己的感觉，人的感觉是靠不住的。为什么孙辉非得在他们刚刚认识的时候就跟她借钱呢？这个关键点，这个孙辉总是回避解释的关键点，这个无法不使人往歪处想的关键点，这个横亘在她心里的死结，使他一切的表白，使一切的美好，都黯然失色。难道他现在这么频繁地向她示爱，不是为了下次骗她更多的钱？什么都有可能。李筱清最后想，最好的办法就是不要再理会他了。短信他爱发就发吧，他爱干吗就干吗。就算他说的一切是真的，那又怎么样呢？归根结底，一切都可以是无所谓的。

十

第二天他们起得很晚，下午唐洛西力邀李筱清去他的歌厅，还暧昧地叫她老板娘。在唐洛西看来，这个夜晚显然使事情向前迈进了一步，他变得更加胸有成竹了。在他的歌厅里，唐洛西开始第一次深入地谈起了他的事业。这一次他的说法与以前有些出入，他先前说过他会守着这个小歌厅慢慢生活下去，求稳保本；但这个下午，作为一个男人的不甘平庸的心态在他身上流露无遗。他对李筱清说，有机会的话，他一定会把这个歌厅的规模扩大，他以前干过大的，现在干这么小，太不甘心了，他心里从来都潜伏着东山再起的念头。李筱清不置可否，唐洛西的这种心态她能够理解，但那是他的事，至少现在，她还不打算让他的事与她李筱清扯上什么关系。他们坐在歌厅里说话。唐洛西大概认定李筱清是他的人了，现在他的话不再像以前那么多，但却明显更自我了，他头头是道地分析着他自己的事情，忘了作为一个绅士，应该给李筱清倒一杯水，或者去冰箱里拿一瓶别的什么饮料。李筱清感到无聊，她听得心不在焉。也不知道是怎么说到的，唐洛西突然说到了钱，好像他是在那里分析如何把歌厅做大，说着说着就说到了资金这个首要问题。那话题刚出口的时候，唐洛西应该是半真不假的。

如果你愿意给我提供一点赞助的话，我当然是求之不得啦。他这么说。

李筱清永远无法忘记她当时的反应。唐洛西这句话像有人给她捅了一刀，她身上若有若无的隐痛复发了。又是钱！又是钱！李筱清心里一迭声尖叫起来。

你说什么？

她大声问。连她自己都觉得她的声音很恐怖，她反常得过分了。

唐洛西一怔。他显然注意到了她的剧烈反应。也许他还是十分在乎那反应的，因而他有了点逆水而上的劲头；也许不是，是别的原因，鬼才知道呢，反正他接下来的一句话，让李筱清敏锐地觉得事情更严重了。

我说我要问你借点钱啊。

唐洛西笑着说，表情高深莫测。

李筱清的脸忽地冷下去。事后很久，她回想起这个下午，有时就觉得这个下午自己的表现太失态了。事实上，她完全可以装着没听见，把这个钱不钱的问题蒙混过去。也许唐洛西根本就是无心的呢？只不过她反应那么大，反而使唐洛西觉得这个女人在钱这种事上有怪癖，以至于最后把事情搞砸。但谁知道呢？谁又能说唐洛西不是有预谋的呢？那话是他深思熟虑说出来的，就算她想混都混不过去。你看！她前面有好几个晚上都在他的歌厅里陪他到很晚，他都没有对她有过任何暧昧的表示，当他真的要和她做那件事情，他还那么理智地先问好"要不要做"，他根本就对她没多大兴趣的，他看中了她的综合条件才想和她结婚，或许他就是想把她手头那点钱骗到手，最后翻脸不跟她结婚呢？什么都有可能，警惕是必要的，她没有错。

现在李筱清冷若冰霜地将头扭向屋外。唐洛西真是个喜欢主导事件发展方向的男人，他强大的表达能力再次喷射而出。

不就是跟你借点钱吗？你这么紧张干什么？如果我们结婚了，我们还不是一家人？你用你的钱支援老公的事业，有什么不合理吗？我倒不明白你为什么反应这么大，我觉得很正常啊，难道你这个人把钱看得比老公还重要吗？反过来说吧，如果我们最后没结成婚，我借你的钱自然会还给你。有什么问题吗？你这么紧张。你钱还没借给我呢，借不借你自己做主。你不借，我也不能把你怎么样，你这么激动干什么？

李筱清抖起来，一步跳离唐洛西，站到门口。她失控了。

我告诉你我为什么激动。以前就有一个男的，我才跟他认识不

32

到一天，他就开口跟我借钱，借完钱后人就不见了。我跟你认识才几天？八天？十天？这时间很长吗？我们已经是一家人了吗？你就跟我借钱。你们为什么都这么对我？难道我这个人这么差劲？我是不是丑得让人想吐？男的想跟我好，都是为了剥削我？

唐洛西一脸肃穆，五官都在往脸中心的一个地方缩，使他的脸瑟缩成一柄凶器。但他发出的声音却一反常态地温和，这温和因为对他来说不同寻常而令人费解。

哪个男人骗了你的钱？你把他和我相提并论吗？你还认识多少男人？

李筱清烦躁地说，你、你说什么啊？

我无话可说了。唐洛西冷若冰霜。

你以后别再找我了！

李筱清昏头昏脑地说出这句话，然后她自己错愕在那里。她转过身，真希望唐洛西像以前那样对她积极和主动。但这次他彻底变成了一个冷淡的人。他只是简洁地瞟了她一眼，就转身向黑漆漆的歌厅深处走去。李筱清在门口站了会儿，望着里面，她希望唐洛西回来的，人家却没有。她一个人在门口站了好几分钟，直到流下眼泪。

她相信唐洛西找她是另有所图的，否则的话，怎么只争执了两句，就不把她放在眼里了，连一点挽留的表示都没有？他一定看到她对钱的态度如此决绝，深知从她这里榨不到油水，他立刻放弃她了，绝对是这样，这个居心叵测的老男人。

李筱清听着四面八方无所不在的市声，觉得脑子都快炸掉了。最终还是镇定下来，正了正神色，头也不回地离开唐洛西的歌厅。

33

十一

　　孙辉还坚持给李筱清发短信、打电话，但没有开始那么多了。还是那些话：想她，爱她，希望他们能走到一起。李筱清不再相信孙辉。有时候，孙辉的短信来了，她看都懒得看。眼看着春节就来了，国道上更为忙碌起来，离虎门不远的一个地方，开始经常性地堵车，李筱清有时坐在出租车上，听到交通台及时不断地对司机们发布着这些消息。李筱清的母亲打来电话，问她大年三十怎么过。前面有两年她耍了脾气没和家人一起过，这回她母亲特意问一问她，是希望这次她和大家一起过。李筱清听着母亲的询问，仿佛再次走进了家人众多的场面上，众人和嘴围剿着她，令她死无葬身之地。李筱清坚定地拒绝了母亲。可是除夕之夜她该怎么过呢？去年她与家人谎称跟朋友出去玩，其实一个人窝在家里看那乏味的春节联欢晚会。腊月二十七夜里，孙辉拨响了李筱清的手机，这次李筱清爽快地接了。双方先是都不出声。

　　还是孙辉先说了。你终于肯接我电话了。李筱清恍若隔世。当孙辉的声音飘进她耳朵里，她的心一下子就化开了，挡也挡不住。我很想你。孙辉说。李筱清不说话，她觉得说什么都不必，因为她注定不会再相信孙辉。她此刻与他通话，只是纯粹地享受他的声音、他的表白带来的愉悦。她还可以在他欲言又止的声音里，回味那个悠长的夜晚，眼下这个孤单的夜晚就会变得醉人。我爱你！虽然我们才好了一晚，但离开你越久，我就越发觉得自己爱上你了。你还爱我吗？你记得你说过这句话吗？李筱清不记得她说过这句话了，逝去的那个迷人的夜晚，她有可能什么话都说得出口，现在她不要想她说过没有。你不想回答也没关系，反正我是爱你的。孙辉的声音亦远亦近。李筱清把头和手机一起沉进被子里，在一种水样温热的感觉中，昏昏睡去。

再起床后就是腊月二十八的上午了，与除夕夜仅隔一步之遥。李筱清起床后看到昨夜手机因为没关，电全没了。她走到阳台上，四下顾盼，看到左邻右舍纷纷在窗台、廊檐上挂上了灯笼和彩色链灯。不一会儿，楼下有一对男女双双走出去，女孩伸手拽了拽男孩的耳朵，男孩用力箍住女孩的腰。李筱清浑身发凉，她觉得在这个世界上，在这一刻，在她生活里的许多时候，她都是一个最不重要的人，是最可被他人、被时间忽略的人，如果有一天，她不小心煤气中毒死在屋里，兴许也要隔好多天才能被别人发现。这就是她李筱清作为一个单身大龄女人的最大悲哀，随着时间的流逝，这几乎成了她的宿命。这个上午李筱清的心情无比沉郁，她长时间站在阳台上，极目四望，后来，不可理喻地，她想起那个叫孙辉的男人来。她愣住了。就这样，她站在阳台上，无可奈何地任思念漫延她心里，思念的间隙，她又唾弃着自己。最后，她竟然生出了一个更加不可理喻的念头：去一次宝安，到孙辉原来所在的三十一区看一看。这个念头来势凶猛，锐不可当。

她几乎是跑跳着在国道上拦了一趟去往宝安西乡的车。她心情是那么的激动，竟忘了要给自己一个去三十一区的确切理由。一路上她脑海中呼啦啦显现出这样一些场面：

她来到了孙辉的饭店，远远地，她目不斜视地注视着饭店，一步一顿地向那里走去。而那个叫孙辉的男人正坐在门口的吧台边，突然看到了她。他慌忙站起来，不知所措地望着她，立刻想到该躲起来。她迅速跑上前去，挡住他的去路。你不是离开深圳回你的湖南乡下了吗？怎么你还在这里啊？我早知道你根本就没走。你不停给我打电话我就知道你没离开深圳，如果你不在深圳了，打电话不是要漫游费的吗？你那么喜欢钱，穷光蛋一个，如果离开深圳了，肯定不舍得给我打电话的。我早知道你就没走，你太低估我了，你做什么我都想得到。她就这样责问着他。

但她只是设想了一会儿，就再也想不下去了。因为她发现了自己在这个上午非得去一趟三十一区的目的：她是试图去得到一种证实，证实孙辉真的是骗了她。

可是难道孙辉仍留在那饭店就可证明他是个骗子吗？就算他不在那里了，真的回了湖南老家，这照样不降低他成为一个骗子的可能性。而且孙辉没有离开那饭店的可能性是多么的小啊，几乎所有在深圳的外来务工人员，在这个春节都回他们的老家了。那么，反过来是不是可以说，她这个上午必须去一次孙辉的饭店，就是想得到孙辉不在饭店的结果？他不在那里，于是她由此说服自己相信他不是个骗子。我的天！是这样的吗？可是，把这个"在与不在"作为一种论据，是那么的没有说服力。

结果永远是未知的。那么她还想去证实什么？什么也证实不到。

看来，她也许根本不是想去证实什么，她只是把它当作一场仪式，去一趟三十一区，从此告别什么。她看到什么，或者没看到什么，这都无所谓，重要的是，她要用这样一种形式鼓励自己告别一切。

她终于来到三十一区了，在雄风娱乐城的门口，她心惊肉跳地一步一步向三十一区深入，渐渐她的脚步慢了。她看到了饭店这边的一间电话超市，这个电话超市距离饭店四五个店铺，她再往前走一步，视线里就会出现那个饭店的广告牌。她猛地停了下来。天空也在突然间摇晃不止，天崩地裂了般。她的心脏突突疯跳起来，要从胸口跳出来。谁碰了她一下，她一个趔趄，急促地扭过身，往回狂奔起来。不要去不要去，有个声音在后面呼喝着她。

她不要看到结果，不要告别什么，也不要追寻什么，让一切都继续模糊着吧，像一团杂草，被时间烂掉，都随他去吧。她逃也似的，跳进出租车。

十二

这个旧历新年即将到来的前一天，乘坐巴士经过这条国道的人们，也许曾经见过这样一个奇怪的女人，她一个人走在国道边的人行道上，步履匆匆。她看起来三十五岁到四十岁之间，身材矮胖，五官模糊，脸上化着精致的妆容，但怎样都掩盖不了她作为一个失眠患者的憔悴，以及被时间堆积起来的落寞和神经质。她手里举着一个手机，嘴巴快速动着。看起来她是在给某个熟悉的人打电话。那是一部很漂亮的新型手机，极其适合成为那些游荡在国道上的飞车党徒们的猎物。

李筱清显然熟知国道上经年累月不断上演的这桩龌龊事。她是故意的。她故意将手机这么隆重地举在马路边，就是希望有人把它抢走。她本来不想这样的。逃离三十一区的那个上午过后，有几个小时的时间，她反复关机，将里面的那张记录着孙辉和唐洛西电话号码的手机卡取出来，试图像某个电视剧镜头上曾经出现的那样，把它扔进抽水马桶，进而使一切踪迹皆无。但她没能做到这么痛快。于是她想到了国道上越来越多的那些以抢劫为生的歹徒，她希望借助这些邪恶的力量，完成这场必要的告别。她没有记别人号码的习惯，那些刚刚认识的人的号码，她更加记不住。

很可惜，这个离除夕只剩下几个小时的白天奇怪地变得温顺起来，太阳暖在楼群中间，阳光在车与车的挤撞中调皮地跳来跳去。李筱清在人行道上兜了将近一个小时，也没能如愿。下午来了，她如期接到了孙辉的一个电话。她和他说话了，她竟嬉笑着对他说，她想他了，她还真心诚意地嘱咐他要多加保重。她觉得她说完这些话后，有种如释重负的快感。接着她还接到了唐洛西的一个电话。自从那个不欢而散的下午过后，唐洛西偶尔也会给她来电话，但明显跟她没什么话讲，让李筱清觉得，他只不过是想维持他与她的关系而已。李筱清在电话里对唐洛西说新年好。唐洛西也用他的童腔童调预祝她新春愉快。李筱清觉得她不懂这个男人。

接着是除夕夜了，叫李筱清的女人给自己洗了个热水澡，精心打扮一番，在离开房间之前，她拿出孙辉那张被她在前面的某一天翻找出来的照片，将它撕了个粉碎。几十分钟后，她出现在国道旁边某个金碧辉煌的酒店。不一会儿，一个细眉长眼的年轻男孩敲开了她的房间。我漂亮吗？李筱清眯起眼睛，媚笑着问那男孩。漂亮！姐姐太漂亮了！男孩快速应答着她。你不该这么回答我。李筱清开始诱导他，逐字逐句。男孩终于明白了这个女人想听哪几个字。

你很漂亮！

李筱清一把将他搂在怀里。

这个夜晚是奇怪的。叫李筱清的女人缓缓从手机里抽出那张电话卡，交给那个出卖色相的美貌男孩。接着下来有很长很长的一段时间，男孩嘴里衔着这张卡，让它薄而硬的边角自上而下掠过李筱清的身体。最后，在李筱清的授意下，他含着那卡，打开窗户，将卡片吐向夜空。灯火全亮起来了。李筱清抚摸着这个细眼长腿的男孩，觉得他笑容太过灿烂，动作太过专业了，如果他能够向她展示一点心里的苦闷，也许这个夜晚会迷人一些，很可惜他没有。

　　　　　　　　　　　　　　　　（原载《十月》2007 年第 1 期）

束手无策

一

有几天李筱清憋足了劲一次都没出门。之前她去了趟菜市场，买了八斤排骨，分三只方便袋装好，冻在了冰箱里。那几天，光顾她那只胃的，除了米饭，就是这三袋排骨。她通常第一天上午用砂锅把排骨熬两三个小时，当天中午和晚上就喝排骨汤；第二天，她把锅里面的红枣、土茯苓、山参之类的汤料用筷子拣净了，单将排骨挑到盘子里，塞进微波炉热一热，接着就蘸着酱油吃那些排骨。除了排骨和米饭，她后来不记得那几天还吃过什么。往常她是个注重饮食的人，并不胡乱对付自己的胃，而她对胃的态度突然变得草率，这只能说明：那几天她太没心情料理自己了。

可人是必须料理自己的，除了必须料理胃，还有其他的必须，比方讲精神状态，那似乎是更为重要的管理对象。李筱清料理精神的方式是打毛衣。她先用单股的马海毛绒线给自己打了条军绿色薄围巾，只花了半天时间，围巾就完工了，看来少女时代熟稔的活计是一辈子都生疏不了的。围巾的诞生巩固了她对针织的乐趣，接下来她翻箱倒柜把能找到的毛线统统掏了出来，千丝万缕地摆得到处都是，把屋子里弄得五颜六色，特别有动荡感。搜罗到的毛线数量尚不够织一件全袖毛衣，她就把一件十多年前打入冷宫的毛坎肩拿出来拆掉，用滚水漂洗一遍晾到阳台上，以备后用。棒针飞速穿梭，指头绕着毛线，不亦乐乎，到后来，她把自己织得高度亢奋，竟偶尔会忘记原本是以织针来慰藉自己、抵御负面情绪、打发时间的。在这个秋天，对针织的兴趣变成蓬蓬勃勃。她很快列了个大计划，要在过年前织五到八件毛衣。如果这兴趣能延续到年后，说不准她会考虑辟个门面开一间特色手工毛衣店。

自闭生活的第七天，李筱清抓着毛衣站到了穿衣镜前，指挥镜子里那个无甚姿色、略显臃肿的女人尽兴地玩了趟穿衣、脱衣秀。如此把自己折腾了一个来小时后，她决定好好犒劳一下自己。她往DVD机里塞进一张李宇春的新歌大碟，音量推足，换了套练瑜伽时穿的紧身运动衣，抚弄着屋里的电冰箱、床、五斗橱、沙发、鞋架子，大跳劲舞。跳了约莫一个小时，她大汗淋漓地奔到门背后，取了拖把开始拖地。把地拖过两遍，她又举着抹布穿行在屋子里，擦擦这个擦擦那个。有一会儿她提着扫把趴到床头的地面上，打算乘兴将乱糟糟的床底好好清理一番。床底下塞满了日常随手丢进去的东西，什么都有：塑身内衣外盒、自考教材和笔记本、肩包、股票分析资料、效果不好被弃置不用的面膜膏、早年收集的一堆磁带——那些磁带统一装在一个箱子里，竟然还摆得整整齐齐的。李筱清把它们拖到床外，忽然生出重新把玩它们的兴致。她把箱子搁在脚前面，盘腿坐着，一盒磁带一盒磁带地拔出来，仔细把玩。慢慢地，少女时代的光阴一点点地浮现出来，无可挽回地将那些被她抵制了七天的低落情绪重又唤了回来。等她意识到七天的努力全部付之一炬的时候，已于事无补了。

有一刻，她跌坐在地上，手里举着一盒费翔在国内红极一时那会儿的磁带，对着窗户外面射进来的几缕光线，审视年轻时费翔俊美、性感的笑容。她想起二十多年前，她也曾经被这个充满异国情调的偶像迷得近乎发狂，坐火车专程去别的城市看偶像演唱会的情景。一切都历历在目，而现在，早年的偶像已年近半百，英俊依旧却显然稚朴不再，她自己，也已年近不惑了。

七天前，李筱清是用对待节日的态度来准备那顿晚餐的。一大早她就出了门，精挑细选地买了足够多的菜。回来后她深吸一口气，开始打扫房间。她算是个整洁的人，但像那天那样对整理房间充满兴致，还是少见。从上午十点，到下午三点钟，她一直穿梭在屋子里大干特干，期间只吃了块榴莲，抵了午餐，当然房间最终达到了令她满意的清洁程度。她又觉得缺了点气氛，跑出去在小区入口的花店买了一大束百合，捧回来迎门插在花瓶里。四点钟，她钻进厨房，开始展示她的厨艺了。菜买得那么多，她估摸要完成晚餐前的这阵序曲，差不多需一个半小时。那么就是说，她刚把菜在餐桌上摆好，小龙正好过来。五点半，是三天前她和小龙约好的时间。李筱清是掐好了时间做菜的：菜凉了不好；小龙来了，她还在厨房里做菜，也不完美。

五点二十九分，她跑到窗口，探头向楼下窥视，没有如期看到小龙的身影。想了想还是发了个短信。她说，菜快凉了。为了表明她的期待，她在这四个字后面加了三个惊叹号，但马上又审时度势地将它们删成了一个。小龙没及时回短信，她更没有听到门外楼梯里由远及近传来的脚步声。二十分钟后，还是李筱清一个人坐在饭桌上，这时候，她的脸色阴沉了下来。在这段时间里，她快速回顾了与小龙的短暂交往史，警惕地想到某些令她绝望的可能性，譬如：小龙根本没想着要跟她交往下去，早把今天的约会忘掉了。因了这种分析，她很快愤懑了，慢慢愤懑变成了焦躁。但接近七点的时候，李筱清已完全相信小龙再不可能出现在她的生活里，并因此平心静气了。她打开电视，就着湖南台的超女节目，开始独享桌上的美食。湖南台在重播超女那场半决赛。在这场比赛中，李筱清喜欢的超女巩贺离决赛一步之遥时伤心败北。这时分巩贺正临危不乱地站在一堆复活选手间，一如既往地莞尔笑着。这女孩身上有股温和的气质，令李筱清激赏。她骨子里喜欢那些浑身散发温情的人，她觉得她自己就是那样一种人。

手机突然铃声大作，李筱清心跳加速，慌乱间抬头看到时间是七点半，低头看到手机屏上显示的是小龙的名字，脑子突然空茫了。打开手机，她听到小龙干涩的声音。他措辞小心，支支吾吾。实在不好意思，我今晚过不去了。这个话恰如李筱清所料，她屏息回答，不要紧的。小龙却换了温软的语气。怎么我说不过去，你都没有一点惊讶的？李筱清不知道要怎么回答他这句话，就沉默着，不小心深深叹了口气。这时候门外响起了敲门声，她速战速决地跟他说了声再见，关了手机跑去开门。站在门口的是小龙。他牙齿咬着下嘴唇，咻咻笑着，望着她。

叹什么气呢？现在高兴了吧？小龙嬉皮笑脸，甩掉鞋子，身子扑腾着进了屋，瞬间使寂静的屋子变得稀里哗啦。下班后几个工友非得拉我去逛街，我怕不去扫了他们的兴。哎呀累死了！

李筱清无法挽回地生气了。小龙刚才那句"我今晚上过不去了"，以及他说完这句话后明显在等待她失落反应的不良心态，令她恼火。也许小龙意在给她制造一场惊喜，但她却觉得被戏弄了。能够顺利被小龙戏弄，有一个先决条件：小龙知道她在乎他。如果她压根儿不喜欢他，他的戏弄就产生不了任何效果。他是倚仗她对他的喜爱，玩了一回小把戏。她觉得小龙这个游戏过分了，像一个穷光蛋，突然成了暴发户，那种扬扬自得的表情，特别恶劣。

小龙说，都是一起上班的嘛，人家叫去我不去不太好。累死了！呀！这么多好吃的菜，我今天真有口福。

李筱清看着小龙故作夸张地向饭桌奔过去，她脑子里出现的是一群衣着粗俗、吊儿郎当的打工仔、打工妹在街边勾肩搭背笑闹、蛇行的情景。她心想他宁可放弃与一个女人的重要约会，去和他那些俗不可耐的工厂伙伴去街上闲逛，这说明了什么？难道不是他太不把她当回事了？联想他的恶作剧，她对他恼怒透顶。但她没有发作，保持着不动声色。小龙是个什么样的人，她还不太清楚，她和他的真正交往，无非只是三天前的一次鱼水之欢，以及少得可怜的几段聊天。她不确定如果她怒形于色，他会不会拂袖而去，她还拿不准要不要马上放弃他。她一言不发地坐在沙发上看超女，任随小龙自个儿在桌上吃。他看起来那么饿，工厂的伙食无疑差极了。

小龙到底还是发觉了李筱清的冷漠。也许她的冷漠太显而易见了。吃过饭后，他不再刻意制造话题，和她远远隔着，坐在沙发两头。有一个小时，屋里只有电视里的喧嚣。李筱清用眼睛的余光看到小龙梗得硬硬的脖颈。九点来钟，他凛然站了起来，踮着脚踯躅到她面前，定立了几秒钟，而后用后脑勺对她说了句，我走了。

李筱清迫切需要弄清一件事：小龙和她交往，是感情需要，还是另有所图？她和小龙年龄悬殊，他们的关系很容易落入某种无聊的俗套。她自问是个按常规做事的女人，并不想在男女事情上闹笑话。其实一开始她就警惕地分析过这件事了，她当时的结论，是她与他不大可能落入那种俗套，原因是小龙比较普通，无论外形、气质、谈吐、文化素养，哪方面都不具备吃软饭的资本。正是认清了这一点，当初小龙在 QQ 上要求与李筱清见面时，她才坦然赴约。也正因为解除了那个包袱，她才敢于投身这一次的感情生活。她对小龙无疑是投入的，仅那顿隆重的晚餐，就说明了这个问题。

但那次令人沮丧的晚餐后，李筱清有点拿不准小龙了。她无法说服自己忽略小龙对那顿晚餐的轻视和怠慢，他在那个晚上表现出的扬扬自得，他漠视她在那顿晚餐上的精心最终决然离去，这些似乎都是那类俗套的证据。李筱清突然就看不到确切的答案了。在无法辨明真相的情况下，最好的办法是躲得远远的。她现在应该彻底和小龙断绝往来，那样的话，管他是大奸大恶、小奸小滑，或良善之辈，都跟她无关。但那个夜晚之后的几天里，李筱清惊惧地发现，理智一而再再而三地从她身上剥蚀了。

九月末的那几天里，她飞快地把毛线拉来扯去，脑子里却总是抹不去小龙的身影。她原本应该在卧室里进行她的针织工程，因为卧室里有床，她既可以躺着织，也可以在背后填一堆枕头，靠着织，那儿最适宜搞针织。但很多时候，她突然发现自己的置身之地，是

45

客厅的沙发。与此同时，她惊愕地觉察到，她热爱客厅的原因，竟是因为客厅与大门接近，而她之所以要坐在近门的地方，是因为她潜意识中一直在密切关注门外的脚步声。

她在等待小龙的脚步声，这是毫无疑问的。当然，她也在等小龙的短信或电话。有时候，当她突然意识到，她在进行这种不智的等待时，便对自己疑惧万分，进而烦躁感铺天盖地向她袭扰而来。

整整八天，李筱清手机屏上都再没出现过小龙的名字，门外楼梯间数不清的脚步，都没有在她门前停下过，更没有谁敲过她的门。第九天中午，李筱清不得不强迫自己相信，小龙再不可能与她产生瓜葛了。她从铺得到处都是的毛衣的成品、半成品和五颜六色的毛线里站起身来，去卫生间洗了把脸，决定暂时与针织生活告一段落，出去找个熟人，吃吃饭、聊聊天什么的。小龙的电话突然来了。听得出来，他是鼓足勇气的。明天你在家吗？李筱清来不及考虑什么，立刻回答，在的。小龙毫不犹豫地说，明晚超女总决赛最后一场，我们这儿看电视不方便，到你那儿去看行吗？

这是个很好的理由。他给了她一个稳妥的台阶，她能不赶紧顺着台阶爬下来吗？何况他终于主动打来电话之举，已说明他还是想和她在一起的，尽管他整整八天音讯皆无。李筱清生怕他反悔似的，急切地说，当然可以，你到时过来吃晚饭吧，边吃边看，你明天想吃什么菜？先告诉我，我好去买。突然发现了自己的积极，为了掩饰这种失态，她忙补了句，你和你工友一起来吗？几个人？还是你一个人？小龙说，就我一个。李筱清换了不以为然的语气。来之前发个短信给我，要不你去了我可能不在家，这几天我事情挺多的。

翌日傍晚时分，有脚步声在门外停了下来，敲门声响得不容置

46

疑。李筱清鱼跃着，跑去开了门，看到小龙站在那儿，像只没睡醒的狍子，一脸菜色，神情诡谲。她脑子轰地一响，白茫茫一片，刹那间什么都不记得了，智商降到零，只剩兴奋、欣喜和冲动。鬼使神差地，她看到自己两条胳膊齐伸出去，大力箍在小龙腰上。一贴上这个年轻的身体，她像条漂泊很久的船，突然间靠上岸，哪里都稳当了，充实得要命。

不知道谁更按捺不住，他们才看了十来分钟超女，就扑腾在了床上。半小时后，李筱清和小龙汗涔涔地坐回电视机前，这时她才恢复了一点理智。在超女煽情、拖沓的节目声中，李筱清不时地向小龙瞥去一眼。他的确普通，但虎头虎脑、敦敦实实，像一头骠勇得连毛孔都汩汩冒火的小牛。李筱清要求自己做一个旁观者，尽可能客观地分析小龙身上的什么东西吸引了她，使她那些天里那么魂不守舍。她最终发现，俘获她的，仅仅是那些年轻男人特有的性感。原来，她只是成了某种不能启齿的欲望的俘虏。她那几天里的惶恐不定，与其说是对小龙难以舍弃，莫如说是某种需求使她欲罢不能。

李筱清决定给小龙买套衣服。这几乎是一种本能。他们第一次在国道旁边的公车站牌下见面时，小龙寒碜的衣着就让她看不下去，当时她就恨不得立刻带他去男装专卖店，给他改头换面，只不过他们一上来就不顺畅的交往耽搁了她这个念头。现在李筱清没怎么考虑就把小龙拉到了街上。看起来小龙高兴极了。他有些怀疑又很是向往地问她，真的吗？你要给我买衣服？李筱清没吭声，心里面想，如果她高兴，没准还会给他买一双皮鞋、一些时尚金属挂饰、几条精品内裤。她兜里揣了三千块钱。虽然严格说她不算有钱，但小龙这种男孩，原本穿的都是真维斯之类平价店的折价衣服，最多三四十块一件，品味不可能刁狠，就算把他从头到脚彻底更新两三遍，撑死了也就几个小钱。

重归于好后的第二天傍晚，他们来到那个据称是全岭南地区最大的服装城。一开始他们一直在底下几层逛，这几层主要卖中低档次的杂牌服装。一定是李筱清先前说的意思是给小龙买一套衣服，于是他对这个机会特别珍惜，唯恐滥用了似的，跑东跑西一大圈，他仍然没拿定主意在哪个档上买哪件衣服。李筱清从没见过一个男性买东西那么挑三拣四，她都有点走不动了。后来小龙疲惫地扶着一家衣服档的柜台，说，累死了，你说我该买哪一件啊？有好几件我都挺喜欢的。李筱清故意踌躇了一下。不行你就买两件吧，两件上衣，两条裤子。小龙呼地收正撤开的腿，大步流星地向先前他停留时间最长的一间衣档走去。在那里，他笑逐颜开地和卖主说笑，三下五除二就要定两套衣服，一套换在身上，另一套提在手里。还买吗？离开那间衣档时，他忽然笑得腻腻地问李筱清。

这是那个晚上首次使李筱清提高警惕的一句话。她当然心里准备着在这晚充分满足小龙的购物欲，但那得是她自觉自愿的，而从小龙嘴里陡然暴露出他内心里对购物的过高期许，就使事情变了味。她心想，如果小龙心里面把她当成女友，哪怕是一个关系亲近的熟人，他就应该对她有必要的体恤，尽可能不让她花太多钱，至少他得有这份心。但现在她敏感地觉得，小龙把这次机会当成了千载难逢的大抢收了，很有点机不可失、时不再来的意思。

李筱清愣了一下。小龙要么是注意到了她这个瞬间的情绪反应，要么是他刚才说那个话前，已经准备好了下一句措辞——等李筱清

48

对他有足够的了解，发现小龙根本不是个感觉敏锐的人后，她会知道，情形属于后者——他马上说，等会儿再买的话，钱我自己来出行不？

小龙这句补充说明，比较小儿科。警惕原只是在李筱清心头晃了一晃，本可以一溜烟跑开的，现在它站定在了她身体里，就算她拳打脚踢，也不能把这玩意儿支走了。但李筱清没有说什么，她还是面不改色地做出了默许的姿态。

后面小龙上衣裤子加起来又买了五件，其中有件 T 恤，竟然是他直接请求李筱清在顶层高档服装区域买的，梦特娇，一千多块呢。除这些外，他还买了一双皮鞋、一根皮带、一条藏银项链。基本上，这次购物和李筱清先前的最大意愿吻合，但却是在她的兴致逐渐被败坏的情况下完成的。在这个与小龙交往不足半月的夜晚，李筱清发现，理智慢慢在她身体里出现了，在催逼她认真想一想和小龙的关系。

回去他们没有坐车。虎门再繁华，也就是个镇，如果没紧要事，在镇区范围内行动李筱清都选择徒步。他们沿着人行道往回走。李筱清走在小龙后面，刻意保持着距离。途中遇到小时候同村的一个阿姨，两两照面时，李筱清近乎神经质地装出了一副与小龙素不相识的样子。等那阿姨走过去，李筱清回想刚才的失常，敏锐地觉察到，就在此时，逃避小龙的决意正在她心里逐渐变硬。他们继续往前走着，她的目光咬紧小龙的背影。已经是夜里九点多钟，路灯辉映在忽宽忽窄的人行道上，树影像爬了一地的斑蝥，临街罗列的夜市上人声嘈杂，李筱清心里蓦然升出寒意。她联想着：就在稍后，她毅然和小龙一刀两断，再之后，她会怎样呢？无非是回到一个单身女人清汤挂面的生活。那是种什么样的生活呀？夜晚时刻降临的恐惧、一个接一个的梦魇、因内分泌失调而突如其来的焦灼情绪，如果她还有点儿记忆，就该醒觉，那是种多么可怕的生活。她不是早就过够这种生活了吗？

李筱清悚然放慢了脚步。那样的一番联想，是一段恶狠狠的恐吓，使她茫然了。很快她发现先前那些变硬的决心飞速软化、溃散。小龙保持着不焦不躁的速度，一直低头在她前面走着，他不是个爱说话的人。李筱清紧紧盯着他的背影。或许是路灯映照的缘故，换上新装束的小龙，与先前大不一样，跟变了个人似的。人靠衣裳马靠鞍啊，眼下的小龙竟不再普通了，看着还有了那么一点点帅气。李筱清心房猛地一热，着了魔似的，蹑着脚快步追上小龙，两手拢进他的肘窝，一不留神脑袋就搭到了他的肩膀上。新衣服与小龙男性身体的气息搅和在一起，令她头晕目眩。她不由抬头打量他，目光潦倒，可怜兮兮。他感觉到她的注视，低下头，与她四目交接。作孽啊！她清醒地感觉到心跳在加速。这么多年来，她浅浅深深地与感情这种事照会过不少次，当然清楚那是怎么回事：她对小龙是有感觉的。感觉啊，那真是要人命的东西。她该怎么办？

一个路口出现在他们眼前。过红绿灯，直着往前走，是去往小龙的工厂；顺着人行道拐弯往左，是到李筱清的住处。小龙的头抬都没抬，步速丝毫未变，笃定地拐向左去，仿佛那个去往他工厂的方向现在跟他已毫无关系。李筱清懊恼地想，他干吗不问问她，要不要让他去她那里，干吗不问她一声？

理所当然地，她什么也没能够说得出来，拖着满腹心事，随小龙走了下去。

小龙在一个规模很小的厂里打工，那厂和李筱清这里隔三条街，近得很。他是今年初离开贵州老家，出来打工的。开始他在深圳一些酒吧、饭店、大排摊促销啤酒，那活儿靠嘴皮子和笑容挣提成，他这方面的天分太少，没干下去。于是就爬上大巴沿着国道寻找要工人的厂子，在一个有上千员工的大企业，他碰了一鼻子灰，失去了信心，便听天由命地来到了虎门，不知不觉走到现在这个厂的门口，看到招工信息就进去了，侥幸从七月份干到现在。他初中毕业，在厂里又没有关系，无法胜任也没资格干轻松的工作，只能干普工。现在他上常日班，一天八小时。上班之外他除了睡觉，最喜欢的事情是去网吧。他的这些情况，是接下来的几天李筱清慢慢了解到的，当初在QQ上聊，她没留心问，他也没怎么说。当时李筱清对他只有个笼而统之的印象：二十五岁，外地人，视频里的面相比较憨厚。她要是知道他根本就是个苦力，断不会答应和他见面。在虎门这种地方，本地人几乎都是中产以上，对小龙这种身份的打工仔，最多假装用眼睛看两下，不会真正往心里去。

　　连着几天，用不着李筱清邀请或暗示，小龙傍晚一下班就必会来她这里。他骑着一辆从偷车为业的旧车贩子那里买来的自行车，每晚七点新闻联播前准时把车刹在李筱清的楼道下。一进门他的第一句话必定是，累死了，而后他叮叮咚咚脱光衣服去卫生间洗澡，洗完澡就踉踉跄跄走出来，瘫在沙发上，问李筱清要东西吃。等她把各种食物摆到他跟前，他饿鬼似的吃，手里拿着遥控器，目不转睛地不停换台。一开始李筱清对他这种一点都不把自己当外人的笃定劲很惊愕，也有一点点疑惑，很快她从中得到了享受。小龙饥渴的眼睛、嘴、身体使她洞悉：这房子里拥有可以满足他很多需要的东西，离开了这个房子，他的眼睛、嘴和身体只好流离失所，不再有着落。这让她觉得小龙是那么需要她，她由此觉出了自己的重要性，温情和惬意油然从心里升起。很多次，她捧着水杯站在一边，窥视这头狼吞虎咽的小牛，这时她觉得，她未尝不可以下定了决心和小龙交往下去。管他心里怎么想的呢，她哪里都不傻，小龙要有什么企图，也不会得逞。

但李筱清发现，她被一种新的烦躁套住了。这种烦躁有别于她单身生活里朝发夕至的那种烦躁，程度上却丝毫不亚于前者。烦躁来自她对小龙诸多习性上的看不惯。现在基本上已经和她处于半同居状态的这个人，实在是太邋遢了。只要他来这儿待着不超过半个钟头，屋里必定变得一团糟：鞋子被踢到屋心，衣服掉在地上，床单给碾得皱皱巴巴，冰箱的门时不时地大开着，布沙发上掉满了食物碎屑，大理石地板面上水汪汪的，厕所总忘了冲。李筱清不得不隔一会儿就跳起来把屋子清理一遍。另一个李筱清不能忍受的小龙的习惯，是他一刻都离不开电视。她不能理解一个二十五岁的人，又不是个小孩子，怎么会对电视有如此狂热的爱好。小龙解释道，他家里穷，在家时从来没好好看过一回电视，在现在这个厂子里，工人们看电视只能簇拥在饭堂，几十个人抢着一台电视，能称着谁的心意看吗？终于可以随心所欲地看电视，换了谁也收势不住不是？李筱清多年来过惯了清静生活，小龙身上诸如此类的陋习，使她的个人生活被很大程度地侵略了。但李筱清最烦躁的，却还不是对小龙习性上的不适应，而是来自她某种隐约的洞见：她觉得小龙是个自私自利的人。

有天晚上李筱清发现了一件特别不能理解的事。那晚睡觉前她按老习惯打算把衣服晾了，便去洗衣机里去取衣服。衣服是先前她早已放在全自动洗衣机里洗了的，里面当然是她和小龙两个人当天换下来的衣服。打开洗衣机，李筱清发觉里面只剩了她的衣服。她疑惑地跑到阳台上，看到小龙那几件已挂在晾衣绳上，不知道他什么时候晾上去的。李筱清当场就想不通了。这件事让她耿耿于怀。紧接着的第二天晚上，他们一起吃饭时，李筱清又看到了与昨晚类似的一幕：因她没来得及准备碗筷，由小龙去厨房拿，等他走出来，她看到他手上只托着一副碗筷。这两件事，李筱清都没好意思指出来，她宁可相信是小龙一时疏忽。何况这种生活上的琐事，说出来也不雅。然而再接着的一天晚上，与前日晚间完全一样的情况又发生了：小龙再次只晾了他自己的衣服。李筱清的脸再也挂不住了。什么叫以小见大？现在她从这件小事上看到一个大问题了，这问题可能出在小龙的品性上。

李筱清把正如痴如醉坐在电视机前的小龙叫到阳台上，指了指飘扬在头顶的他的袜子，又回过头来。知道我想说什么吗？小龙应付地抬了一下头，噢了一声，转身就回到电视机跟前，显然他没觉察到她的郑重，他的脑子还黏在电视屏幕那里。李筱清追到屋里，心里的想法不吐不快，她说，你干吗不把我的·起晾掉啊？都晾掉一点儿不费劲。如果你不喜欢晾衣服，你可以不干啊，到时全由我去晾好了。你把自己的单独拿出来晾掉，这样有点奇怪吧。小龙说，李云龙真野蛮。电视上正在放《亮剑》。李筱清的意思还没表达完，她一屁股在他边上坐下，语速加快了些。我怎么觉得你有点自私呢？你想想如果我把你的衣服撤出来只洗我自己的，你心里怎么想啊？

小龙咂了一下嘴。你们女人真是小心眼，累死了。李筱清忽地就烦躁了。你这个人怎么回事的？别以为我跟你说着玩的，两个人在一起，你不能只想着自己。小龙说，还让不让人看电视了？看电视看电视。李筱清大声说，你能不能有一分钟不看啊？做什么事都得有个节制。别那么自私好不好，你一来就开电视，吵死人了，我脑袋都给你搅乱套了。小龙推了一把沙发，扑腾着立起来，用这个激烈的动作喝止了李筱清。烦死了你！他喊。李筱清的火就上来了。她惯常并不是个火气大的人，可不知怎么回事，在小龙面前却那么容易上火。她飞速拿过遥控器，摁灭了电视。可还没来得及由她再说点什么，小龙已一步跳开，夺门而去。

李筱清提着遥控器一个人站在屋中央，半天没缓过劲来。过了一会儿她想，跟这个人说点事，怎么就那么费劲？慢慢地，她席地坐下，细细回想和小龙在一起的点滴。思前想后，算来算去，最后她高瞻远瞩地意识到，她和这个人在交流上存在严重障碍，很有可能，就个性而言，他们是相克的。

二

李筱清去她的四套出租房收月租，去稳定开了七年的网吧跟承包人做了每月例行的结算和交代，去转包给别人的四个电话超市和几个水果档转了几转。每个月，也就这么几件事。她通常把这些事集中到十至十五号做，不出意外，三四天就能把事办完。十月十四号李筱清把这个月的事务处理完后，下午去了趟乡下。父母年纪大了，她的兄弟姐妹们要么出了国，要么搬到了广州、深圳和东莞市里，只有她一个人还留在虎门镇上，除了她再没人更方便照看父母了。其实父母是喜欢乡下，才在乡下买地迁去安度晚年的，说实话他们过得挺优哉，身体也不错，不见得需要谁去照顾，李筱清无非是去履行一个形式而已。离开父母坐巴士回到镇上，李筱清猛地意识到，小龙这四天里没给她发过一个短信，更没给她打电话。她这几天太忙，没来得及深思这件事，现在得好好揣摩这件事了。

回头想想，四天前她似乎有点小题大做。但问题是，他俩只不过浅浅争执了两句而已，小龙怎么就因此不理她了呢？李筱清夜里躺在床上辗转反侧，长夜的幽寂摧毁了她的自信心，她最后认定，是她自作多情了。

先前她和小龙八天的互不搭理，第九天他打来电话，说要来看超女决赛直播，当时她自以为是地认为，这是他给她的台阶，但联系他接下来表现出的对电视的痴迷，那哪里是什么台阶？实际是，他就是想看超女决赛而已，哪有什么引申，他当时实在是找不到别的地方看这么重要的一场比赛了。至于他紧接着每晚过来与她厮磨，那首先是因了一个被误导的女人表现出的殷勤，更主要是源于另一种诱惑：他既然连一个电视节目的诱惑都抵挡不了，又如何能抗拒美食的诱惑？况且，她安逸的居所，那张宽度两米的席梦思大床，很容易使一个只能住集体宿舍的苦力乐不思蜀。

小龙心里老早就决定中止与她的交往了。四天前的那次争执，无非使他得到了一个坚定决心的理由，他终于给自己做了一个了结。这一次，他再不可能像上次那样回心转意了。难道不是这样的吗？

李筱清认定自己在感情这件事上犯了一次傻，而这种定论很快使她焦躁得不行。十五号，她花了一整天时间，用水和抹布来清洗屋子，要把小龙留下来的气味赶紧去除似的。她不能再像先前八天那样，被一种会将她置于被动地位的感情束缚，这是一个三十八岁的女人应有的自我保护的行事指针。幸亏涉入不算深，她得尽快让自己从这段感情中抽离出来。要是时间长了，再想抽身，可以想见，那该多难。

她心里一刻不停地警告着自己，狂乱地忙碌在屋子里。下午某个时候，她蹲在厨房里，清理洗涤槽下的污垢，竟从排水管背后看到一只螃蟹，早已烂空了，只剩了壳。肯定是哪天她做螃蟹时，不小心溜走了一只。现在这只螃蟹，严格说是小半副空壳，忽然被她扫到脚前，像一堆陈年往事，以突如其来的方式横亘在她眼前，揪住了她的心。她愣怔着，看了它一会儿，没来由就毛骨悚然。这一小团在时光中慢慢蚀掉筋肉的壳，它曾经也是个生命，张牙舞爪地在尘世里嚣张过，现在不过是块垃圾，是小得不能再小、残得不能再残的一块让人厌恶的东西。人不也一样吗？到头来都不得不被光阴消化掉，不再被他人看得见、摸得着，这一世的挣扎都再无意义，真是太可怕了。她扔掉扫把，掩着脸跑回卧室，倒在床上。

在这样一种肝肠欲断的危险时刻，小龙跑进了她的脑海，他那么年轻、有力量，那么热，像一把火，及时化解了她的恐慌。再从床上坐起来，她发现心里那些被斩断的思念，又蓬蓬勃勃地再生，长大、长高，缠得她透不过气。不错，小龙邋遢、迟钝、愚莽、来历不正，极可能根本没把她回事，但她喜欢他的样子，贪恋有男人朝夕相伴的生活，这就够了。说到底人都是轻贱的，她何必拧着那些没有意义的劲呢？为什么不可以忍辱负重，对他的缺点视而不见，忽略他可能不纯的动机，以求得一种充实的生活？她失去意识般，将手机把玩在掌心里，不知不觉摁到了信息位置，又察觉到是想给小龙发短信，颤抖着把它扔到一旁。

不！人活一口气，跟一个人在一起，心气老是不顺，这样活着非但没有意义，而且没有活着的必要。她不能那样作践自己。她要是不甘愿自暴自弃，何至于落到今天这样一种对一个苦力神魂颠倒的境地。小龙啊小龙，你算个什么玩意？李筱清必须排除一切对他的杂念，想尽办法，蹭掉那些毁人理智的念头。

一张会员卡，年初李筱清受了那个瑜伽馆的游说办的，三千多块钱呢，办完后她也没怎么去那儿练过，现在它不经意从名片夹里掉了下来。她兴冲冲地将它揣进口袋，推出助力车去了瑜伽馆。偌大的瑜伽馆，里面人满为患，与时光作战的女人真是太多了。李筱清却只在那儿练了半个晚上，没超过一个小时，就抛弃了重塑体形的宏图大志。运动这种东西，得天天练，才能长出那个兴致，偶尔去蹦跶两下，很容易叫人沮丧的。她在瑜伽馆的地板上抬了几下腿，就觉得从上到下哪儿都理不顺，浑身的筋骨僵得要命，不由分说她离开了瑜伽馆。她一个人把助力车的油门打到最小，慢悠悠骑在小车道上。夜色像一口倒扣的锅，盘踞在大街上、巷子里，人们各得其所，李筱清左顾右盼，看不清东南西北，只好朝着认定的方向走，心里告诫自己没有走错道。

她把上回剩下的那些毛线拿出来，一摸到这些东西，仿佛摸到了千丝万缕的心事，心一下子就湿了。她胡乱起了个头，发觉没想好要织个什么东西，又把它拆掉，盘着腿坐在床上，琢磨着该织点什么，最后决定织一个坐垫。在十月十六号和十七号这两天里，她除开去了趟瑜伽馆，余下的时间就是待在屋里搞编织。有时候，她也会放下手里的女红，打开电脑上会儿网。上网，这是她这几年来慢慢养成的另一个消磨时间的方式了。

十七号的黄昏，她晃进了一个不常去的聊天室。她打字不快，一般就算上了网也不太跟人聊。像往常一样，她挂在聊天室里，坐在电脑前织着坐垫，旁观着聊天室里的人来客往。大约有十几个男人过来跟她打招呼，其中有三个人和她聊了超过十句话，她把他们加进了QQ。这之后三个人中的一个，在QQ里频频给她发卡通表情，都快把她逗开心了。这个男人还很冲动，用那些动态小图案配合着文字，"大喊大叫"地要明天坐飞机来会见李筱清。她理智地请这个暂时犯了躁狂症的男人镇定点，不要想不切实际的事。那人根本不听劝，好像李筱清是他几辈子前就在等着的梦中女神，他越说越坚定，就是要来看她。在她的推诿下，后来对方认定她耍他，玩弄了他的感情，侮辱了他的人格，对她破口大骂。李筱清扔掉手里的编织活，专心和他对骂了一个小时，最后他们双双丢下几句恐吓，下线关机。

夜很深了，李筱清坐在卧室里痛斥着网络的无穷可能性，却被那人感染了躁狂症，焦灼得没办法去睡觉。六天了，小龙那边还是不曾有过动静。他真是混账透顶。可她怎么还寄希望于她的手机突然跳出小龙的名字呢？她自己难道不也是混账透顶？她心神大乱地重新登录上QQ，莫可名状地，特别希望有个好男人帮她平复心里那些邪恶的火焰。

她和一个深圳的Q友聊上了。她QQ上有几百个Q友，几年来，她不断把陌生人拖进黑名单，又不断添加新的号，将百无聊赖这种东西废物利用，为自己经营了一个虚拟却巨大的男友空间。在心神不宁的时候，这些陌生人还真的能够帮她缓解一下情绪。

那深圳人已年过半百，否则应该不会把李筱清当个宝。她把他加进QQ快一年了，从来没对他上过心，都是他每次一上线，就温情脉脉地向她问好。在这样一个深夜，这个唯一在线的男人，临时充当了李筱清的解药，她百年不遇地主动向他问好，他们一直聊到天亮。

深圳人说，他必须在第二天傍晚之前见到李筱清真人，要是不见一见，就太可惜了，他们聊得这么投机。李筱清拉开窗帘，看到晨曦下囫囵成一团的天空，不忍也无法拒绝这男人的诚挚。二十多天前，她和那个叫顾瑞龙的打工仔就是在这种长聊后见面的，现在她又要开始一次网络式俗套吗？她想了想，觉得针对她这些天的彷徨失意，这未免不是以毒攻毒的好方法。她松了口，那男人心满意足地告诉她，他的私家车明日晚间就开到虎门。

第二天到了，李筱清竟健步如飞地去了美容院做了个头，这让她再次认识到，她是多么渴望着与男人相依为命的生活。傍晚终于来了，在国道边一个五星级大酒店门口，她在他车里见到了他。他选择这个地点，显示出对虎门之行有着强烈的艳遇心。奇怪的是，深圳来的男人一反QQ上的温柔和绅士，变得很是倨傲，只不过匆匆看了李筱清一眼，他就发动车离开了酒店门口。他缓缓让车沿着国道往前开，手把着方向盘，头转来转去，似乎在找寻合适的地方停车。在一条嘈杂的小街，他临街把车停了下来，示意她跟着下车。他们在一个简陋的小排档坐下。他自作主张地给她要了碗三块五毛钱的汤粉，以回答她刚才在车上无意间说出的未吃饭的话。这顿便宜到辱没人的晚餐立刻使李筱清意识到，眼前这个半老头子没看上她。从这碗粉开始，她就开始不知所措了。她不是个没教养的女人，现在她要做的，大概就是妥善地应付好这场尴尬的会面，然后他们到彼此的生活中各就各位。

男人自己没吃，他的目光始终跳动在杂乱无章的街景间，有一会儿他说起话来。他含蓄地告诉李筱清，他是个有身份的男人，尽管生活沉闷单调，但并不轻易结交女人。他还此地无银三百两地暗示李筱清，他几天前就计划着去深圳周边的某个小镇兜一圈，散散心，恰好昨天认识了她，便顺其自然地来了，现在他心愿已遂，得在晚上十点前赶回深圳蛇口他的居所。话虽那么说，吃完粉后，他还是请李筱清上了他的车。他把车开到黑灯瞎火的郊野，关了车灯，隔着主副驾驶座之间的空隙，草草拥抱了李筱清，象征性地，却又迫不及待地，把手伸进她的衣服里，在她胸部摸了两把。

李筱清一直闭着眼睛，她惊愕的是，她在吃粉时就知道这男人在用他可笑的自命清高作践她，怎么她却没有立刻拂袖而去，竟仍然陪他到现在？真是因为她需要保持必要的礼仪吗？她的眼睛一直回避看到那半老男人的脸。那男人摆出一副施舍于人的样子，在她身上摸索时，她浑身的毛孔全部收缩。她没有得到应有的快感，来自男人的抚摸这一次变成了不折不扣的侵袭。她闭上眼睛，满心苍茫，暗忖：孤独的生活竟这么容易使人甘愿作践自己，她再也不能这么形单影只了。

男人把她送回到他们先前的约见地，车一溜烟走了。李筱清重新睁起眼，正视夜色中的各种生活布景，她发觉其实她一直没认真看过那人的脸。那张脸只在她身体外围盘旋了一下，都没进到她脑子，就被她迅速清理掉了。

十九号晚上，小龙没做任何提示，就站到了李筱清的门外。也难怪李筱清对他断不了念想，他销声匿迹的那几天，他的几件换洗衣服还晾在阳台上，他始终未过来取走。小龙今天不是来取换洗衣服的，他手里拿着一只紫罗兰色的发卡，站在李筱清突然打开的门前。他低头往里走，用发卡的末梢轻轻掸了掸李筱清的手背，一把塞到她手里，说，给你买的。这只连包装盒都没有，只盛在一只透明塑料袋里的，显然并不贵重的礼物，使李筱清认为，他是在以这种方式向她道歉。她瞬间沦陷了，记忆消失殆尽，只剩下失而复得的激动和欣喜。

她把冰箱里能吃的东西全部拿出来，兴致勃勃地给小龙做了五个菜，接着端到再次充斥了电视噪音的屋里，嘱咐小龙要把它们全部消灭掉。就像当初第一眼看到小龙，她就想给他买衣服一样，每次他一来她就想给他做饭吃，这也是种下意识的本能。小龙吃得很香，比任何时候都香，这让她觉得，离开她的这几天里，他没好好吃过一顿饭，她为此黯然。

夜里她躺在小龙的怀里，舍不得睡着。她有好多的话要讲，却什么话都不想好好讲。于是这个复合之夜她的嘴里源源不断冒出小女孩才用的语气，逗得小龙也情致高昂起来。他一改讷讷不言的风格，对她说了许多话。

小龙说这几天他过得特别惨。先是厂里不让他上常日班了，换成了三班倒，工资没加，还是八百块。他上了两天，觉得干的活没减轻，又这样没日没夜的太辛苦，就去请求把班换回来，得到的答

61

复却是，要么你就滚蛋，要么认命，你有资格挑三拣四吗？他倒没因这侮辱的话愤怒，只是客观地想一想，觉得这工作不划算，便辞工不干了。接下来他骑上自行车围着虎门转了三天，很幸运地在一家小笼包店碰到了一位已在虎门打拼了五年的老乡。老乡帮他付了包子钱，拍着胸脯向他保证找工的事他包办了。那老乡还真讲义气，隔天就通过熟人帮他联系到一份保安的工作。他去面试，竟一试就中。这个工作好多了，现在是试用期，工资跟先前在那厂子差不多，试用期一过就有一千多，最关键是现在不用干重活，只需在大门口站站，见到人询问两声，登个记什么的，比以前轻松多了。

讲完这几天的遭遇，小龙感慨万千。他说，这次找工经历给了他一个启示，那就是人挪活，树挪死。以前他太没经验了，差点淹死在那个烂厂里，以后他得聪明点。

他说着的时候，李筱清在心里自嘲地笑了。他是因了疲于奔命而没联络她啊，瞧她这些天都乱七八糟地想了些什么。这么一想，她觉得自己是个喜欢作茧自缚的女人，暗中告诫以后要心胸豁达，避免再把她和小龙的关系搞砸。她又在小龙疲惫的声音里看到他骑着自行车奔行在马路上，汗流浃背，一脸无助，而他竟用口袋里少得可怜的钱，忙里偷闲地为她买了一只发卡，可见他心里还是有她的。愧疚和怜爱感一齐涌入她心头，她用指头撵着小龙的喉结，旋又抱紧他。

小龙感慨一番后，又饶有兴趣地对自己的前途做了一些构想。他说，这一次他再不那么傻了，古话怎么说来着？眼观六路，耳听八方，对！他以后要密切留意更好的工作，一有机会就跳槽。电视上不是有句广告语吗？心有多大，天地就有多宽。他的目标要定得远一些。

李筱清听着听着，渐渐看到她心里的一个阴影抹去了。躺在他身边的这个热烘烘的人，依然在循着他原先的生活轨道给自己做着筹划，他甚至从没提过让她帮忙物色一个较好的工作，他应该知道她作为一个坐地户，这种事是不难的。这些，难道不说明他根本没把她当作一个改变命运的契机吗？换句话说，他和她在一起，并无不良企图。从一开始，他就把他们的关系定位为正常的男女关系。说到他们的交往一上来就磕磕绊绊，那也是男女交往中的正常波折，谁叫他们的个性不那么相融呢？换个思路想一下，他们的交往不畅，也不是没有她的原因，她那种无时不在的警觉心，就像一个心怀叵测的爱情的大敌，总在伺机败坏她的好事。这些念想开始还没被她完全确定，等到小龙一句话出口时，她坚信不疑了。

小龙说着说着就提到了他家里面的事，他说前一阵子老家连续下了几场暴雨，他家的房子太老，一面墙不明不白地塌掉了，他父母现在正焦头烂额筹钱补墙呢，当然这重任就转交到了他肩上。李筱清试探地对他说，要不要我帮忙？小龙马上说，不不，那可不合适。再说墙一时不补也没什么大不了的，还有两间房好的，不太影响父母的生活。他这一次拒绝得如此坚决，跟早前他在服装城的贪婪全然不一样，令李筱清略感意外，但旋即她心里面哪儿都稳妥了。她再回顾服装城的一幕，便推想，他当时的贪心，只不过是一个穿惯粗衣的人，在华衣美服突然刺亮眼睛时的本能失控吧。换了她，落在小龙那种境地，也不见得能抗拒不是？这是人所共有的弊弱之处。

李筱清在黑暗中与小龙掌心相对，真情流露地说，以后你就把我这儿当成家吧，你也可以直接搬过来住的。小龙嘿嘿一笑，小声说，你想我搬过来？李筱清用小女孩的语气说，你不想吗？小龙似调皮非调皮地说，呵，不想。李筱清愤然把手从他手里抽出来，迅速对他先前的种种不是简单盘点了一次，便觉得这个人毛病真多，连跟他说句话都那么别扭，就算他确实不想，说句"想"应应景怕什么？更何况他真的不想吗？她转身留给小龙一个后背。竟过了好几分钟，小龙才用胸脯顶了一下，叹了口气，说，我当然想啦！可现在我上班不规律了，不是每天晚上都能陪你的。李筱清警觉地从他的话中嗅出了狡黠的气味，她忙说，我可不要你陪，我是考虑你的处境，为你着想，你要不想过来就别过来。说实话我还真怕你天天过来住，我一个人住惯了。算了，你还是别过来了。小龙突然就在李筱清的机敏中败北了，他的声音变得委屈而无助。你故意气我，老是气我，你这个坏女人。跟你说话头都给你累炸了。我就要来，就要来。李筱清咧开嘴笑了，想合都合不住。她从刚才这段简单的言语交锋中，获得了一个新的启迪：小龙身上的确有很多令她反感的习性，但她先前忘了自己是个多么精明的人了，她完全有能力驾驭他呀，所以，推及与他交往这件事，她有什么好担忧的呢？放心大胆地和他好就是。尽管有了这个新的领悟，但要说李筱清已打算彻底把自己的终身全部托付给这个人，那还不至于。她单身了这么多年，哪有那么容易说跟定谁就跟定谁的。这个人还在试用期，离成为她的婚嫁对象仍相距甚远，这一点毋庸置疑。

有个远房亲戚从辽宁打电话给李筱清，说是家里有个女孩今夏刚大学毕业，在鞍山一个企业里干了几天，觉得没有前途，想到南方发展，这么着就找到了李筱清。打电话那人是李筱清母亲族系的一个表侄，东北男人性子急，他近乎哀求地大声说，如果李筱清答应帮忙，他撂下电话就去做准备，半个月之内就把女儿交到李筱清手里。

李筱清没加思索就应承了这件事。这在她是鲜有的，她历来不是个爱揽事的人。从前那些年里，对于生活硬塞到她手里的俗事，她是扔还来不及。她父亲那条线上的人，哪家都混得不错，母亲那条线就不行了。这么多年来，大概是觉得李筱清好说话，母亲那些穷亲戚哪年都不会忘记麻烦李筱清。记得有一次某个她根本没见过面的表姨家的大儿子，理直气壮打电话来跟她借钱，一开口就是两万。李筱清觉得那些千里之外的农村亲戚真是过分，他们总觉得南方遍地是金，而像李筱清这种人钱多得花不出去。对于别人，他们缺乏基本的理解能力，总是想当然地认为人家过得多么滋润，不知道人人都有一本难念的经。好在李筱清应付此类纷扰，办法多得是。对付这些莽撞又固执的人，她的智力绰绰有余。那些人根本不知道李筱清但凡遇到需要她付出的情形就需要先获得理由，算是半个金刮子，谁想占她的便宜，真是找错人了。没错，李筱清早就认定了那么一条理：这个世界是奸诈的，谁的脑子都在转，一旦你脑子停止转动一分钟，别人的手可能就伸过来了，要么是企图偷袭你的口袋，要么是想推搡你两下。你不警觉，不理智，就死路一条。因为这种固执的判定，慢慢身边的人不知不觉全和她拉开了距离。眼下她是几乎一个知心朋友都没有，她要不去找别人，便不会有人主动来找她玩。她倒不以为意。

但这一次李筱清决定改变行事风格。她凡事想在前头，尽量对生活有所部署，这次改变行事风格当然是想好了才做的。算起来她已经有好几年没像现在那么深地涉入过感情这种事了，而这一次她在感情上的被动和无助，使她觉察到人际交往的重要性。交往是把双刃剑，它给你制造麻烦的同时，也充实了你的生活，安抚了你的精神，而孤僻的生活是可怕的，它极易使人陷入某种泥淖，无法自拔。人不是在任何事上都能自救，有些事需要外力辅佐。也许生活内容丰富多彩一点，她就能减少一些神经过敏，更多地享受到和男人交往的乐趣。她是多么希望，她和小龙的交往，这一次的感情，是愉悦多于烦恼，顺利大于波折。

小龙现在上班的地方离李筱清的住处远了，骑自行车要四十多分钟，但他每天都会回到她这里来，白班他就晚上来，上夜班他白天就在她这里待着，差不多除开上班，其他时间他都在李筱清这里。他多次跟李筱清说，他是个恋家的人。李筱清有时候想，这个人其实也蛮不错的，不抽烟，不喝酒，也不在外面惹是生非，比那些吃喝嫖赌包二奶样样不缺的本地男人好多了。他身上最大的毛病，除了保留着一个山区男人草率的生活习性外，就是不爱直抒胸臆，时不时地就冒出点让她不舒服的小阴谋、小自私、小倔强，那大概是因为他来自穷山恶水，总生活在社会的最底层，不慎养成的坏意识，都是可以慢慢扭转过来的吧。

李筱清那几天总在想，是不是自己出面去帮小龙找找熟人，物色个好一点的工作，比方说，当个保管员，在办公室里打个杂什么的。这些工作接触面不一样，对小龙的前途影响好一些，也能改变一下他的气质。但她还是打消了那个念头。一来她现在还不想与小龙弄得那么相濡以沫，二来她心里有底，觉得在小龙的生存问题上，

66

她什么时候都能帮得上他，现在他对手头的工作满意，工作上心态良好，她没有插手于此的必要。

十月下旬那几天，李筱清体会到一种她等待多年的充实生活。因了小龙的每日陪伴，和她心里对小龙的认可，她的生活突然就规律了，那些独身生活中每晚必至的梦魇变成了过去式。她睡得好，白天精力充沛，就开始筹划着开发一些新的生财之道。那段时间她在网上发现了一些编织论坛，在那里混了几回，倏然生出一个模糊的新奇想法：是不是可以在手工编织上念念生意经？这个思路很快被她否决了：没有可行性。做生意切忌用个人兴趣做指针，她差点被自己的编织趣味坑了。那么她该对下一步的理财做些什么新的筹划呢？想来想去还是没想到新意。她能做的，无非是多摆几个档口或门市，此外顺着整个国家的可怕的购房狂潮，盲从地囤钱买房出租，炒炒股，买买基金什么的。所有的生财之道几乎都索然无味，要是她能找到一种能让她享乐其中的经营方式，那有多好。

在那几天里，她还对减肥充满了兴致和信心，近乎每天都抽出两个小时去瑜伽馆。成效是卓著的，一个星期她就减了六斤。她一时兴起，暗中跟自己较起劲来，计划着用半年的时间塑造出一副妙曼身姿。夜里小龙感觉到了她体形的改善，行动上倍加勤奋，这使她倍受鼓舞。

他们的第三次争执，发生在十一月三号。这一次在规模上大大超过前两次，完全可以用大吵一场来形容。那天晚上小龙不值班，而她刚好这两天帮那个东北远亲的女孩安排了一个很不错的工作，亲眼看着那女孩兴高采烈地报到上班，她因而特别有成就感，便心血来潮地想带他去吃顿海鲜大餐。小龙当然高兴，对于美食，他总趋之若鹜。正当他们准备出门，他却提请李筱清略微修正就餐方案。他这个人有点喜欢抬杠，主意如果不是他自己想出来的，他一准会提反对意见。你跟他说，你可以过来住，他偏说不；你叫他去吃海鲜，他心里却在打别的主意了。李筱清已经了解他这个毛病，便说那由你决定去哪里吃。小龙踌躇了一下说，要不，我们别出去了吧，替你省点钱，你就在家做呗，行不行？李筱清原是想感受一下两人在外面吃饭的气氛，再说了，她再喜欢做饭，天天做也是会腻的。他这么一否定，仿佛兜头给她浇了一桶水。好在她习惯了小龙的这种小顽劣，便由了他，在家随便做点东西吃了。接下来发生的情况，就有点鸡零狗碎了。吃完饭两个人在沙发上看电视，小龙忽然给李筱清做起加减法来。他说，你给我一百块钱吧。

小龙现在偶尔会跟李筱清要点钱，不多，通常也就百十来块。这件事起头是李筱清主动。他工资那么低，还要定额每月给家里寄五百块钱，手头太紧了，她如果不适当给点资助，他简直没法过下去。她给过两次后，第三次小龙就自己要了。李筱清在这方面是拎得清的，他又没要多，所以她不会认为这样一种索要，有什么不好的深意。她相反认为小龙对她有了依赖感，这就跟儿子会向母亲、弟弟会向姐姐要零用钱是一个道理，说明小龙没把她当外人。事实上，不算今晚这次，她也就是给过小龙四次钱，加起来没超过四百块。在这方面李筱清宠着小龙，每次上街都会顺便给他带回一点生活必需品：一双袜子、一只电动剃须刀、一个 MP3。这两天她甚至规划着在收支正常的情况下，给他买一只新款的诺基亚手机，他现在这只手机太破了。

小龙振振有词地说，本来你要请我海鲜的，一顿海鲜少说也得两百块钱。我为你省了两百块，问你要一百，不算多吧，嘿！李筱清听罢立刻坐正了身体，瞪了小龙一眼。小龙没有觉察到她已经开始神经过敏了，他终究不是个感觉敏锐的人。他还在顺着先前的意思念叨，很有点不达目的不罢休的劲儿，也许他觉得这是个好玩的语言游戏。你瞪我干什么？他摇头摆脑地说，我还少要了一百呢，你说是不是？李筱清再次瞪了他一眼，说，行了，别跟我扯这道无聊的数学题了。

这怎么能是无聊呢？上床前小龙还抱定那个话题不想作罢，他拦着李筱清往枕头倒去的头颈，不让她睡下去。嘻！你还欠我一百块钱呢，再不给我，我就鄙视你。李筱清轰地甩开他的手。与此同时她感觉到有种厌恶感在心里升起，来势汹汹，无法自抑。她由表及里地迅速总结出小龙身上一种可怕的劣根：这个人骨子里特别小农意识。她胸膛大起大落，厉声说，你要不讲那么多废话，我二话不说就给你了。你那么一说我觉得你这个人有问题。你能不能不打这种小算盘啊？眼睛睁大了看看，这里不是你的山区老家！从她嘴里流出的话，一针见血，越来越刻薄，她无法收势，只能任由它管涌而出。有个声音一直在她身体里发号施令：改造他，改造他。她必须设法将他身上的所有小毛小病除掉，否则他们的生活永远危机四伏。这些天她始终在设法帮他改掉一些痼癖，却收效甚微，本来她心里就对此心存不满，渐至沮丧，现在她要把满腔怨愤一泄如注。

小龙却喝止了她。有完没完？说话别那么难听好不好？累不累的你？不给就不给，我又不计较那么多。李筱清脾气早已顺势扩大，现在谁也无法使她闭嘴，她自己都没意识到，腿已经抬起来了，将小龙踢到床下。你不要脸！她喊道。小龙一骨碌从地上爬起来，难以置信地坐在地上瞪着李筱清。你说什么？我说你不要脸。李筱清这么一说过后，猛然发觉这句脱口而出的无心之语竟理顺了她的思路。她想难道不是吗，有骨气的人谁会问别人要钱？先前她还理解了这个值得深思的事点，真是给他弄昏头了。这么一想过后，他身上的一切缺点全部在瞬间堆积到她面前，轰然扩大、引申，不可饶恕，前面那几天的平静甚至和谐顿然变得可疑，再一瞬间过后，小龙马上成了一堆臭狗屎。她重复道，你就是不要脸，不要脸。小龙砰地站起身。你混蛋！你个臭女人！神经病！他避之不及地摔门而去。

这一次只过了一天，小龙就敲响了李筱清的门。而李筱清却还像上两次一样，正坠身于一种焦躁的情绪中。一如往常那样的情绪更新速度，这一天她正对小龙恨之入骨，对他们之前的感情充满了恐惧。她正在想，事实一再证明，她和他是不适合的，她再不能把这段感情拖下去了，得快刀斩乱麻，否则后头够她受的。他不过是个苦力，一个苦力，一个一身坏毛病的苦力。她怎么就那么蠢，那么没用，竟被这样一个乱糟糟的人控制住了？他就是一头无法驯养的野牛，坏习性已经深到骨髓里，她原先还自以为能驾驭他，太不自量力了。她必须强迫自己跟他一刀两断，就算他后面再苦口婆心、死缠烂打，她都要无动于衷。她绝不可以让自己再纠缠不清，使未来坠入心力交瘁的可怕境地。

她就这么狂躁不堪地对自己提出诘问、自问自答，疯狂地命令着自己，门外的脚步声响了，毫不犹豫地在她门口止住。她的心跳停顿，意识停止了前行，她绝望地感觉到自己哪儿都不敢动，怕一动就错过小龙第一声的敲门声。敲门声理所当然地响了起来。她看到自己就要跃出去的脚。可她不能去开的呀。不！绝不能开！她飞快地踮起脚尖，跑进卧室，气喘吁吁地坐到床上。旁边有一团毛线，她一把将它抓过来，拉出线头飞速把自己两只脚紧紧缠住，又两手交错着，狂乱地往手上绕毛线，不一会儿把两只手也缠得服服帖帖。她终于放心了，蜷身躺倒下去，大气不敢喘一下，聆听着仍然执着的敲门声，直到它沮丧地熄灭。

第二天晚上小龙又回来了。他站在门口，敲着门的同时给李筱清打电话。别闹了，老这样闹有意思吗？快把门打开。李筱清的情绪正好更新到了自我谴责的进度，小龙才敲两下门，话才说了一句，她就开了门。小龙平静地走进来，从她身边走过去，一开口就问她有没有东西吃。她如鬼附体，给他端出一碗老鸭汤。小龙边喝边道，他不会计较她那些伤他的话，因为他想通了，她人是很好的，最大的毛病就是特别情绪化，刀子嘴豆腐心。以后不管她怎么情绪反复无常、乱发脾气，他都不会往心里去，都当没听见。他是男的，不跟女人一般见识。他那么沉着冷静，让李筱清哑口无言。她想这个人兴许是她的天敌。

三

李筱清认真做了一次反思，认为小龙那天的话不无道理。他作为一个与她亲近的人，应该容易发觉她个性上的缺陷。她的个性是有缺陷的，哪个人的个性都有缺陷，这个道理不容置疑。她如今性格上最大的问题可能就是小龙说的：特别情绪化。究其成因，一定跟她的长期单身有关。太过漫长的独居生活，养成了她特别自我的个性，当这样一次同居生活突然到来，她一时无法适应。她自问少女时代是个温婉的女生，可不知怎么回事，到了近年她变得越来越反复无常，极容易失去理智。这是精神病的前兆吗？如果她单身一辈子，结局是不是只能成为一个精神病患者？变成大马路上那些衣衫褴褛、一脸污垢的疯子中的一个，不知羞耻地向每一个路人傻笑？单身生活这么可怕的呀。这些联想之后，她有如惊弓之鸟，夜不能寐。她想她必须用最虔诚的态度来对待面前这份感情了。

她忖度，既然她自己的个性也是有问题的，那么就不能把他们交往的不顺全归结到小龙那一头。小龙固然不是个优质的、心地纯良的男人，但扪心自问，她自己斤斤计较、狷介狭隘，难道是什么好东西？大家都半斤八两，就不要总是理直气壮地挑别人的毛病。人和人在一起，就是个性和个性挤到一个席子上，要想抱成一团，就必须把容易伤及对方的棱角抹掉。可是，话虽这么说，人是那么容易改变自己的吗？理性是一回事，行动又是另一回事。李筱清就像了解这个混乱的社会一样，了解自己的理性思维能力和混乱的行动规律。她深知，她不可能改到能对小龙的毛病视而不见的地步，生活是细节的，随时随地，她都可能因他的一小个问题大发雷霆。

她该怎么办？既无法舍弃小龙，又深知与小龙在一起的生活并不是她真正喜欢的，处于这种宿命的两难境地，她该如何是好？李筱清糊涂了，没有了方向感，只能变得浑浑噩噩。

整个十一月，莫名其妙地，她对编织生出了前所未有的巨大兴趣。她注册了多个网名，去任何一个她用搜索引擎搜索到的编织论坛，把她近些天编织的作品用数码相机拍下来，发到论坛上去，供编织迷们品评，当然她自己也认真斟酌言词，对织友的作品发表看法。短短一个月的时间，她结交了全国各地无数织友。这些志趣相投的人，令她享受了别样的生活趣味。这段不期而遇的编织经历，竟使她洞见到一个新的生活天地。因了对编织的狂热，她对感情生活的专注相应减少，歪打正着地，她和小龙竟一个月没有磕碰过一次。

话说回来，他们这个月平安无事也跟小龙的忙碌有关。进入十一月后，小龙报名参加了一个培训班，学习调酒。既要上班，又要去学习，他回来的时间其实挺少的。

小龙说，他的性格挺适合当个调酒师的。不过他去学习调酒显然不是为了安抚自己的兴趣，说到底出发点还是生计。他看清了，要在这个社会上立足，如果没有学历，就要有技术，他过年就二十六岁，学历是不可能有了，唯一的出路就是学技术。他相信自己最终能当一个很好的调酒师，挣钱养活自己、养活别人。心有多大，天地就有多宽啊，只要他努力，肯定会成功的。他信心十足地跟李筱清举例说，那个帮他找工的老乡有个朋友，最初跟他在一个厂子里搬货，后来人家看准了写作兴许会发家致富，便夜以继日地给《家庭》啦、《知音》啦这些杂志写稿，开始两年一个稿子都不中，但他持之以恒，慢慢就知道怎么编故事了，便稿费滚滚。后来他还写小说、散文，竟成了一个名扬岭南的作家，把老婆孩子的户口全迁到广东来了，经常耀武扬威去给周边一些学校讲课。那个人初中还没毕业呢，小龙说。言下之意，我至少初中毕业了，只要肯吃苦，没有什么实现不了的。

他的这些自我设计使李筱清想到，这个人尽管身份低微，但不失为一个有上进心的人。她由此对他增加了一些认同。但有时候他在说着他那些事情的时候，她又觉得他们的生活轨迹大相径庭、格格不入。她早就脱离了这种低层次的生活钻营，准确说她根本不曾触碰过这种境遇，她所靠近的生活，早已在小龙所处的那个层面之上。她有时会忧伤地想，小龙的存在，使她的生活变得鸡零狗碎了。她仍然没有想好，要不要在心里完全接纳小龙，与他共度此生。她拿不定这个主意，彷徨其中。

在十一月份，李筱清的生活里还多了一个玩伴，就是那个刚从东北转战南方的女孩。人的一生中，会阶段性地出现某个伙伴，在他出现前，你根本不知道世上有这个人；当他从你的生活中隐去，你再也不会刻意去记得他，这大概就是玩伴的定义。李筱清现在的这个玩伴叫虹虹，二十三岁，大学里学的是经济管理，眼下她在李筱清帮她安排进去的一个合资企业当文员。刚来虎门，她还没有稳定、丰富的生活圈子，李筱清作为她的远房亲戚，算是她在虎门的唯一亲人了，便理所当然地成为她的交往重点。李筱清当然不是个爱跟无关紧要的人打成一片的人，但由于虹虹找她找得勤，她便也偶尔和她去街上，做个脸，购个物什么的。她一般不带虹虹来家里，是怕让虹虹撞见小龙在她那里。她始终没有确定要不要把小龙列为婚嫁对象，所以就杜绝让认识她的人洞见她和小龙的关系。她这个年纪，得时刻留心人们的嘴型。

虹虹长得说漂亮不漂亮，说难看又一点都不，基本上是那种仗着年轻打扮两下也能引人注目的女孩。她有着一个乡村佼佼者的足够的自负和聪慧，又像多数穷苦百姓家的孩子那样务实和精明，作为一个首次远离家乡的孩子，她也有一定的防范意识，但说实话在李筱清看来，这女孩还是挺无知的。

虹虹的无知体现为她在认识自身魅力的错位上。来南方不几天，她就跟李筱清说，她以前在家时老觉得自己长得不好看，来广东后她才知道原来自己是好看的。为什么呢？她解释说，她几乎每天都能得到好几句赞美她容貌的话。李筱清心想，这个女孩根本就不知道，广东人对美的理解是很宽容的，他们见了一份盒饭，在菜市场上面对一根黄瓜，都有可能由衷地夸赞说，这个饭很靓的哦，黄瓜真漂亮啊，对虹虹这个年纪的女孩，他们不可能不说她是靓女。李筱清想，大概虹虹所在的东北，大家都太内敛了，不爱赞美别人，于是弄得这个可怜的女孩在扑面而来的夸赞声中晕掉了。也许等虹虹人老珠黄时会为二十三岁那年秋天的高估自己而尴尬，但现在她只能误以为自己是个蛮好看的女孩。现在她无疑是以美女的身份来面对世界的，在李筱清和她有限的几次闲聊中，她总免不了沾沾自喜地告诉李筱清：她看出来了，那个台商对她有意思；她办公室里的湖北男孩想追求她，但总磨不开面子开口向她提出来；她老板的一个同学有包她做二奶的意思。当然，她又自作聪明地申明，他们都小看她了，她谁都没看上，她也不是个乱七八糟的人，她如意郎君的形象还未在脑中成形，但可以确定不是他们中的任何一个。

李筱清听着这女孩自说自话，心中感慨万千，她想：年轻真好，可以沉迷于幻觉中乐得连做梦都会笑出声来；可年轻又是多么可怕呀，它只能使人游离在生活的外围和表面。李筱清庆幸自己已经度过了青涩年华，却又为自己没有年轻的心态因而再无法天真地面对情感而暗自伤怀。有一天傍晚她在去瑜伽馆的路上停了下来，把助力车撑在马路边上，面朝马路方面愣住了神。她看到大小不一、样色各异的车奔行在路上，前面慢后面也慢；前面换快挡，后面也跟着加快速度；停车时小心谨慎地靠到路边，超车时拐上快车道。车子们以它们的井然有序使李筱清看到了人生的单调和呆板。她推及自己，心想假如她是个随波逐流、稀里糊涂的人就好了，可惜啊，她从来不是，以前不是，现在和以后更不可能是。她还在权衡她和小龙的感情，在那里优柔寡断。她的脑子都快因这些整日整夜的愁绪炸掉了。

他们又大吵了一回，这次李筱清还浑身战栗地摔碎了她的玻璃水杯。看起来小龙已经对再一次的干仗抱有充分的心理准备，对这种事也有了经验，他一点都不恼，也没有火上浇油。他任由玻璃的碎片淌得满地都是，端坐在电脑前上他的网，身子一动不动，嘴上一句牢骚都没有。处于疯狂状态的李筱清因为他的不应战而惊愕地发现：她和小龙之所以能维持到今天，一个重大的原因，竟是他的百折不挠——每次他们的关系明明已经崩裂了，他最终还是顽强地，几乎是忍辱负重地，站到了她面前，续上他们的交往神话。如果李筱清之前的生活中也曾出现过一个耐性如此强猛的人，或许她早就嫁出去了。现在小龙的这种顽强已经到了百毒不侵的地步，任由李筱清狂狷躁乱，他自岿然不动。这是否预示着，以后不管她怎么闹，他们都散不了伙？李筱清因了这个设问对未来充满惶恐，却又暗生坦然。接下来她的狂狷就完全是一种惯性了，是纯粹的发泄，甚至是对某种新奇快感的下意识体验。她奋力拉倒小龙屁股下的座椅，骑到应声倒地的小龙身上，手脚并用着狂扯乱踢。小龙力大无比，呼地将她抱起来，扔到床上。在李筱清的狂吼乱叫中，这个顽固的男人用身体的重量牢牢控制住她，阻止着事态的扩展。他紧紧扣住她的手，将她撑成一个大字，头颈抵住她的胸腔，他们像两棵合欢树遒劲地胶着在一起，一动不动。后来李筱清自动平息了，她听到一些呜咽声从她的喉咙里游出来。她哭着，细声细气地说，我要咬死你。一会儿她又说，我不怪你，只恨我自己，我恨我。她就这样絮叨着哭着，停不下来。在那一天，小龙受了她的感染，竟也流泪了。他说，我们不要吵了行不行？为什么你总是那么喜欢吵架呢？为什么？你累不累啊？我真搞不懂你这是为了什么。你到底为了什么啊？李筱清没有搭理他，她的心因了对这份感情的无奈和失措，都快碎了。

在其后的一天他们竟如胶似漆。那天夜里李筱清咬着小龙的耳朵问了一个特别正经的问题。她的声音与一个撒娇的小女孩无异，是小女孩中最年幼的那种，几乎是个未断奶的孩子，她就那样挤出一副细嗓门，细若游丝却又铿锵有力地问小龙，你爱我吗？小龙说，那你爱我吗？她说你先说，小龙说你先说。她说我先问的凭什么我先说，小龙说，分什么先问后问，先问的就不能先说吗？你这个人真累。她感觉到火气似乎又要在心里升起，但她猛力呼出一口气，那团火打着呼哨嚣叫着跑开了。一种新的体验诞生了，她为自己终于获得了一种宠辱不惊的能力，为他们能够在一件琐事面前避离战争而暗自庆幸。她听到自己的声音仍然孱弱，这种做作欲的存在表明她还在兴奋状态。

小龙到底爱不爱她呢？这样吧，把要求放低一个层次，这么问：他喜不喜欢她的呢？看来这种答案她是找不到了，就算小龙是喜欢她的，爱她的，她也无法从他口中套出实话，他这种把向别人示爱都会当成巨大付出的人，是绝不会告诉她这句话的。李筱清再也不要妄图改造他了，谁也改造不了谁。

可有些时候，那个问题还是令她揪心，她很有一种不弄个水落石出誓不罢休的劲。既然没法从当事人口中套出真实答案，她能做的就是运用自己的脑子了。一个人的时候，她凝神坐在那里，盯着某件家具眼珠子就不动了，她想，小龙这样的人，或许从来都没考虑过爱与不爱的问题。在他二十五年的人生中，他时刻都需要惦记着吃饭、穿衣、为家里盖房子诸如此类的问题，哪里有什么精力去为感情这种事劳心费神呢？他们认识之初，他就马上流连于她的家，一个重要的原因，应是贪图她这里的安逸吧。而人与人之间终究会生出情愫的，慢慢他习惯了与她在一起的生活，对这种丰衣足食的生活有了依赖，于是她再想赶他都赶不走了。

但是小龙到底喜不喜欢她的呢？尽管他自己不去想这个问题，可说到底喜不喜欢跟你想没想过无关，那是种自发的感觉。她回顾小龙最初与她在一起的点滴，一个眼神，不经意间的某个动作，再联系她后来怎么触怒他他都不为所动的情况，便想，他对她有多喜欢那肯定谈不上，但显然他是不排斥她的。不过也许后来小龙真的喜欢上她了呢，她记得很多次，当她模仿小女孩的声音与他嬉闹的时候，他吱吱乐个不停，那种笑声很明显是发自内心的，这就说明，她身上有一些令他快乐的东西，那种快乐的产生，难道不是喜欢的一种呈现？

她就这样为那个问题费了很久的神，却其实还是没有找到确切答案。而答案重不重要呢？或许重要，或许不重要吧。有时候李筱清忽然很忧伤，她觉得自己依然是孤独的，即便是有一个男人朝夕相伴的现在。那是种空茫的、寥落的、两脚踩空的感觉，时不常地遨游在她心里，令她束手无策。她隐约觉得，她最需要的，似乎还不是一个男人的固定陪伴，而是某个更为艰深的东西。她需要的很多。

李筱清出于一种宣泄的无奈需要，把小龙带给她的苦恼告诉了虹虹，告诉完她就后悔了，她是在向虹虹求助吗？这个世上，除了她自己，谁有能力帮她扫除内心的垃圾，虹虹这种涉世未深的小女孩，能帮得了她什么？说不准还会坏了她的大事。果然麻烦就来了，虹虹开始以一种救助者的姿态不断给李筱清发安慰她的短信，一下班就打电话给李筱清，问需不需要她过去陪一陪。李筱清把她和小龙的事情告诉虹虹，原本只是为说而说罢了，现在虹虹的两肋插刀带给李筱清的，只能是骚扰。她无法制止这种善意的骚扰，便利用它。

她请虹虹吃了顿饭，叫小龙作陪。旁观者清，李筱清想通过虹虹的眼睛，来得出一个结论：小龙到底是个什么样的人，他们究竟合不合适。吃饭的地点是虹虹定的，东北菜馆。在那家风味纯正的东北菜馆里，虹虹俨然回到了家乡，一副当家做主的热闹劲。她摆明了是来为李筱清伸张正义的，一上来就喝令小龙给在座的两位女士倒茶。小龙先给她倒了，她马上把他骂了个狗血喷头，指出他应该先给李筱清倒，年长者为尊呀。吃饺子的时候，虹虹大声批评小龙吃得不对，要他蘸着醋吃。而后她又嘲笑小龙不敢吃生蒜，说他这样子一点都不像个男人。一个初次见面的女孩对他如此颐指气使，

79

小龙竟一点都没有恼。李筱清看到他突然变成了唯唯诺诺的人，像一个足不出户的乡下老汉突然遇见了他们的乡长，那种老实、憨厚、乖顺的样子，可笑又可爱得让人心疼，时不常地，她看到他向虹虹傻傻地笑，又向她投来求助的目光。李筱清吃惊地想，难道因为他们同样来自乡村，作为乡村佼佼者的虹虹对用什么方法制服小龙这样的人了如指掌？这么一想，李筱清就觉得虹虹是小龙的天敌，而小龙竟是她的天敌啊。再一想，她又觉得她超于虹虹的智力，又使她可以隐蔽地成为虹虹的天敌。他们三个人，竟组成了一条完整的食物链。要是他们能组成一个家庭就好了，三足鼎立，互为钳制，一定歌舞升平，呵！李筱清被自己的无厘头逗乐了。这顿饭吃得真开心，她好久没这么轻松愉悦过了。

再和虹虹单独在一起时，虹虹很负责任地把她对小龙的观感告诉了李筱清。她说，这个男的傻乎乎的，老实得要命，你没看他看你的眼神吗？多依赖啊。你那么有钱，又有气质，温柔、贤惠，我是个男的一定娶你做老婆。他不可能不爱你的。他二十五岁吗？我怎么看他像三十五。

李筱清觉得她找虹虹来当参谋，还真找对人了。她自己太聪明了，虹虹用简化法看待世事的那股拙劲，恰又是李筱清现在需要的。看来天真并非一无是处，很多时候，它给予人天不怕地不怕的勇气，使人充满自信和力量。

虹虹说完了对小龙的观感，就给李筱清提建议了。她说，他配不上你。这种男的我们公司下面的车间里多的是，你干吗要找他啊？没人玩，我陪你玩行不？我跟你说清姨，你要是真找他，我就不理你了。不过那是你自己的事，你高兴怎么做就怎么做，不管怎样，你永远是我的清姨。

李筱清忽然就对这个女孩厌恶了，她觉得比之于小龙带给她的惆怅，这个女孩带来的无知的聒噪更为恶劣。她压根儿就不知道别人心里在想什么，不知道分清场合说别人需要的话，不知道人性是极其复杂的，世事是难以说清的，她不知道的东西太多了，她就是一头猪。鉴于对虹虹个性的抵触，接下来的某一天，当虹虹再次充满责任感地打来电话，说她正好去深圳出差办一天事，李筱清要不要跟她一起去散散心时，李筱清立刻婉拒了。

正是虹虹出差的这天晚上，李筱清在电视台看到一则新闻，说一趟开往深圳的豪华大巴在国道上出了事，司机可能前一晚没睡好觉，犯了困，没留神就把大巴开进了一辆大货车的怀里，这次事故死亡四人，伤者数目逾二十。电视屏幕切换到车祸现场的画面时，李筱清正在用毛线起一个头，打算替小龙织件细绒毛衣。她压根儿没把这起车祸与虹虹联系到一起。电视报纸上一天到晚都是这些事情，耳朵都听木了，谁会在意呢？

李筱清这段时间对针织的兴趣愈发浓厚，不但用棒针织大件的东西，还用钩针钩些小玩意。如今的她织起东西来常常收势不住，有时明明很累了，极想休息，但手还在机械地织着，有些晚上睡觉时她的手指头僵得伸都伸不直，但就算这样，第二天一旦闲下来，她还是会不自觉地拿起棒针。她起初拾起这种女红，只是为了打发时间，而现在这几乎要成了她的事业了。看来任何一件事情，要么你别碰，碰了之后就等着被它控制吧，编织和感情差不多是一回事。

得知虹虹当天坐的车就是那辆出事的巴士，已是第三天下午。

81

虹虹公司的领导辗转了多个环节才通过当初介绍虹虹进公司的那个人,即李筱清一个亲戚的亲戚,找到了李筱清。听到这个消息后,李筱清还是没有立刻相信,她放下电话匆匆赶往虹虹的公司,又随公司派出的一个男人同去死者认领处。当虹虹血肉模糊的身体出现在眼前的一刹那,李筱清紧紧抓住自己的两条手臂,怎么都止不住身体的颤抖。

作为虹虹在虎门唯一的家属,在她父母闻讯到来之前,料理后事的重担就只有李筱清一个人来承担了。南方的冬天来得晚,可它到底还是来了,那几天李筱清特别怕冷,莫可名状地老觉得空气中有股海苔味,那味道又湿又腥,令她惊惶。她穿了一套保暖内衣、两件毛衣,也无法躲避那种倏然到来的骨头的战栗。她低着头,看着自己的脚尖走路,生怕别人议论她似的,来来回回地在她的家与虹虹的公司之间走动。虹虹的父母在接到唁电的第三天坐火车来了,他们不知从哪里得来的消息,哭嚷着坚称虹虹的死全怪李筱清。他们说,是李筱清叫虹虹去深圳买东西的,否则虹虹不会出事。虹虹的父亲,一个刀条脸的男人,竟然扬起他皲裂的一只大手,要对李筱清动粗。李筱清不得已让公司出面调停,并苦口婆心地跟那两个来自北方山区的农民解释了两天一夜,才渐渐化解了他们心里的疑点,平息了他们没有方向的愤怒。接下来虹虹的父母整日可怜兮兮地拉住李筱清的手,请她务必做个好参谋,帮他们出谋划策,以便使他们获得更多的赔偿和抚恤金。李筱清在生者理智的絮叨中,发觉他们并不虚假的忧伤是那么的微不足道,而死者在那么快的时间里就被事务化了。

李筱清活到这么大的岁数，也才是第一次真正面对身边人的死亡。在对世情进一步的体察中，她缓缓体味着人世的无常。有一个情况是她必须细细揣摩的：假如那天她应虹虹之邀，一起去了深圳，那她现在还在哪里呢？答案是毫无疑问的。这一年快要过去，李筱清时常被这个假设惊呆，继而是一阵接一阵的毛骨悚然。她无法回避这样一种假设。在这种假设中，她感觉周围的一切都虚无缥缈。人活一世，就一世啊，这一年就快过去了，她就要三十九岁了，接着是四十不惑，再接着是慢慢迎接自己的神采被时光风化，然后是万籁俱寂。太可怕了！李筱清的眼泪从眼眶里涌出来，她柔弱得一阵微风就能将她吹倒在地。

虹虹的事情告一段落后，李筱清以一种紧锣密鼓的方式做了几件令她的家人极感突然的事。首先她在一天夜里向小龙宣布明天她带他去街道办领取结婚证，小龙当然要抬一会儿杠，但这么长的日子后，李筱清早就熟知他的伎俩了，也知道他不可能拒绝，她马上轻而易举地诱使他乖乖地提出想和她结婚的请求。接着下来，她把结婚证锁在抽屉里，在公历年末的最后一天领着小龙堂而皇之地出现在虎门街头，她挽着他的胳膊走上巴士，很快出现在父母面前。两个老人瞪着她身边这个不苟言笑的壮小伙，很是吃了一惊。再接下来就是拉拉杂杂的一些与结婚仪式有关的必要事务：拍婚纱照、装修新房、发请柬、订酒席。所有的事情都是李筱清一个人包办，她把自己忙得团团转。在这样一段突如其来的忙乱生活中，有时她会冷静地发觉，她竟在利用虹虹的死。是虹虹的死使她暂时向生活举手投降。她必须紧紧抓住这个机会，一鼓作气解决掉自己身上这个背负多年的包袱，她深知，一旦现在的这个情绪劲过去，她还是原来那个错乱的人。她还要像一只没头的苍蝇那样飞多久？再不能等了。再说，有什么好等的？不就那么回事吗？

小龙当然不再当保安了，李筱清对他有全新的安排。她那间网吧，原先因为没办法自行管理，不得已给别人承包，这些年网吧生意多好啊，她白白一年损失好几万，现在可以把它收回来，让小龙去打理。以她的经验判断，小龙这个人其他方面或许不行，但没准是块做生意的好料。她打算用这个网吧测试一下他的能力，可行的话，在不久的将来，他们夫妻可以经营个酒店什么的。再说吧，以后的事，兵来将挡，水来土掩，生计上的事，她有足够的信心，一般情况下，她不把它作为生活的重点考虑对象。

现在他们是夫妻了。他们依然隔三岔五地吵一次架，但频繁度却在慢慢降低，这倒是令李筱清先前不敢奢望的好事情。后来的一段时间，他们形成了一种独特的调情方式。李筱清用小女孩的语气兴奋地斥责小龙的种种不是，而小龙间或回敬一两句，同样是戏谑间夹着刻薄。然后他们就开始互相谩骂。李筱清说你就是毛病多，小龙说你才毛病多；李筱清说你这个王八蛋，小龙说你个荡妇；李筱清说你个白痴，小龙说你个贱货；李筱清说你小心我跟你离婚，小龙说谁离谁啊你个没人要的；李筱清说你爱我吗，小龙说我早就知道你很爱我了；李筱清说我们做爱吧，小龙说不；李筱清说我们不要做爱了，小龙说给我嘛；李筱清说你才是真正的贱货，小龙说你人还是很好的；李筱清说你爱我的我知道，小龙说有点吧。他们就这样嘻嘻哈哈、颠来倒去地骂来说去，在迅速发泄掉对对方的不满时，享受着语言的宣泄带来的奇妙快意。后来的一天，李筱清和小龙一前一后走在虎门街上，她突然回头，凝视身后那个令她爱恨交加的小男人，那一刻，她婚前过于漫长的独身生活，恍若隔世。

（原载《青年文学》2008 年第 1 期）

忽见祥云

一

离开房沪霖家前，李筱清说了一句不着调的傻话。她说，你只能爱我，不能爱她。房沪霖的身体像是被谁扯了一把，定住了。他腾地转过身，用背推上已经拉开一半的门，像一个紧紧粘在门上的硕大问号，凝固在那里。为了使李筱清一目了然地关注到他的惊异，他加强了眼神的表现力。李筱清看到他的目光变成了钻井机的钻头，不依不饶地向她冲过来，像要把她的灵魂凿开一个洞，以在最短的时间里弄清她为什么要说那句傻话。李筱清受不了这种偶像剧里常见的造型，她有些尴尬地把头转开，等着他见好就收地回身把门打开。房沪霖却把这一刻当成了表白的时机，他说，这是你第一次说爱我，我真开心，开心死了，你终于肯说爱我了。李筱清还是没有被他眼下表里如一的情真意切感染，她脑明心快地指出了错误。我并没有说爱你。你说了，房沪霖戚戚地说，你要我只能爱你，这句话，我就当成是你在说爱我了。你是爱我的，我就这么想了。李筱

86

清突然觉察到自己受到了一些感染，她意识到一种近似谈情说爱的情境即将真正产生，而它的缘起，是她一句莫名其妙的傻话。她避之不及地抢着拉开门，率先下了楼。

去往长途汽车站的路上，房沪霖不时转过脸来，冲李筱清挤眉一笑。有时他会从方向盘上腾出右手，远远地伸过来，用手背轻轻抚摸她裸露在外的颈窝。一路上这个爱说话的人几乎没说过什么话，这使李筱清获得了大段时间的宁静，可以将涣散的思绪收拢一些，想想心事。有个问题让她不甚了了，就是她出门前的那句傻话究竟源于何种动机。这是一种迂回的提示方式吗？她真正的用意所在，难道正如房沪霖所引申的那样，是想提醒他，她正爱着他？噢不！李筱清活到今天这个年纪，对爱这种东西，是了然于胸的。她不爱房沪霖，这一点可以确定，她不可能全情投入地去爱任何一个人，没有这个能力。那么这句话仅仅是一种指向不明的生理反射？另一个即将介入房沪霖生活的女性一个小时后就要出场了，而李筱清作为房沪霖的情人，一个在二〇〇七年春季唯一充填房沪霖情感生活的女人，突然发觉自己的"唯一性"受到了威胁，于是一时错乱说起了胡话？如果是这样，就更不可理喻了。即将出场的另一位女性，更准确地说，那个来自桂西北的应届女大学生，可是她介绍给房沪霖的。在这场"介绍"中，她甚至费尽了心机。

房沪霖忽然慢下了车速。这是接近长途汽车站的国道上，他将车子扭向路边，在一块长满了杂草的建筑废弃材料堆积起来的高地旁，他戴上墨镜，打开音响，与李筱清双双举头望着正前方，他们沉默地坐在车里。房沪霖后来说，我还是不见了吧，过会儿到了车站，把你放下来我就走，你自己一个人去接她吧。过后打车带她去你家，我就不见她了，好不好？李筱清像个统揽全局的指挥官，毫不犹豫地制止了他。不行！你必须去。开车，别让人家在车站等，把第一印象搞坏了。房沪霖没有动，他摘下墨镜，关掉音乐，把头转过来。李筱清再次领略到他目光的感染力度。我爱你！他说，我只想爱你一个人。真的，我只爱你一个。李筱清赶紧笑了，一张手，把他的脸拍正。别装了，她自言自语般小声说，你哪儿都没问题，就是喜欢装。你真的心里不想见她？房沪霖脸上的表情凝住了，他摇摇头，张开嘴。李筱清做了个拦截的手势，阻止了他的辩解。哪个男人不喜欢年轻漂亮的女孩子？更何况，小莫还不是一般的年轻漂亮。你要一点都没动心，那才怪了。房沪霖二话不说踩开油门，掉转车头。李筱清立刻意识到她的聪明用错地方了。当务之急是促成房沪霖和莫丽侠的会见，而不是显示自己的聪明和通透。她抬起左手，用力压住房沪霖的手背。去吧，算是为我去的。

天气酷热，他们好不容易找了个车位，将车停下来，钻进人群稠密的车站。李筱清突然感到了失落。有一阵子，她的手下意识地游移在房沪霖的腰下，拽住他的衣襟，怕被周遭汹涌的来往旅客劫持似的，小跑着紧紧跟在房沪霖的身后。那段时间里，她黯然觉得，她和房沪霖，两个成熟的中年人，正在做一件极其盲目的事。为什么她要费尽心机地给他介绍一个年轻漂亮的女孩，她到底想干什么？即便她不爱房沪霖，可他也并不是她的包袱，她没有把他转让出去的必要。无论如何房沪霖对她来说都是有利无害的，可她现在却正执着地将他推向另一个女孩，她真的太不可理喻了。李筱清被自己的盲目惊住了。疾走的间隙，她不由自主伸出手来，捂住自己的胸口，抑制住追问自己的冲动。还有十分钟，来自桂西的某辆长途客车就会呼啸着来到这个初夏的南方新兴城市，一个姿色出众的女孩，将进入房沪霖的生活、她的生活、他们的生活，成为挑战她与房沪霖爱情的一枚重弹——如果房沪霖果真像他自己说的那么爱她的话。

房沪霖停下了脚步。李筱清的手重重地擎在他的腰上，那手没有感受到他的犹豫，至少他的身体没表现出任何反常。房沪霖却一把将她的手拉高，握住，满脸焦躁。我还是不想，还是没准备好，你一个人在这儿等吧，我开车先走了。没等李筱清有所反应，他已经被人群淹没。李筱清终于彻头彻尾地感受了一次由他带来的惊愕，她无所适从地站在潮汐般涌动的旅客间，慢慢地，感动沿着她的身体爬了上来，爬得那么艰难，却难能可贵，令她在这个燥热的时刻陡然感到一阵清凉。

这个男人到底在装，还是天性如此真挚和美好呢？这是李筱清把莫丽侠接回家后仍然费神想着的一个问题。事实上，自从这年春天到来的某一天，她和房沪霖认识之初，这个疑问总会跑到她心里。有一段时间，李筱清下定决心要弄清这个问题，她抓住一切机会紧紧盯住房沪霖的眼睛，想运用她三十九年的阅历去解开这个沉重的疑惑。结果却每每令她哭笑不得。房沪霖总是将她逼问的眼神误解成意味深长的表示，他会像接住一根接力棒一样，顷刻间截住她的眼神，而后他的眼睛升始一眨不眨地向她传达某种更浓重、热烈和恳切的意味，令她无法接力，只能颓然低下头去。到最后李筱清不得不强迫自己相信，他对她的确有爱，真正的爱，她正充当一个令他痴迷的角色。但那只是一种强迫而已，李筱清对事物的基本态度是失去信心的，所以如果某些时候，当她忘记去进行这种强迫，她立刻只能把他那些真挚、美好的表示当成应景和伪善。如果可以，李筱清宁愿做一个顺流而下的懵懂女人，这样她就能全身心地融化在房沪霖的眼神里，与幸福合二为一。可这种低级却高贵的人生境界，与她远隔两个世界。有时候李筱清会愤恨自己，她想为何她完全无法不精明、不理性、不透悟，是她这个年纪就应该这样？还是，她被自己的婚姻生活，准确地说，被那个叫顾瑞龙的男人削成了一只凛利的铅笔尖？

她把莫丽侠带到她位于虎门镇区的家。照她先前的设想，现在这个年轻女孩应该在房沪霖的车上或他家里，他们正在进行初识男女例行的交谈。由于她事前已经给两个当事者做了各种大量的、充分的工作，很可能他们会摒弃一切心照不宣的过渡，直奔主题。而她呢？在下午三点来钟的这个时候，她原本应该怀着一颗不太平静的心，独自待在某个角落，脑海中时而跳过一些不堪入目的场景，或许还隐隐怀着一点醋意，抵挡因此带来的伤感和空虚。可房沪霖竟然在关键时刻临阵脱逃，致使她与这个女孩单独相处，这种情况，是她始料未及的。大半个下午，她和莫丽侠一直坐在客厅里东拉西扯。窗帘一直拉开着，慢慢西移的太阳始终高悬在她们的视野里，空调发出微细的嘶叫声。尽管在最近的一个月里，她们通过 QQ、电子邮箱、手机短信、座机电话早已聊得投机和熟稔，但陡然面对面共处一室，李筱清还是感到不适和无聊。

接近傍晚的时候，李筱清才想起忘了给顾瑞龙打个电话。她应该杜绝顾瑞龙认识莫丽侠，原因很简单，房沪霖的存在，应当被竭力掩盖。她和顾瑞龙昨晚刚干过一仗，之后他被扫地出门。当时她正在厨房里炒菜，差一点端起炒锅，把那些噼啪暴跳着的热油泼向顾瑞龙。这就是他们的夫妻生活，吵起架来什么都可能干出来。顾瑞龙昨晚一脸委屈地连夜赶去东莞市里了，那里有他们刚开张的一家潮州菜馆。不出意外的话，今天他是不会回来的。但为了万无一失，还是要提醒他一下。

手机拨通，李筱清立刻感到空气滞重起来。顾瑞龙，这个半年前刚刚成为她丈夫的小男人，总令她有种要窒息的感觉。有些时候，他只是坐在家里，甚至连眼睛都没眨一下，一个动作都没有，她却猛然间就气不打一处来。有些人之间生来就相互吸引，但他和顾瑞龙完全相反，他们的八字根本就不合。毫无疑问，是烦躁起了决定作用。要不是现在这种二人世界太让她烦躁了，她应该不会去和房沪霖偷情。

李筱清刻意保持了昨晚吵架时那种气急败坏的语气，小声而有力地告诉顾瑞龙，家里来了一个女客，不方便有男人出现，请他务必这几天不要回来。顾瑞龙没有流露出丝毫的怀疑，主要是李筱清没容他说上半句话，就挂了电话。当顾瑞龙觉察到李筱清火气正盛的时候，他是唯命是从的。

打完电话，李筱清一回头，看到莫丽侠正举着遥控器调大电视音量。显然李筱清刚才打电话的时候，她善解人意地把音量调小了。李筱清坐过去，一把将她搂在怀里。她花了那么多的精力，去寻找一个如她所愿的女孩，看来并没有找错人。李筱清凝神看了莫丽侠一会儿，拍拍她的脸说，走，姐带你到外面吃饭去，你想吃什么？辣的可以吗？莫丽侠像世界上最合格的应声虫一样，马上做出幸福、憧憬的样子。我最喜欢吃辣的了，现在就走吗？

离李筱清家不远的街上就有一家味道不错的川菜馆，天黑后李筱清和莫丽侠手挽手出了门。坐在川菜馆里，李筱清第一次认真、细致地打量莫丽侠。像所有仍然没有摆脱贫寒困境的女孩一样，这女孩的穿着只能用朴素二字来形容。她长着一张清秀而瘦小的脸，头发一丝不苟地贴在头皮上，使她显得拘谨又可爱。李筱清像一个伯乐面对刚刚到手的千里马一样，目不转睛地望着对面的女孩。她满意地点点头，说，小莫，其实你真的很漂亮，稍稍打扮一下，就是个大美女。莫丽侠赶紧眨着眼睛细声细气地说，是吗？可我没有条件打扮。李筱清说，现在不是有条件了吗？房先生会给你打扮的。莫丽侠的脸上流露出一种天然的羞涩，过了会儿，她咬着嘴唇说，不知道房先生会不会喜欢我。

这句回答正中李筱清下怀。是时候去引导莫丽侠对房沪霖再次产生好奇了。像之前一个月里，她在电话、QQ里向莫丽侠竭力鼓吹房沪霖那样，她开始进行新一轮密集、到位的游说。到后来李筱清看到这个二十三岁的小镇女孩开始神思恍惚，仿佛迫切要进入李筱清给她规划、描绘的生活。李筱清喝了口水，将她要表达的要点重新复述了一遍，以作为这场交谈的结束语。她说，我这个亲戚，是个非常好的人，又蛮有钱的。你跟了他，一辈子都幸福。莫丽侠说，我听姐的。那房先生说没说，他想什么时候见我？

李筱清一愣。她望着积极性又一次被调动起来的莫丽侠，心里竟然涌起一股酸意。这是她第一次为房沪霖，这个除了丑陋之外其他方面都无可挑剔的男人吃醋。她赶紧为莫丽侠夹菜，掩饰心里不必要的不安和躁动。

二

房沪霖的丑陋是一道致命的屏障，阻碍了他获得更多的情感经历。这是李筱清在对他有所了解后，给他下的一个结论。这个结论隐含了李筱清对他的惋惜。在她看来，像房沪霖这种值得女人去爱的男人，应该时刻处在万花丛中，坐享女人蜂拥而至的浮浪生活。可惜他像一块分量够足的金子，被自己丑陋的外貌埋没了，加上他自己多少有点自卑，一般不会去狂轰滥炸式地追求女人，女人们便无缘领略他的好。要不是因了李筱清当时那份怪异的心理，或许她也会像一般女人那样，一开始就被他的丑陋吓退。

他们的开始，发生在三个月前，在初春一次新马泰十日游的途中。那时候李筱清新婚才两三个月。在婚后近百天的时间里，她最热衷的，就是马不停蹄地后悔不该跟那个小男人结婚。最近的这些年，作为一个老姑娘，她为了结成婚，不停地相亲，甚至见网友，见识各种各样的男人，差点没把自己折腾死。等终于如愿以偿地结了婚，以为一切尘埃落定时，她才痛心疾首地、一次又一次地醒觉，终究还是嫁错了人，眼下的生活完全非她所愿。那段时间，李筱清被婚姻生活折磨得快没了人样。没有别的办法了，只好逃离。她加入了新马泰十日游的旅行团，希望利用这十天好好地透一透气，顺便想一想，以后的日子到底该怎么过下去。

房沪霖身材矮小，脑门上的头发脱掉了一大圈。更让女人不能容忍的是，他啰唆得要命。问题是他的表达能力委实太差了，往往零零落落说一大堆，没一句话说到点子上。这样他的声音完全变成了纯粹的聒噪。在那次旅行之初，人们很快厌烦了这个丑陋的碎嘴大王。可李筱清却在旅行的第二天，就和他上床了。后来李筱清总想不通，她为什么会去委身这样一个给人第一印象极其不佳的男人。末了她只好把原因归结为当时的怪异心境。很可能那场婚姻把她彻底搞变态了：自卑、不甘、无奈、绝望、恐惧、失落，诸如此类的情绪把她塞得满满的，她像个随时会爆炸的垃圾筒，以一种破罐子破摔的心态，突如其来地把自己投进了一次苟合。

第一次是在泰国的酒店里。几乎是李筱清勾引的他。在异国他乡，李筱清失去控制地让自己变成了一个不靠谱的女人，她大喊大笑，说风凉话，刻薄地指出男人们身上的毛病，而承接她的乖张的最主要的对象，就是这个叫房沪霖的男人。这丑鬼从来都不恼，他乐在其中。最终李筱清昏头昏脑地把他带进了自己的房间。就在那天晚上，李筱清领略到了这个男人丑陋外表下非比寻常的魅力。魅力来自他鬼斧神工般的床上功夫。真是天外有天，人外有人，男人在那方面的能力可以达到多么高的水准，那简直没有限度。李筱清的小丈夫，在他愿意尽情发挥的情况下，水平还是相当了得的。李筱清万万没有料到的是，比之于房沪霖，顾瑞龙是小巫见大巫。

一夜激情后，李筱清神思恍惚，吓得不敢随便开口说话。没想到，真是太没想到了。在第二天的旅程中，她几乎是怀着敬意，偷偷打量这个表里差距如此之大的男人。她无法解释当时的心态，反正心情复杂得可以。表面上她仍然像一开始那样，有些傲慢地端坐在房瑞龙的视野里，内心里对全世界的男人都心虚得很。性爱是个神奇的东西，尽管它并不是李筱清生活的必需，但当它几近完美地演绎一番，李筱清发现所有的烦恼都暂时被她忽略不计了。她甚至发现自己开始对那个叫顾瑞龙的男人有所思念。转念一想，她告诫自己，要唾弃和赶跑这种思念。但李筱清是多么享受这一际刻感觉啊：竟然可以不再对自己的丈夫抵触，还对鸡飞狗跳的婚姻生活开始心存怀念。而这种感觉的诞生，完全得益于房沪霖深不可测的性能力。

李筱清像意外获得一剂治病良药一样，紧紧抓住了房沪霖。接下来的几天里，他们不断寻找机会独处。性作为一种男女交流的方式，有时是一种感情升华的捷径。多日频繁、激烈、和谐的这种交锋后，李筱清体会到了这个男人身上数不清的好。当然，造成李筱清把房沪霖看得如此之高的另一个原因，是他们在独处过程中见缝插针的交谈。在断断续续的一些交谈后，李筱清由衷地对房沪霖刮目相看了。

房沪霖父母早逝，少年时代历尽磨难，因容貌丑陋且身无分文，直到三十三岁才有一个女人勉为其难地嫁给他。他们的夫妻感情一直很好，二人夫唱妇随，共同努力，很快成就了一番家业。房沪霖四十三岁的时候，他们已经拥有几个稳定的产业，在广州、东莞、三亚都买了房子。变故是在这年底，也就是六个月前发生的，一伙歹人入室抢劫，房沪霖的妻子不幸被一把匕首割断了颈部动脉。

李筱清最为钦佩的，是房沪霖的心态。他竟然可以将如此不凡的家仇情伤深藏于一副笑脸之下，而他是如此深爱他刚刚过世的妻子——看得出来，对于妻子，他是怀着一腔爱意的。其间的一天夜里，他是那么伤心地将头埋在李筱清的胸间，说着他对过往夫妻生活的怀念。

太难能可贵了，李筱清时常望着他的情人，内心里发出这样的感叹。不管这个男人所表现出来的好是否有伪装的成分，在李筱清看来，他身上所具备的好，已远非一般男人可以望其项背了。

睡觉前李筱清避开莫丽侠，坐在楼下的花坛里，给房沪霖打了个电话。南方的夏夜，总还是热的，李筱清能感受到整个身心被一种热度席卷着。她像一只一脱手就停不下来的弹珠，急切地要把房沪霖拉入她的设计中。你别让她在我这儿待着，要是顾瑞龙回来看到她怎么办？你不是给我惹麻烦吗？李筱清故意指责房沪霖，她熟悉这个男人的性格，指责比耐心说教容易把他纳入她的步骤。房沪霖说，那是你的事呀，反正我不是很想见到她。不是很想？听听！你这语气，你还是有点想的吧？房沪霖改口道，我不想啊，我没准备好，是不想，一点都不想。李筱清不再和他磨嘴皮子了，跟一个话多的男人辩论，最终你只能被他绕进去。她应该干脆点。李筱清说，听着！你别那么多废话了。明天一早，你就开车过来，把她接走。你怎么对她，怎么安排她，这我不管，反正明天一早你就得接走她，就这么定了。房沪霖的声音变得平缓、柔和。我还是不明白，你为什么要这么做。我这辈子只爱过两个女人，一个是我老婆，一个是你。我爱我老婆，我老婆也爱我，但她死了。我爱你，你却那么讨厌我。你是讨厌我，想甩掉我吧？能给我一个理由先吗？李筱清说，信不信由你，我没别的任何企图，我只是——她模仿他对她惯用的那种情意绵绵的语气——只是为你好，为你好，懂吗？

当晚李筱清与莫丽侠同床共枕。两个相差十六岁的女人亲密无间地挤在一起。李筱清忍不住又开始向莫丽侠吹嘘房沪霖。有时候她会想道，只有两个女人能了解房沪霖的好，一个是他的妻子，一个是她李筱清，而他的妻子已经不属于这个世界，那么这世界只有她一个人真正了解他了。这种感受好比她掌握了一个惊世秘密。一个男人的秘密，由她一个已婚的、相貌平凡的、自私的女人独享，她觉得对房沪霖来说太不公平了。在安全性可以保证的前提下，她真想把它拿出来宣扬一番。现在李筱清在燥热的床上，有意无意地将手探进莫丽侠的腰际。莫丽侠浑身散发出纯洁的青春芳泽（说不定她还是处女呢），但这不影响李筱清从她身上嗅出情欲的气息。情欲终究是女人一个组成部分，区别仅在于，在不同女人身上，它被开发的程度不同而已。现在李筱清要利用潜藏在女人身体里的本能来引诱莫丽侠。她将嘴贴到莫丽侠的耳朵根子上，窃笑着向莫丽侠谈及房沪霖的某种优势。她说，小莫，我那死了的表嫂跟我说过，房先生那方面……很神奇的哦。

李筱清是个女人，房沪霖是个男人，她要给他介绍女孩，首先得有一个不能让人起疑的身份，在李筱清不断传达给莫丽侠的信息里，她是房沪霖的表妹。李筱清为了帮房沪霖物色到一个好的女孩——她觉得配得上房沪霖的，一定是一个年轻、纯洁、美好的女性——她几乎动用了她能动用的一切人际关系，这么多年来，她为自己的事，还从没这么上心过。真不知道像她这样自认为热爱打小算盘的人，对房沪霖怎么会这么热爱付出。一个月来，为了使这个几乎没有恋爱经历的女孩在第一次照面时，不致被房沪霖的丑陋吓跑，她不停地做前期预防工作。她的方法，是向莫丽侠坦诚房沪霖的丑，同时不断强调他身上具有的那些需要相处才能体会到的无穷无尽的好。

莫丽侠用欲言又止表达她的羞涩。她背对着李筱清，只轻浅地发出一声笑。李筱清在莫丽侠的屁股上用力捏了一把，环住她的腰，用体己的语气说，你还年轻，不知道这方面的重要性……到时候你就知道，男人那方面……就是你的幸福。莫丽侠扭开李筱清的怀抱，转身面向李筱清。姐！别说这个了行吗？怪不好意思的。那个……没什么重要的吧。也是，不重要，不重要，重要的是人要好，对吧？

97

李筱清说，反正，房先生人真是太好了，你等着做一个幸福的太太吧。莫丽侠说，你总是把他夸得那么好，嘻！我都等不及要见见他了。

第二天一早，还是李筱清避开莫丽侠，在卫生间里偷偷给房沪霖打了电话，又很是费了一番口舌，他才勉强同意开车过来。九点来钟的时候，房沪霖在楼下摁喇叭。她和莫丽侠早已准备停当，马上下了楼。

事前大量、充分的游说，是有效的，莫丽侠第一眼看到房沪霖，并没有流露出失望之情。李筱清很用心留意了她见到房沪霖一霎间的反应：她稳稳地保持着微笑，有所期待地望着他。李筱清松了一口气，但分明又有些怅然若失。他们带莫丽侠从虎门去了东莞市里，又围着市区兜了一圈，看了看街景，接着找了个西餐厅吃饭。房沪霖吃素，西餐厅里基本没他吃的东西，他就看着她们两个吃。三个人座谈了一会儿，李筱清找了个借口，跑掉了。这举动使她像一个特别没有创意的媒婆，但更好的做法是什么？

半个小时后，房沪霖打来电话，说他和莫丽侠已经吃完了，问下一步怎么安置莫丽侠。李筱清含沙射影地说，你带回去不就得了。房沪霖在电话里头吭吭唧唧地笑了。李筱清把耳朵贴紧手机，声音里饱含警惕。你喜欢上她了吧？房沪霖急忙说，我只想爱你，只爱你一个。李筱清的刻薄劲又犯了，她说，行了吧，你心里肯定已经蠢蠢欲动了。房沪霖抢白道，你这么说，我就一个人走了，把她丢在街上，让你去领。李筱清毫不迟疑地断了电话。事已至此，废话已经没有必要，试探更不可取，还是放手让这两个孤男寡女自行发展吧，她所要做的，是坚定地按照既定打算，在接下来至少一周的时间里，誓不会见房沪霖和莫丽侠他们中的任何一个。

三

　　顾瑞龙第九次往家里打来电话时，李筱清告诉他，你可以回来了。这个小她十来岁的男人，用一句古话说，是她的冤家。真是冤家啊。李筱清一想到他，心里就五味杂陈。她爱他吗？显然不，就像她不爱房沪霖，不会爱任何男人一样。那么恨呢？她恨不恨他？那更不可能了，要是恨，她就不会跟他结婚，就可以决绝地把结婚证书一撕两半，和他一刀两断了。现在李筱清深切地体会到，女人是极为脆弱的。男人就像一种病毒，除非别和他发生情感上的纠葛，否则惹上了他，就是剪不断的麻烦，如果这个男人恰巧从性格、生活方式、趣味上都与这个女人极不投合的话，那她就死定了。

　　李筱清这一辈子做得最错误的一件事是，明知她与顾瑞龙是不协调、不合拍的，偏偏她要迎难而上，运足一口气，强行闭上眼睛，和他结了婚。而必须结婚的理由，只是因为她是个太老太老的姑娘了，再也承受不起来自外界和个人内心的压力。代价是惨重的。李筱清几乎每隔一天就会因顾瑞龙的存在而气得七窍生烟，这场婚姻让她心力交瘁。

　　顾瑞龙原先是个由贫困山区来虎门镇务工的打工仔，李筱清鬼使神差地和他认识了，又鬼使神差地和他闪电般结了婚。这个男人的毛病在于他毛病简直太多太多了。让李筱清尽情倾诉的话，她随便就能列出他身上一百条以上的讨厌点：邋遢、懒惰、暴饮暴食、好赌、自私、冷淡、没文化、没头脑、喜欢没完没了地抬杠，反正他的毛病是多得不得了。李筱清之前就因独身惯了，养成了很多精神洁癖，婚后她是那么看不惯他，而这种看不惯带给她无边无际的烦躁。但顾瑞龙有一点好，他非常地执着和隐忍。无论李筱清怎么说他，甚至骂他，他的情绪都不受任何干扰。他显然是认定了李筱清的，就算她用刀子架在他脖子上逼他离婚，他都会宁死不从。这就是这个男人让她那么烦躁，可她竟然还和他散不了伙的原因。他们两个，就像一节电池的两极，可竟然成了夫妻，男女之事，真是太神奇了。

莫丽侠来虎门镇的第三天下午，顾瑞龙从市里回来了。他什么事都没发生过似的，向李筱清汇报饭店的生意情况。李筱清一声不吭，坚决不理他，但在他平和、淡定，甚至故作俏皮的声音中，她心里对他的愤懑和不满慢慢消失了。这个男人真是可怕，无论李筱清在前一天多么地厌恶他，可他总能以稳若泰山的笃定劲使她在后一天自行平复情绪。可过后不可预知的某个时刻，他又总能引起李筱清的怒火。之后当然又是她自动平息，周而复始。他们的前景太恐怖了：李筱清和他在一起，只能做一只陀螺，循环往复地不断与那些极端的情绪碰撞。这会折寿的，没有人能经得起这种不停起落的情绪考验。现在李筱清冷冷地打量、揣测着她的小丈夫。

他从冰箱里拿了她昨天吃剩下的菜，见没主食，就理直气壮地问她，能不能马上给他做碗面条。李筱清懒得跟他说话，他讨了个没趣，自己满屋子搜刮起来，很快从卧室的床头柜里摸出小半盒饼干，他坐到饭桌上，一口饼干一口冷菜地大口快速地吃了起来。吃完他开始解衣服，一件一件地往下扔，扔到地板上，扔到沙发上，甚至扔到鞋架上。幸亏是夏天，穿的衣服少，要是冬天的话，他不得把屋子扔成一个垃圾场了？这个人总有这种本事，能在一瞬间破坏既有的秩序。李筱清的心跳在加速，血脉喷张。她控制着指斥他的冲动，只是盯着他。现在他去卫生间洗澡了。在稀里哗啦的水流声中，李筱清瞪着突然变乱的屋子发呆。几分钟后他光溜溜地出来了，一身的水，擦都不擦，他就这样满屋子地走着，找着什么。原来是找烟抽。找到了，他一边点火，一边往里屋走。李筱清的目光追随地板上突然出现的水渍线，怒火不可抑制地冲上了头顶。她坚持坐在客厅的沙发上，考虑着要不要等他走到她身边时发出一声狮吼，他却待在卧室不出来了。过了许久李筱清没能按捺住好奇心，移步到卧室门外。他正坐在床前玩电脑游戏。床上，扔着一条刚刚被他当成毛巾的她的裤子。

李筱清尖叫，你有病啊。上去捡起裤子甩在他的脖子上。顾瑞龙头也不回，紧盯着电脑屏幕，扯下裤子，掼到地上。别闹了！没看到我正忙着吗？李筱清伸手去掀他。没把他掀翻起来，自己倒一个趔趄。她再也控制不住了。滚！你给我滚！顾瑞龙一本正经地望了望她，还做了个鬼脸。怎么滚？我不会滚！你滚给我看看？李筱清一屁股坐在床上，他却回了头，继续游戏，当她是空气。

许久后，他玩够了，转过身，望着一直坐在床边李筱清，她已自行硝烟散尽了。他嘀咕道，跟你商量个事，老婆。李筱清不搭话。他把她重重地按倒在床上，没轻没重地亲她。李筱清推开他，说，你干什么？顾瑞龙坐住了，不吭气。过了一会儿，他说，给我点钱吧，我输钱了。李筱清惊叫起来，你又打麻将了？顾瑞龙说，我向你保证，这两天我把饭店管得好好的。只是饭店事那么少，也没什么好管的嘛，我就去隔壁阿伟那里打麻将了。谁知道最近手气那么臭。都怪你，老对我发神经，让我晦气。

像每一次被气得晕头转向后必然会自我解脱一样，李筱清浑噩地站起来，开始往外走。离婚吧！必须离了。这次，你说什么都没用。她绝望地说着，无比烦闷地把自己踢出这间原本跟顾瑞龙毫无关系的房子。站在大街上，她大口大口地呼吸。

　　记不清结婚这半年来李筱清多少次喊离婚了。顾瑞龙一碰到这个词，回答只有一个字：不。没有余地，绝不妥协，不管风吹雨打，胜似闲庭信步。李筱清知道，顾瑞龙作为一个前打工仔，离了她，就一无所有，狗屁不是。但似乎不能把顾瑞龙归入这么势利的情形，他不愿离开她，很大程度上还是有感情的成分。顾瑞龙可能哪里都不好，但对感情极其专一，只要认准了谁，就绝不言弃。如今他认准了李筱清，她就难有脱身的可能。

　　李筱清一个人走在初夏南方的街路上，抬头望去，天空像一口大锅，眼看着要罩下来，压死她。她沿着林荫道走了一会儿，满身是汗，突然就想给房沪霖打电话了。这两天他给她发过好几次短信，打过不下五个电话，大意是想见她，要跟她说说莫丽侠。她都坚决不接，不回。这真是绝了！她到底想对他做什么？现在李筱清打通房沪霖的电话，问他在哪里。房沪霖的电话接得很迟，说话支支吾吾。我在家里。他说。李筱清下意识地问，她也在？房沪霖含混不清地说，在……在吧。什么叫"在吧"？李筱清揶揄道，在就是在，不在就是不在。房沪霖声音变得虚弱，别这样，我……你在虎门家里？我开车去找你，见面细说。李筱清脑子空茫了一刹那，迅速意识到，能发生的都已经发生了。

　　一个小时后房沪霖大汗淋漓地赶到李筱清面前。那么一个爱说话的人，一见着李筱清竟一言不发，嘴唇却始终嚅动着，眼神乱了阵脚，显然是满腹话语不知从何说起。李筱清望着他惶恐无措的样子，突然想跟他上床，特别地想。

他们快速把车开到一家酒店，订了间半天房。一进门她就气势汹汹地将房沪霖压倒在浴室冰冷的地砖上。很长时间后，他们气喘吁吁地并排仰躺在水花四溅的浴室里。房沪霖忽然转过头来，说，我很爱你的，真的，我只想爱你。除了我老婆，再也没有哪个女人对我那么好过。我跟你在一起特别舒服，很开心的。而且，你看——他的手掠过李筱清因一次酣畅的做爱而舒展的身体——我们是那么般配。李筱清艰难地站起来，跟跄着往房间里走。房沪霖紧跟了过来。李筱清把头埋进被子里。别说了，我不可能跟你跟到死，你必须找一个可以陪你到老的人。房沪霖说，我可以做你的情人，这样不也是一辈子吗？你不用离婚，只要经常出来见见我就行了。李筱清支起半个身子，俯视房沪霖，忽然就在心里感慨：人不相信机缘不行，她和顾瑞龙是去年底结婚的，房沪霖正好去年丧偶，他们共同生活在东莞市，可就是无缘在那时结识。现在她不可能属于房沪霖，因为她一次又一次地发觉，同顾瑞龙离婚简直是不可能的。可就算他真和顾瑞龙离了婚，又一定会和房沪霖结婚吗？情人是一种标准，做夫妻就得是另一种要求了。李筱清说，你的话经不起推敲。就要了她吧，多好啊。房沪霖沮丧地说，现在我不知道怎么办好了，我也不想伤害她。

四

莫丽侠的行李还在李筱清家里，她当然和李筱清联络过。那天李筱清从西餐厅悄悄溜走后，她给李筱清发过一个短信，问她当时在哪里。但之后她再没有来过短信。与房沪霖私会的第二天上午，莫丽侠托房沪霖转告李筱清，说她想把行李拿走。李筱清拿着电话很在意地想，她为什么不亲自跟她说呢？马上她就释然了。她叫房沪霖把电话传给莫丽侠。等莫丽侠变得细小的声音出现时，李筱清发现自己特别想见她。她叫她中午就过来拿，她顺便下午带她到哪个景区转一转，她不是第一次来东莞吗？李筱清向她强调，不要房沪霖送，叫她一个人来虎门。

李筱清带莫丽侠去了海战馆。她要装模作样地做一个正常的媒人了。在海战馆的院子里，她扶莫丽侠坐到一处树荫底下，询问她与房沪霖的进展情况。莫丽侠表现出一个年轻女孩应有的矜持，顾左右而言他地应付着李筱清的提问，尽可能地回避她与房沪霖之间的种种细节。李筱清目光炯炯地观察着莫丽侠。有一会儿，她觉得眼下的情况非常怪异。不过三天过去，莫丽侠已从一个跟房沪霖素昧平生的女孩，变成了以保护房沪霖的秘密为己任的他的合格的亲密女友，而莫丽侠无法洞悉的是面前的李筱清，掌握着更多房沪霖的秘密，她自己，也是李筱清秘密谱系中的一部分。李筱清抬起头来，望着远处的城景，觉得生活诡异而丰饶，谁都无法估量一个面色沉静的行人心里隐藏着多少惊天动地的心事。

她们又去了旁边的炮台，站在那座低矮的山顶上，花了好一阵子眺望不远处的虎门大桥。莫丽侠终于开始坦露心迹了，仿佛她到这会儿才意识到，是李筱清介绍她认识房沪霖的，她应该跟李筱清无话不谈。莫丽侠说，我还是觉得，他长得太难看了。李筱清微笑着，没说什么。她觉得没什么好说的。

莫丽侠来自桂西一个偏远的小镇。她是家中长女——像她这个年纪的人，底下竟然还有一对弟妹，这说明她们那个地方，计划生育太难实行了，也表明那里太穷。她去年夏天在当地一个技校毕业，原本在老家一个仓库当管理员，工资太低，无法让她去解决家庭的经济困难，她就一门心思地想来珠三角打工。当然更想嫁人，她已经到嫁人的年纪了。李筱清通过朋友的朋友牵线，认识了莫丽侠。她详尽、细致、耐心地分析莫丽侠的情况，并花了一个月的时间去了解莫丽侠的脾气与性格，最后她认定，莫丽侠适合嫁给房沪霖。

这个下午莫丽侠站在李筱清身边，眼前虎门大桥像一道高大、轻灵的彩虹，指向江对岸更为繁华的广州城。莫丽侠无法掩藏地散发出了久居生活底层的人才有的气息。她寡言少语，眼中饱含憧憬。李筱清知道她渐渐沉入了自己的思绪，像她这种出身的女孩，不可能没有心事。李筱清不想打断她，她悄悄走开，去旁边一块石头上坐了下来。几分钟后莫丽侠跟着走来了。姐，我想跟你说说他。李筱清向她投去鼓励的眼神，叫她在身边坐下。莫丽侠没坐，她低着头，站在李筱清身边，停了一会儿，幽声说，我还是觉得，他长得……还有他的年纪……我的朋友们会笑话我的。

李筱清不打算在这个下午跟她说任何话。在她看来，莫丽侠此刻的退缩不过是一个未经世事的女孩面临一件大事时的正常反应。年轻姑娘太把自己当回事了，总把自己当个宝，不轻易接纳和付出。她们小心翼翼地估量着一切，相信错过这山，更高的一座山就在前面。她们认不清自己的位置，甚至并不完全知道自己想要什么。她们需要引导。只要把她们纳入一个可靠的规划，她们就能缴械投降。李筱清要是对莫丽侠没有这点把握，怎么可能兴师动众、步步为营地去撮合她与房沪霖？她相信，莫丽侠想得再多，都敌不过欲望的诱惑。这就是人，在基本的欲望没有满足之前，根本做不到高尚。更何况，房沪霖丑陋的外表下隐藏着那么多的好，只要让他的好有面世的机会，莫丽侠就一定会被他收服。

她们离开海战馆。在回去的出租车上，李筱清头抵在车窗上，竟想起了一些房沪霖留给她的温馨记忆。她想起每次房沪霖和她做完爱后，都会忙不迭地爬起床，左蹿右跳地快速清扫战场。怕李筱清会抢着和他干似的，他嘴上不停吩咐她躺好，不要动。忙毕他总是跑出去再跑回来，手里举着一只削好的苹果或一杯水，他将苹果或水小心地喂向她的嘴，边嬉皮笑脸地问她甜不甜，好不好喝。有一次，李筱清只是随口说了句，她最近股票被套牢，手头一时间蛮紧巴的，他竟然兴师动众地当场就跑了出去。在李筱清正疑惑不解着时，他捧着三万块现金回来了。李筱清想，像房沪霖这么体贴、周到、细致、善良，愿意为别人着想、热爱付出的男人，天底下找不到第二个。她转过头去，打量依旧陷入沉思的莫丽侠。那些曾经打动过她的她与房沪霖交往过程中的场景，走马灯似的浮现在她脑际，现在她把那些场景中的女主角换成莫丽侠，想象莫丽侠被房沪霖一步步打动的情形，她对房莫二人的未来充满信心。

五

顾瑞龙太好笑了，他竟然对李筱清说，要把贵州老家的父母接过来和他们同住。难道他是个聋子？李筱清三天两头地跟他喊离婚，他都没有听到？他以为李筱清在跟他闹着玩？或者他根本就没把李筱清对他的厌烦当回事？李筱清简直要被他的这种对夫妻感情危机视若不见的笃定劲搞糊涂了。后来她想，她与顾瑞龙完全是两根平行线，他们的所思所想永远无法合流，总是一个人在一意孤行地想着东，另一个人却在拼命地想西，他们之间，几乎无法沟通，产生不了一丝契合。

李筱清说，行啊，等我们把离婚手续办完之后，你再把你爹妈接过来吧。顾瑞龙说，这个房子又不是我的，离了婚我接他们来，住在哪里？你看你，不想叫我爸妈过来，就直说好了，非得绕那么大的弯子用离婚威胁我。他竟然笑了。你也太不人道了吧？眼睁睁看着我爹妈在山沟里过苦日子啊？李筱清立刻又被他气蒙了。你搞清楚我的意思，我是说我想和你离婚。离婚你懂吗？我都要跟你离婚了，你还在计划着……顾瑞龙打断了她，行了行了！你不想让我爹妈住在家里，他们也不会住到大街上去，我会帮他们想办法的。租房不就是了吗？我给他们租一套房子，就碍不着你了吧？李筱清气急败坏地站了起来，张大了嘴。顾瑞龙一甩手，不容置疑地喝止了她。放心！我知道你想说什么，不就是钱吗？你有钱，家里的钱反正都是你的。我没钱，但是你放心，我不会借吗？我借钱也要给我爹妈租一个漂亮的大房子，这你总满意了吧？李筱清气愤到了极点，一不留神就伸出了手，使尽力气扇了顾瑞龙一个耳光。随后她意识到自己干了什么，迷惑地瞪着顾瑞龙，又惶然四顾，再把目光投向这个遭遇突袭的男人。顾瑞龙一个愣怔，暴跳如雷。你个婊子！他大叫一声，向李筱清扑过来。李筱清胆怯着，但表面上却百倍地沉静。她往后跳开一步，避开他挥过来的手，目光凛凛地瞪着他。顾瑞龙一下子就泄气了，他摸了摸脸，颓唐地背过身，瘫倒在沙发上。李筱清心有余悸地望着偃旗息鼓的顾瑞龙，心中突然充满了自责。她想顾瑞龙纵有千般不好，在关键时候还是让着她的。不管他如何惹她讨厌，他终究还有一颗专注于她的心。她忽然悲痛欲绝，要掉下泪来。她不想在顾瑞龙面前示弱，一阵风似的离开了家。

彳亍在夏日明媚的太阳底下，李筱清对自己充满惊愕。这是她这辈子第一次动手打人，打的还是一个强壮的男人，她的丈夫，这太不可思议了。难以设想，再这么和顾瑞龙过下去的话，她还会被他激发出什么离谱的行为。这个男人简直是她的灾星。

她又感到特别难过。看！她竟然成了一个有家不想回的女人，而这个家，这套房子，房子里的一切摆设，从一个小挂饰到那张席梦思大床，都是她一分分的钱换来的，现在她竟然为了躲避一个原本与这房子毫无瓜葛的男人，常常逃离心爱的家。

她漫无目的地逛了几个商场，后来给房沪霖打了个电话，请他出来和她见一面。这是莫丽侠来东莞半个月后。李筱清已经有十来天没见房沪霖了。他们认识之后，还第一次分别这么长时间。这种分别是应该的，合理的。识趣的话，李筱清现在的这个约请都不该出口。但是李筱清此际是那么想见到房沪霖。她不爱他，真的，她不爱谁，千真万确，她希望房沪霖和莫丽侠好，但她就是想见他。

房沪霖竟然一肚子的话要对李筱清讲。他像个受了委屈的孩子，耷拉着嘴角，望着她。在一家冷饮店，他一口气喝了两杯冰镇果汁，开始了一次漫长的表白。

她不好，比你差远了，我还是喜欢你，不习惯她。其实我从小到大，就喜欢成熟的女人。我原来的老婆，就是一个很成熟的人。你也是，和你在一起不累，特别舒服，很放松，什么话都和你能说开。其实我这辈子就处过两个女人，一个是我老婆，一个就是你。我老婆死了，我很伤心，我以为再也没有像她这么好的女人会被我碰到了。碰到了你，一开始我也没想到我们以后会那么好，但慢慢我就爱上你了。我很白痴的，很容易爱上一个人，爱上了就出不去了。现在我只想爱你，不想去找别的女人。除非你像我老婆一样死掉了，否则我没有办法不爱你。我们还是想办法把她打发走吧。可以给她钱，多少都可以。

李筱清长时间地望着房沪霖。现在她有点明白她为什么宁愿舍弃一个只会给她带来愉悦不会给她带来任何伤害的男人，设身处地为他着想，去帮他物色一个可以陪伴他终身的女孩了。是因为她一次又一次地发现，这个男人爱她。可更多时候，她这个人又无法相信自己拥有着房沪霖的爱。她不相信像房沪霖这种年纪的人，会对爱情保持如此纯洁的态度。这是她自己的问题，明明爱存在着，但她无法相信。不得已，她只好强迫自己去相信房沪霖的爱。可强迫都没有用，她还是在不知不觉的某个时候看到了自己被怀疑束缚。于是她觉得自己愧对房沪霖的爱，为了使这种愧疚感削弱一些，她要求自己对他好。她选择了这种近乎无私的方式，希望这样可以在心里减轻对自己的责难。李筱清分析到这一步，突然觉得，在她无私地为房沪霖找女孩这件事上，她差不多是把爱当成一种信仰了，那种强迫不就是一种信仰吗？可惜她无法去信仰什么，到头来还是得自我解脱。

李筱清惶恐不安地望着房沪霖。她说，不行的，你还是跟她好吧。我不好，我不属于你。

她不属于房沪霖，更不属于顾瑞龙，不会属于任何一个男人，只属于她自己。

房沪霖又啰唆了半天，最后自行闭了嘴。他们上了车。李筱清跟着他从虎门开到东莞，又从东莞开到虎门，再开到东莞。最后房沪霖出其不意地说，要那样的话，我只好选她了。选了她，就不能再选你。以后，我再不能和你在一起了。我是说，至少我们不应该那个了。她挺单纯的，那么小，我不应该伤害她。虽然现在我还不怎么喜欢她，但如果你不要我，我会努力让自己去爱她。我很多情的，会爱上她的。你想好了，选了她，以后我们就不能在一起了。

这是李筱清没料到的。她并没打算把房沪霖拱手相让。房沪霖最后那样考虑，完全符合他的个性。他果真是个对爱很纯粹的人呢。李筱清突然感到无助。她不再伶牙俐齿，只呆望着他。房沪霖说，由你来选，要么让我选你，要么让我选她，我不能选两个。

李筱清的刻薄劲又上来了，她又说起了没用的傻话。你吓谁啊？如果你真那么爱我的话，你不可能撇下我。谁信你？男人对女人，不是多多益善吗？你真的不会再找我？我不信。除非你不爱我，没爱过我。

房沪霖笑了。你的意思是，选你？

李筱清怒而起身。选她！

房沪霖说，那我们以后不能再见面了，对吧？可是——

李筱清跳出车子，离开了他。

六

李筱清憋住一口气，有整一个月的时间没和房沪霖发生任何联系，不见面，不打电话，连短信也不来往。既然从一开始，她在房沪霖和莫丽侠之间就充当着上帝的角色，抱着行善的宗旨，现在当他们两个进入了她预期的轨道，她再跳出来从中作梗，那不是违背自己的初衷，出尔反尔，瞎胡闹吗？有天夜里，李筱清的手机突然发出一阵叫嚣，是莫丽侠的短信。她问李筱清有没有空，最近这两天她特别想和李筱清聊聊天。李筱清连犹豫都没有，就对莫丽侠的这个短信视而不见。她现在要做的，是时刻提醒自己不要违背初衷，而要做到这一点，稍可行的方法，是尽可能回避见到他们两个人中的任何一个，眼不见心不烦，绝不能让他们来侵袭她的理智。

这一个月后，季节就慢慢进入仲夏了。一个月中，李筱清的生活大体又恢复到了认识房沪霖之前的情形：生活的格局里，只剩下她和顾瑞龙，夫妻两个保持着冤家的基本态势，时不常地吵个嘴，更多时候李筱清隐没在自己的思绪里。顾瑞龙没有把他的父母接过来，他不敢。在这个家庭里，他只有建议权，做不了决策，尽管他三天两头会提出一些讨厌的建议，使李筱清烦不胜烦。在这一个月里，出于逃避情感问题的需要，她把多数精力投入到生计上。生计并不能给李筱清带来愁烦。她虽然学历不高，但这么多年来，凭着对时代脉搏的准确把握，她早已积累了一些资本，拥有了几套房产和网吧、饭店、商铺这样的几个实业。从去年开始股市持续牛市，她先前投下的十几万已经翻了四番，说实话，如果撇下这万恶的情感，她近一年的生活其实是高调上扬的。

有一个重要的变化发生在她和顾瑞龙之间，那就是他们的性生活变得频繁。说起来从他们结婚一个月后，性生活就因了两人之间频频发生的冲突而变得稀少，在李筱清与房沪霖交往着的那段时间，这件事还几乎从他们的生活中绝迹了。现在他们重新捡起这种男女间独特的交流工具，李筱清暗中醒觉，其实她和顾瑞龙在这件事上也是很和谐的。也可能李筱清对房沪霖没有了指望，又暂时没有找到别的情感支撑，那段时间她和丈夫做这件事时，比较投入和积极主动，对！一定是这样的。有一天夜里，夫妻房事完毕，李筱清吃惊地意识到，在最近这些性生活中，他们是很少用安全措施。这是一个值得深思的变化：在这之前，李筱清总是小心谨慎地每次都必得做好安全工作，不是她对做一个高龄产妇有所畏惧，是她总认为她和顾瑞龙早晚会散伙。那么她的生活态度在悄悄发生变化吗？她在准备接受与顾瑞龙永远不散伙的生活？李筱清有些看不清方向，在这些时日里，她感觉自己正在试图做一个浑浑噩噩的人，让一半脑袋停止思维，也许那样就活得不那么费劲了。

莫丽侠却突然出现在李筱清的眼前。这是那一个月后的某个下午，莫丽侠来电话说，她必须跟李筱清谈一件事，刻不容缓，要不是李筱清的推诿，其实她早该跟李筱清谈这件事了。李筱清和莫丽侠约好在东莞市里的一个广场上见面。这个女孩的外表发生了天翻地覆的变化，她披散着头发，穿着时尚而不突兀的衣服，与李筱清当初第一次见到的那个拘谨、略显土气的桂西北女孩判若两人。更让李筱清意外的是，莫丽侠身边站了一个男孩。他们先是手挽着手，看到李筱清后慌忙把手放开了。李筱清吃惊地打量着那个男孩，一时忽略了莫丽侠。他看起来和莫丽侠年龄相仿，论五官和身材，那实在是非常周正。男孩机械地站在那里，闪避着李筱清的注视，偶尔迅猛地直视她的眼睛。天气很热，三个人在太阳底下互相瞥了几眼，匆匆说了几句话，而后走向广场西侧的一列南国相思树。树荫下有两张木靠椅。男孩子只是陪她们走到树荫下，就告辞了，临走时向莫丽侠用力使了个眼色，李筱清警觉地把这个眼色收进眼里。

他是谁？

不待男孩走远，李筱清迫不及待地提出这个问题。

他是……莫丽侠低下头去，咬着嘴唇，困难重重地想着措辞。在向李筱清坦陈这个人的来历之前，她回顾这将近两个月来，发生在她与房沪霖之间的事。莫丽侠说，她跟房沪霖认识后，就请他介绍她进了市里一个外资企业当文员——当然这是她自己的主意，照房沪霖的想法，他的女朋友完全没必要出去工作，但莫丽侠认为她应该自食其力。这个男孩很快就出现了。他从早到晚都黏在莫丽侠的身后，向莫丽侠献殷勤。我其实也谈不上对他有什么感觉，莫丽侠说，真的，我对沪霖哥的态度，跟他也没什么关系。李筱清不置一词地望着她。莫丽侠说，你是知道的，从一开始我就没想清楚要不要和沪霖哥……但我想试一下，只是想试试看……沪霖哥人的确挺好的，像姐你说的那样。但我还是害怕……我想找一个……不是房先生这样的人，我对他没感觉，我努力了，但还是没有感觉，所以我……姐你别误会，我和刚才那个人，真的没什么关系的，不过是他追我，我谈不上对他有感觉……我不想跟房先生了。姐！我找你，就是想请你帮我去跟沪霖哥去说一下，我自己不知道怎么开口。

李筱清弄清楚了她的全部意思，她毫不迟疑地站了起来，声音大得能使太阳抖三抖。你在说什么？不想了？开始你又怎么想了？噢！现在你有工作了，有帅哥追，就说不想了？你的工作谁给你找的？要不是房先生，要不是我，你能来东莞？你能一下子找到这么好的一份工作？你这不是利用房先生，利用我们吗？目的达到了，

113

就想拍屁股走人？休想！

莫丽侠起先胆怯地望着李筱清，紧张得不知道手往哪里放，在李筱清连珠炮一样的训斥声中，她反而镇定了。而李筱清也陡然从这女孩突然变得不怒自威的瞳孔里发觉了自己的失态。她忘了自己的身份了吗？她只是个"媒人"，就算房沪霖是她的"表哥"，在这件事上，作为一个"媒人"，也应当客观。何况，莫丽侠能来到东莞，上房沪霖的床，那不全拜她李筱清的三寸不烂之舌所赐吗？莫丽侠没怪她把她骗来就不错了，她怎么可以如此直露地偏向房沪霖？难道她想让莫丽侠觉察出她与房沪霖之间的秘密？李筱清突然颓败下去，虚弱地说，对不起！对不起了小莫！我其实还是为你考虑，你不觉得房先生会把你照顾得很好吗？他真的是个特别好的人。

我知道他好，可我还是比较在乎感觉。

李筱清重新坐下来，向莫丽侠那边挨过去，一把捉住她的手，言不由衷地说，傻孩子，这一点你要听姐劝。等你到姐这个年纪，就知道感觉是最靠不住的。最要紧的是现实，你跟刚才那个男孩子，就一定很好吗？你光对他有感觉就成了？我看他的面相，并不能看出他会有什么大出息。

你说什么呀？我对他才没有感觉。我对谁都没感觉。我想过我自己想要的生活。

莫丽侠有些气急，口不择言了。李筱清听她这么一说，蓦地鄙视起她来。她居高临下地看到，年轻这个爱捣乱的东西，现在正左右着莫丽侠的心智，使她自视甚高，耽于想象，不自量力，拎不清自己几斤几两。现在她觉得自己用不着对这个女孩自责了，她竭力撮合她与房沪霖，从成年人的角度看，丝毫没有错误，这是一种成熟的行动，是莫丽侠自己不懂事。她笑了，放开莫丽侠的手。那好，你自己看着办。

莫丽侠不是个被生活历练过的人，见李筱清缓和了，她立刻表现出一副心虚的样子，眼神躲闪，说话吞吞吐吐。都是我不好！反正，我不大想和房先生交往了……请你帮我去和他说一下……求你！一定不要告诉沪霖哥刚才那个人，我不想让他知道的。

真有意思！现在连莫丽侠这样年轻的姑娘都有自己的秘密了，每个人都需要有一个两个秘密，这样生活才像生活吗？李筱清假模假式地拉起莫丽侠，沿着广场上的环形路走了半圈，途中还颇显大度地往莫丽侠口袋里塞了五百块钱。接着两人又变成了无话不谈的忘年密友。她们去逛了商场，喝了会儿下午茶，临天黑的时候，两人抱别。莫丽侠说，今天她不回房沪霖那里去了，从今天起，她要住到公司里去。那么直到昨天，莫丽侠还是住在房沪霖那里的了？李筱清望着消失在霓虹灯下莫丽侠的倩影，发了好长时间的呆。

莫丽侠才刚消失，房沪霖的电话就来了。事实上这些天来，他总是会拨响李筱清的手机，只不过全被李筱清抵制了。在那些时候，李筱清还误以为房沪霖与莫丽侠两人正按部就班地暧昧在她为他们量身定做的计划里，现在看来，她是自以为是了。这一次，李筱清无论如何都应该接这个电话。房沪霖在电话里说，莫丽侠不见了，到你那儿去了吗？李筱清想了想，说，不知道，我都一百年没见过她了。房沪霖说，真奇怪！她从来不会不接我的电话，今天都不知道她怎么了，打了十几个电话了，都不接。怎么回事？为什么呢？李筱清说，你可真关心她呢，一天不见就想成这样了？怕她被车撞了？被人劫了？房沪霖竟然充当了一次十足的蠢货，他像被蜜汁泡坏了脑子，嬉笑着说，你不让我关心，我只好关心她啦。李筱清伤感地说，你个白痴，我真不知道你的钱是怎么赚来的，你那脑子真不够用。房沪霖说，怎么了？出什么事了？怎么了？李筱清说，死人了，莫丽侠死了。房沪霖说，你还是那么有意思，我想你了。李筱清说，我要想想，下面该怎么安排你。房沪霖说，你别说要跟我睡觉，虽然现在我很想。我向她保证过，不去碰别的女人的，虽然我现在还是更爱你，不够爱她。李筱清说，行了，别婆婆妈妈了。你个丑东西，伤透了我的脑筋，最好永远都别见我。

七

　　一如李筱清的预期，几天后她应邀走进了房沪霖的家。快两个月了，她与这个幽暗的房子完全绝缘，在心里发誓永不踏进这里一步，现在她又回到了这里，心里却没有一点故地重游的窃喜。房沪霖把她按在床上、地上、四面八方，比从前任何一次都要疯狂地好好把她服侍了一回。李筱清这次也疯了，不管不顾，为所欲为，恣意任性，及时行乐，不再顾及这场性行为的安全性。最后终于言归正传，开始谈论莫丽侠的离去。李筱清不爱听。在他絮叨的过程中，她回味房沪霖刚才施予她的极端的快乐。她发现她还是那么喜欢和他做这件事，如果让她随心所欲分配房沪霖和顾瑞龙，她愿意把夜晚留给房沪霖，白天留给她的丈夫。可如果反过来呢？把白天留给房沪霖，夜晚留给顾瑞龙怎么样？这个设问使李筱清心里咯噔了一大下。这个时候，她凛然发觉，房沪霖在她的生活中，更多扮演了一个性工具的角色。房沪霖人是好，但激不起她的任何悲喜，顾瑞

116

龙虽然常使她怒发冲冠，但这种被激怒，从另一个角度说，是否也证明着她对他有着那种男女间的奇妙而微妙的感觉呢？像莫丽侠说的那样，感觉，这个东西在她与房沪霖之间，其实是没有的，而在她与顾瑞龙之间，应该就有。李筱清发现她此前热衷于对房沪霖行善的另一个原因了，除了不想平白无故地承受他太多的好之外，还有一个原因，是她对他没感觉，她不在乎他的有无，他对她无害，还有益，但不是必需。可谁对她就必需了呢？顾瑞龙吗？不，没有必需。

看得出来莫丽侠的离去让房沪霖有所失落。他会在一阵嬉皮笑脸之后突然沉默寡言，期期艾艾地望着李筱清。等李筱清瞪着他的时候，他蓦然抬高视线，目光掠过她的头顶，落向无尽远处。李筱清想，难道他也爱上莫丽侠了吗？两个月后，这个原先被他推三阻四的女孩终究还是在他心里占取了一席之地？那么之前和现在他对她的爱，又该做何解释？他不过是个素少有机会去爱女人的人，只要女人给他机会，他最终都会爱上对方？他的爱，没有多少含金量，只是博爱的一种吗？李筱清发觉自己的疑心病又轰轰烈烈地奔腾起来了，收势不住，令她对自己满心鄙夷和厌弃。

房沪霖很快恢复了他一贯开朗的样子。接着下来的一次约会，他重新变回了原先那个啰里八嗦的碎嘴佬。在他的房间里，他奔跳着给李筱清剥荔枝，把空调调到李筱清最满意的温度，跪在她脚前舔她裸露的膝盖，他像个患了多动症的孩子一样，永不停歇地向他的老情人献媚，一方面不住嘴地用一种扪心自问的语气说着莫丽侠。他说，不怪她，要怪只能怪我自己。我那么丑，那么老，她那么漂亮年轻，怎么会看上我呢？

李筱清踢了他一脚，使他一屁股坐在地上。你是说我又老又丑？

房沪霖慌了。不不不！我哪有这个意思。你最美，比她美。当然是另一种美，成熟女人的美。唉！我又说错话了吗？对不起了。我的意思，是我不应该怪她，要理解她。人嘛，活在这个世界上，还是要多为别人想想，多站在对方的角度去想问题。做人要厚道啊！没有必要去怪罪别人，不能那么小气。人活着都是不容易的。她是个好姑娘，不怪我就好。

李筱清感觉自己要睡着了，她听不下去，觉得他像个两千年前的古人，在说一段与她的价值观、人生观完全对立的评书。她想，这个人，不过是个大好人而已，他的爱，建立在他是个好人的基础上，因为他是个好人，所以他很容易让自己去爱一个人，因而他的爱确实是没有多大含金量的，也许是一种滥爱，是这样的吗？可是，像他这样一个人，一个男人，四十开外，还有点钱，在世上滚爬多年，历尽雨雪风霜，怎么还能保持如此宽容、博大的心态呢？李筱清觉得房沪霖太神奇了。

后来的一天，房沪霖突然眼神迷离地向李筱清剖析他自己。其实类似的剖析在他们的交流中经常出现。房沪霖说到他因父母早逝而凄清的童年，他说有一年冬天他又冷又饿，在人家的骑楼下奄奄一息，以为自己要死了，最后一个过路的老妇人看到他，把他带到家里，喂他米粉，让他睡在干净的大床上，他才得以保住小命。这么多年来，他一直记着自己的命是捡来的，所以要感恩。他近年还信了佛教，相信人都是有罪的，在这世上，活着就是为了赎清自己的罪过。可他身上的罪孽一定太多、太大了，不然，为什么好好一个幸福的家，就没有了呢？为什么他的妻子会突然离他而去？他们又没有孩子，他突然再次成了一个孤独的人。为何上苍如此安排他的生活？是他的罪还没赎清吧？所以他要永远抱着赎罪的人生态度，要感恩，热爱活着的每一个人。

李筱清像听天书一般，吃惊地听着他的那些话。在他说着的那些时候，她竟然有种被布道的感觉，而他的布道是成功的，她想到了自己一贯的斤斤计较、锱铢必较，那么容易怨恨和责怪别人，那都是不好的。现在她觉得，房沪霖的存在，能给她带来一种清明的感觉，使她变得清新和超脱，竟然，她还可以反思自己在婚姻生活中的表现是否也有诸多不妥，进而对于顾瑞龙，还产生了稍许的愧意。房沪霖真是一剂平衡她生活的良药，可不过是药而已。

李筱清又回到了莫丽侠未出现前的生活格局：和自己的丈夫隔三岔五地无聊厮杀；另一方面保持地下工作者的身份，继续和房沪霖幽会。她还是想和顾瑞龙离婚，但还是做不到。有一天，李筱清心口不一地问房沪霖，她马上和顾瑞龙离婚，他们两个人结婚怎么样？房沪霖说，当然好啊。但是那样不好吧？你丈夫会痛苦的，会伤心的，你会伤害到他。一想到会伤害到另一个人，我就会不忍心。我怎么可以这样自私呢？会遭报应的。虽然我很爱你，但现在我们这样，也蛮好的，我已经知足了。

李筱清决定不再对房沪霖动任何情感。他不过是她的一个工具，满足她对性的窥探欲，平衡她在生活中的情绪。即便他是个大好人，对她好得不可思议，她也懒得去回报他、帮助他、爱惜他了。她还是要着重想想自己，想想自己未来还漫长的人生。她还是应该做一个自私自利的人，人不为己，天诛地灭，不是吗？不然，无法平静地活下去。

她努力让自己变得冷酷，试着和顾瑞龙谈离婚的条件。她说她把虎门的这套房子给他，另外给他一笔创业的资金，只要他永远从她眼前消失。顾瑞龙不留余地地拒绝了她。他竟然说到了爱。这个说起话来从来都让她反感，最不会甜言蜜语的小男人，竟然跟她提到了爱。他一脸肃穆地说，我爱你，舍不得离开你，我舍不得。他说，这是我不想和你离婚的唯一原因。一个爱字，从房沪霖嘴里说出来，她可以当成耳旁风，但从顾瑞龙这样一个吝于说顺耳话的人嘴里说出来，就令她猝不及防了。李筱清汗毛直竖。

换种方式想想，自己何德何能，竟然可以有两个男人死心塌地爱着她，就冲这一点，她也该学着房沪霖的心态去感谢生活。生活那么善待她，她为何不能善待顾瑞龙呢？可是，不是她不愿意善待，是她做不到啊。李筱清像一只被掐了头的苍蝇，跌扑在空气中。

八

莫丽侠给李筱清买了一套瓷器。她说这是她用自己的工资第一次给人送一份像样的礼物。不管怎样，她都应该感谢李筱清，若不是她使尽力气"善意"撮合她与房沪霖，她不可能来东莞这样遍地是机会的城市，也不可能发现自己的潜力。她觉得李筱清对她来说，就是一个起子，打开了她的瓶盖，使她不致埋没在山里，是李筱清将她推向了广阔的新世界。这又是一个月过去后的一天。时间真快，夏天就这样到末尾了，尽管南方还是那么燥热。陪同莫丽侠来的是另一个英气逼人的男孩。莫丽侠把头埋在自己的胳肢窝里，坐在茶餐厅里轻笑着跟那个男孩说她名字中那个"侠"字的由来。她说，

"霞"多俗啊，我父母没文化，我不能没文化，所以我就改成"侠"了呀。那男孩含情脉脉地望着她，掬起嘴唇向她送了个飞吻。莫丽侠宠辱不惊，端坐在男孩的目光里。看来她的接受能力强得无与伦比。她已经让自己变成一个惯于坐享男孩追逐的与普通城市女孩无异的高人了。

李筱清不无警惕地坐在这对年轻人的对面。她在想，她原先真是轻看莫丽侠了，她算天算地算不过人性，没有人是傻瓜蛋，认不清自己的价值。莫丽侠知道自己不凡的天资，正如她自己所说的那样，只要她的瓶盖起开，她就是一条闯入大海的鱼。现在，她与这个南方城市很快就融合在了一起，像许多最终在这个城市获得一席之地的北妹一样，这个女孩会凭着自己的聪慧成为一个大大的人。李筱清望着欣欣向荣的莫丽侠，慨叹自己已经老了，这世界终究还是年轻人的天下。

就在和莫丽侠约见的第二天，李筱清突然一阵反胃。紧随而至的几天里，在一系列的论证之后，她得知自己怀孕了。这是一件多么意外的事，她怀孕了？怀孕了？

李筱清花了一个上午的时间，回顾最近的性生活，心里产生了一个重大的疑问：这个孩子到底是顾瑞龙的，还是房沪霖的？都有可能。可怕的是，李筱清对这个疑问并不关注。

孩子到底是谁的，在她看来并不重要。她更关注的是这个孩子本身。怎么她突然有孩子了呢？她之前认真想过去要一个孩子吗？如果有一个孩子，生活会发生本质的变化吗？

她把这件事第一个告诉了房沪霖，而不是顾瑞龙。她坦率地承认，自己也不知道这个孩子是谁的。房沪霖表现出前所未有的激动和郑重。管他是谁的，也都是我的。是我的，这孩子一定是我的。我要做爸爸了吗？清！亲爱的！我们结婚吧！你跟他离，跟我。我要你，要这个孩子。虽然这样做不厚道，但管不了那么多了，我多想要个孩子啊。你跟他离婚好吗？越快越好。管不了那么多了，给我吧，宝贝。

李筱清对他突然表现出来的对命运的积极和争取，感到不适应。也不知道是为了什么，她咯咯大笑起来，笑得止都止不住。房沪霖狐疑地望着她，期待着她给他一个承诺。她却慢条斯理地站了起来，抬头向天上看了看。没有阳光，他们正坐在屋里，但她眼前竟然一片金色。她突然意识到，一个极为离奇的决定在她心里产生了。我跟你说着玩的，我哪有怀孕，都这么大年纪了，生孩子不是找死吗？你都不动脑子的。

房沪霖兴致勃勃的神气不见了，取而代之的是一点点的沮丧，以及他习以为常的旷达和无所谓。真是的！你老耍我！不过我就喜欢你这种个性，有意思，很有意思。我爱你到永远。

李筱清偷偷把手伸进衣服里，轻柔、缓慢地抚摸自己的腹部。那里真的有一个新生命吗？她正在酝酿着一个什么计划？那片金色的光芒还摇曳在她头顶，令她看到幽寂的前世今生。她忽然泪流满面。这么些年来，她从来没有这么颓败地在人前流露过自己的惶惑和悲伤。她长时间地把手掌停在自己的腹部，摸一下，再摸一下。那个叫房沪霖的男人，一如既往地啰唆着。他的声音像一段无法解密的梵文，却无法令李筱清解脱。她走到房沪霖的身后，无限难过地倾身抱住他的脖子。房沪霖扭过头来不解地望着她。她与他四目相接。她慢慢弄清自己心里那个惊世骇俗的决定了：其中之一，她

122

要永远离开这个男人。这个丑陋而美好的男人，在她生命中留过痕迹，现在，她决定抛弃他了。她因这种抛弃而激动，但她还是止不住地难过，那么空洞地难过着。

过后的一个午后，李筱清一个人坐在麦当劳快餐店，大口吞吃一堆鸡翅。趁人不备，她猫进了洗手间，迫不及待地关紧了里间一扇门。她一把将裤子扯到脚踝上，就着洗手间昏红的光线，激动地打量自己尚没有妊娠纹的平滑光洁的小腹。末了她坐下去，岔开两腿，使自己可以清楚地观察到自身更多的隐秘。有一会儿，她把手指探进自己的阴部，无限怜爱地抚慰自己。在一阵阵的热浪中，她自力更生地把自己推向了高潮。有人在敲门，她惊恐又快活地穿好了裤子，飞也似的离开了麦当劳。站在街边，她感到说不出的满足和自信。那片金色的光芒，还盘旋在头顶，在她深邃的心海里。我有孩子了，我需要一个孩子，她听到一个来自天外的声音在跟她对话。她在心里完善着那个惊世骇俗的计划，快步向前走去。

几天后，那个计划已经变得不容置疑了。她做了满满一大桌的菜，和顾瑞龙坐在自家的餐厅里。她比任何时候都大度地给他夹菜，催他多吃。心里面，她同情着这个男人。是啊，她终于可以狠下心来跟他离婚了，而且，她不会让他知道她肚子里正怀着一个孩子。多么奇怪！她终于可以离婚了。顾瑞龙激动得不得了。他激动是因为他觉得李筱清今天变成了一个温柔驯良的女人，他是这么看的。他趴在饭桌上，长久地品尝李筱清夹给他的菜，那么用心和仔细。有一阵子，他用舌头舔着牙缝，情深意长地说，老婆，要是你每天都能像今天这么温柔，我们的生活该有多好啊。你知道吗？现在我每天都提心吊胆的。我不知道你什么时候会发火。你像个火药包，一点就着。不是，都不用点，你自己就着了。我真搞不清你为什么那么容易生气，我拿你没办法。你以后可以不发火吗？像今天这样。老发火不累吗？你知不知道，你拉下脸的样子，难看死了。

李筱清露出让人难以觉察的冷笑。她别过头去，背着顾瑞龙闭上眼睛，感受着那招之即来的万丈光芒。现在它已经聚集在一起，成了一片稳稳悬在她头顶的祥云，令她忘记眼前的一切，看到无限远的远处。她又伸出手来，抚摸那个隐匿于身体里的小生命——他听见她的心跳了吗？顾瑞龙还在自说自话。他们两个永远是平行线，在他自以为他们交会成一个点的时候，其实她早就跑到了天上，越飞越高，他却浑然不觉。李筱清再也不会被眼前暂时的和谐打动了，她的思维再不会被一时的悲喜蒙蔽。他们的性格终究是相克的，这是必然，一时的和谐只是生活的烟幕弹。她把头扭过来，瞥了顾瑞龙一眼。他还陶醉在自己捏造的幸福感中。李筱清俯视着这个男人，带着一点怜悯。她忽然觉得全天下的男人都蠢透了，没有一个不是傻×，只要女人的立场够坚定，他们就能被玩弄于股掌之中。她被自己显而易见的自大吓了一跳。夜里，顾瑞龙向她求欢，她跳起来，号叫着占有他。巨大的快感平息之后，她摸索着爬下床，在深不可测的黑暗中，像个女神站在床前，毅然对顾瑞龙说，离婚吧。

顾瑞龙像个白痴一样呜噜噜地笑，半梦半醒。别闹了老婆，睡吧，我累死了。

李筱清平和而坚定地说，你听着就行了，不用再说什么。离婚，只能离婚。

顾瑞龙睡过去了。李筱清就当他是醒着的。她说，只要我想离，还有离不成的吗？我受够了。算了！不跟你废话了，对牛弹琴。

那片祥云，始终盘旋在脑际，李筱清幸福地洞察着自己的蜕变。

九

为什么像她这样一个失去方寸的女人，突然找到了自己的上帝？最后一次与房沪霖会面的时候，李筱清望着对面那个丑陋的天使，询问着自己。

她本来不想再见房沪霖的，想想在离开南方之前还是见他一面。房沪霖还是那么热爱向她献媚，仿佛他永远不打算回到自我，他活着就是为了感恩和自圆其说。他举着菜单，勾起身子一个劲地将它送过餐桌，请求李筱清点她喜欢吃的菜，不停地强调着，没事的，你喜欢吃肉你尽管点，不要想着我。你不是爱吃白切鸡吗？点嘛！这个店的烤乳鸽也不错……再点个椒盐虾吧？都是你爱吃的……我不给你出主意了，你自己看着点吧，爱吃什么点什么，别管我。

李筱清平静地把双手按在小腹上，由表及里地研究着他曾经的情人。那片凝集起来的祥云，在空中，保卫着她。她将头歪向左边，又歪向右边，眼珠子一动不动地抵近房沪霖的灵魂。终于她说话了。我们都吃素吧，今天，我陪你吃素。

房沪霖说，我反正是吃素的，你也行？

李筱清说，试试看吧，也许我也能行。

白灼菜心、手撕白菜、酸豆角、豆腐煲……一顿纯粹的素餐。也没什么不好，但是李筱清想到了全部的人生。如果这一辈子，她的每一顿都吃素，她能行吗？她想。不，她不行。一想到一生都只吃那些清淡的素菜，她连恐惧都有。她无法做得到，这是她对自己

125

的深刻体悟。她无法做那样的素食主义者。相比于她，房沪霖是多么强悍啊。

李筱清必须面对自己的宿命了。她的问题在于，她不像房沪霖那样，可以成为一个有信仰的人，在信仰宏大的照射下，可以完成任何艰难的人生使命。她从小没接受过任何的信仰教育，等人至中年，发现信仰的重要性，想投身它的巨翼之下，她发现自己已经失去了信仰的能力。所以她会怀疑爱，怀疑美好的存在，无法平息突如其来的烦躁，不能去爱一个爱自己的人，更不能去爱一个不爱自己的人。她永远只是繁文缛节的囚徒，做不到旷达和悠远，她是庞杂的、散漫的、乱糟糟的、没有立场的，她是最凡俗的肉身，无法自行结晶出希望，她只是个下贱的、自甘堕落的烂货。这是二〇〇七年夏末的一个午后，李筱清嚼着那些无趣的素菜，深刻地理解着自己的卑微，以真正敬仰的态度思考着面前坐着的那个丑男人，敬畏着生活。隔着饭店透明的落地大窗户，可以看到远处的高楼大厦，李筱清只能看到自己作为一个凡夫俗子的宿命。

可是，她分明又感觉到那片祥云始终围绕着她，在她获知那个生命出现之后。这证明了什么？难道是，如果无法信仰，就只好去相信未来？去生一个孩子，让他作为一种寄托，由他去承载她内心的希冀，只得如此吗？未来本身，一个属于自己的孩子，也可以作为上帝？也许是吧。现在她有一个孩子了，鬼使神差地，她也可以不再拘泥于生活的繁文缛节了，这也蛮好，就这样吧。

李筱清要离开南方了。这是她计划中最重要的一步。只有离开，才能重生。她要找一个与过去完全不搭界的地方，安心去孕育肚子里的新生命。她瞒着顾瑞龙，卖掉了虎门几间用来出租的闲房，转让了那几个商铺和那间网吧。她决定把他们住的那套房子和今年刚开张的市区里的那个潮州菜馆留给顾瑞龙。她悄悄地做完了这一切，在十月黄金周到来的前一天下午，跟顾瑞龙谎称去北方旅游，接着轻装出发，潜离了南方。没必要跟顾瑞龙直面探讨离婚这件事了。等分居的时间够长了，请法院去解决这桩麻烦事吧。她目前要做的，是赶紧与过去分道扬镳。对于未来，那种与一个属于自己的孩子朝夕相伴的生活，她已经等不及了。

三个月后，一个女人坐在北方的一个阳台上。这是在吉林一座安静的小县城。李筱清花了少量的积蓄在这里买了一套房子，她打算做个隐形人，猫在北方漫长的冬季里，专心孕育属于自己的小生命。她决定足不出户，与自己的内心两相厮守。她买了粗粗细细、五颜六色的各种毛线，大堆大堆地摆在卧室的衣橱里。很多时候，她跷着腿，坐在一张藤椅上，眺望着北方沉静的冬季，一边为未来的孩子织着各式各样的毛衣，从外套、背心、毛裤、帽子到袜子，甚至一些象形的小玩意。在做着这些编织活的时候，她的心总会一点点地化开。她像一个湖，稳稳地伫立在这个广大、辽阔的世界里，不为人知，自鸣得意。那个孩子的形象，早已被她联想过千百万次。她想象着他在她眼前慢慢变高，与春夏秋冬一起，伴她度过一天又一天，她像织一件毛衣一样，一个步骤一个步骤地耐心培育他，掌握他成长的每一个细节，这些想象，总令她心跳不已。

也不是没有打扰。曾有一次，一个男人越过几条街，提着满满几只购物袋，站在她的楼下，用北方男人特有的大嗓门央求她让他上去。他说他在对面的楼上观察她好几个月了，觉得她很可怜，需要爱护。他卖弄自己的力气，将购物袋举高，让她看到里面的水果。

他对她说，有什么需要帮忙的地方，就招呼他。李筱清纹丝不动地坐在阳台上，从石栅栏的缝隙里打量这个男人。平心而论，这人长得不错，壮壮的，看着也敦厚。但李筱清对男女间的小情小调早就不以为然了。她高高在上地坐在自己的阳台上，微笑着，连头都懒得摇，漠视着这个世界的小诱惑。男人最终识趣地离开了。李筱清越过他的背影，望着远处的一座山，忘记了一切。她的肚子越来越大，有时候她走进暖气烧得蓬勃的屋里，撩开内衣，对着镜子欣赏自己，她觉得，这世上，再也没有比一个女人的腹部更为完美的东西了，她举着数码相机，拍下自己沉醉的表情。时间流淌着，她停在那里。

（原载《江南》2009 年第 4 期）

爱无法替代

一

一大簇梅花开在不该开的地方。吴旺盯着上衣紧合、裤子褪到膝盖的刘洪，觉得是时候来教训教训这头骚猪了。

"你的判断是对的，你很有经验。"

"真是性病？"

吴旺吐掉嘴里的槟榔，逼视镇上这个首席淫棍。在刘洪咧得过大且过于呆滞的嘴型间，吴旺发现一个定律：淫棍们在一些特别重要的时刻，会表现出一种不可理喻的白痴式的镇定。该情绪失控的时候什么反应都没有，这就是淫徒和疯子的一个共同特征。对这种人，吴旺只好无语了。

"哥！那就全靠你了。"刘洪呼地从检查椅上坐起来，三两下锁紧了裤子，把房间里搞得一阵稀里哗啦的同时，也恢复了他喜欢胡乱承诺的淫棍式恶习，"你治好了我，要什么我都给你。"

吴旺费老大劲弯腰推开脚旁的一个纸盒箱子，扶着墙向外面的屋子走。刘洪机灵劲十足地提了拐杖塞到吴旺腋下。在外屋靠墙一字排开的药柜那儿，吴旺吃力地停下来，再次凝视刘洪。后者显然会错了意，跑过去把柜台上的药秤拿了过来放在吴旺手上。吴旺真切地感到一种快意：作为一个正被病人需要着的医生，只要他想，病人随时可以变成一只猴子。可是，此刻他糊弄着刘洪，这个与他血缘关系没超出三代的表弟，究竟出于何种动机，连吴旺自己都感到疑惑。

这是下午三点来钟，吴旺开始给刘洪抓药。有几个时刻，他有股强烈的冲动：加重药方中某味药的剂量。那又是一种令他困惑的念头，这念头如此邪恶。到底怎么回事？这个闷热、清寂的夏日下午，他对自己的表弟为何怀有如此炽烈、晦涩的敌意？

"我可以毒死你。"吴旺被自己声音里的残酷吓了一跳，但他却阻止不了自己说下去，"一个念头，就可以改变整个命运，你信吗？"他把手伸长，打开最边上一格抽屉。"我们小时候经常看潘金莲和西门庆的故事，姓潘的荡妇就是用这个毒死武大郎的。念起来多有节奏感的名字：砒霜。"他换了一个抽屉，"这个叫雷公藤，我伸手多抓一点放到你药里，你就再别想去深圳逍遥了。不过，你不用怕，我是讲医德的。"

紧靠着刚才检查室的楼梯响了一阵，还有一些金属空灵、细碎的碰撞声，接着里屋的门开了一条小缝。刘洪应声扭过头去，门飞快地合上了，跟闹鬼一样。吴旺把配好的十剂中药放进一个方便袋，又拿了盒药膏，并从架上取了几个药瓶，包了几包药片，写上医嘱，一并放进袋里，扔给刘洪。他差点要实话跟刘洪说，这里面无非是一堆治疗急性湿疹的药。可刘洪是不长记性的，要是他知道了这一次只不过是梅毒的临床特征误导了他，这骚包憋不过今晚。

"里面的药包，一天一剂，两次煎服。十天之后，你才可以寻花问柳。"

"什么寻花问柳？别说得这么难听好不好？"

刘洪说生气就生气了，把药袋子拍到柜台上，脸拉了下来。吴旺不知道这种情绪骤变是不是淫货们的又一特征。他可不吃这一套。吴旺的语气更加恶毒了。

"要不是我，你那玩意儿烂掉多少次了，两次淋病，一次梅毒，还有多少次尿路感染。这药你不要？我收起来？"

吴旺的目光紧紧咬住刘洪的脸，不放过对方脸上任何一个表情变化。他看到刘洪的嘴忽又咧成了白痴状，似乎那些性病史不是人生的可耻印记，倒成了荣誉。吴旺的目光上下扫了他一通。面前的这个人，身高刚过一米六，屁股和腰一样窄，最容易让人质疑的是他的脑门，很显然一个随时准备谢顶的男人，再年轻他的容貌也是有缺陷的。吴旺再次确信，这个世界上有些女人是贱胚，刘洪则是利用着这类女人的色情狂。否则的话，刘洪丰富、混乱的性史难以理喻。

被吴旺恶语相向的刘洪开始频繁地让手在两腿之间打游击。大白天的，他旁若无人地大力搔挠自己的阴部。吴旺想起了刘洪阴部泛滥成灾了至少三年的阴虱。三年前的一天，他就像今天一样，专门从深圳赶回，向镇上声名日盛的中医兼他的挚友吴旺求救。那是他第一次和性病进行一场不算正规的邂逅。其时他对性病尚无经验，生出了莫须有的恐慌。阴虱严格说算不上性病，但很容易让人有伤大雅，保不准大庭广众之下，它就发作了。吴旺当时喝令他剃掉阴

131

毛，抹几天专杀阴虱的外敷药。这小子在这方面竟怪得很。他坚决拒绝剃掉阴毛。"我的宝贝会冷的。"他说出这个理由，要着调皮。吴旺知道他打的小算盘，那些东西剃掉后再长成一定规模，少不了一两个月的时间，刘洪怎么可以超过一个月不要女人呢？他一定觉得让那杆来者不拒的爱物孤零零地去替他造乐，是件尴尬的事。于是他就带着那些繁殖能力超强的虫豸辗转至今。一年前他回来治淋病那回，沾沾自喜地跟吴旺发表他的奇谈怪论：阴虱能提高性欲，所以他决心与它们共存亡。现在刘洪一边挠里挠外，一边飞快地夺下刚才他拍到柜台上的药袋子，好像吴旺要跟他抢似的。吴旺觉得刘洪身上的贱性已经成为他随机灵活运用的一种表演工具了，他止不住让心里的刻薄来了一次彻底的狂欢：

"你，就是一条吃了春药的狗！"

刘洪终于再次发作了。但这回他没赌气松开手里的"救命药"，只是厉声回了一句：

"说话别太过分了！"

里间的楼梯又响了一阵，门开了，一个姑娘做贼似的扫了吴旺和刘洪一眼，迅速低下头，沿着柜台，一路错身走到外面。她脖子、手腕、脚踝裹满银饰，这些白亮的链子响了一路，像一群流离失所的天籁。刘洪赶紧让手规矩了。没过一分钟，那姑娘回来了。出去和回来时都两手空空，搞不清她为什么要出去。等她的身影消失在突然关紧的门后，吴旺大声"喂"了句，喝断了刘洪穷追不舍的目光。这小子的手不知不觉间伸进裤裆里挠开了。吴旺眉头深皱一处。像必须开脱一样，刘洪迅速说：

"哥！你把我当成什么人了？我再怎么色，也不会打她的主意。

132

你不觉得她太丑了吗……"意识到说错话了，连忙改口，"美丑也没个标准。长得也挺有特色的——你什么时候又结婚了？"

"回家去熬你的药去吧。"吴旺下起了逐客令，"我这药可不是白送的，特别对你这种人。等好了，你一起过来结账。"

二

吴旺用了很长时间拧掉螺丝，之后小心将假腿取下，竖靠在床边。他用先前准备好的水擦干净自己，屁股代替手，摸索着找到床，放稳身体。躺下后接踵而至的是繁杂的思绪。后来他侧过身，望着床边那条假腿发呆。在漆黑、肃静的屋里，它的形状模糊、孤僻，与他之间有着很深的隔阂。

外面屋子里，电视被调到很小声，吴旺需屏息凝神才能听到那声音，显然看电视的人怕影响到他。吴旺想对外面躺在沙发上的六万说，别看电视了，进来吧。说说话，做点别的什么，都行。总之你要过来，别总离我这么远。现在吴旺已经对她有所了解，知道只要他要求，她什么都能答应；但如果他不要求，她就是一根永远不打算与世界发生关系的木头。打个比方，吴旺每晚避不开的行动——解除假腿、擦身、上床，这过程中如果得到别人的帮助，会顺利许多，但六万绝不会主动跑来帮他。如果必须给每个人归纳一些怪癖的话，那就是六万身上最令吴旺厌烦的一大脾性。与六万同居数日后的现在，吴旺警惕地觉得，总是先要求她以便使她有所表示，那是纵容她这个怪癖，而这是以损折他自身的尊严为代价的。所以，他宁可在料理自己的时候摔倒在地，也拒绝开这个口。已过

133

十一点，六万还沉迷在那些无聊的肥皂剧里，吴旺有时不免觉得，她是在用这种方式躲避他，这倒可以理解；但有时，他又觉得她对他并不反感。她看着并不是复杂的人，但吴旺总对她感到疑惑。他们是两个世界的人，注定有着很多隔阂吗？这问题令吴旺伤脑筋，不想也罢。他现在需要做的是，以最快的速度睡过去。在梦里，人会变得无欲无求，不会因为倏忽而至的失落烦躁伤神。

差不多是半夜，一阵热气谨小慎微地向床这边游过来，伴着六万身上银饰清脆的呻吟。她刚洗过澡，热气里挟裹着一股肥皂味。吴旺在似睡非睡间，感觉到那股热气在他身体正上方盘旋了一下，接着绕了过去；在床的另一头，吴旺那只孤独的脚掌旁，它历尽险阻地向床的里侧爬行。似乎终于妥当了，六万鼻腔里呼出深而长的一口气，听着就像叹息。立刻，她侧身对着、紧偎着墙壁，躺住了。

吴旺已经醒得很彻底了。就在六万刚才费尽周折爬向床里侧的那一小会儿，他做了一段梦：刘洪背对着他，坐在一张木躺椅上，两臂直直地向外摊着，反抓住椅肩。一股浓重的汗馊味弥漫在梦里，刘洪瘦得只剩下那个器官。他那东西撅着，耀武扬威地等着谁的幸临。吴旺悄无声息地从刘洪身后走过。后来六万湿漉漉地出现了。刘洪专注地在她身上蹭来蹭去，闭着眼睛，白痴式的笑持久地飘在他脸上。他们当着他的面开始缓慢地做爱。他假装生气，心里却不可思议地欣喜着。阳光突然亮了一下，刘洪和六万一起消融进空气里。

现在吴旺一面咀嚼着那个梦，一面辨别着六万的呼吸，以判断她此际是睡过去还是在想心事。结论是，他深信，情形属于后者。他止不住又恼恨了一次。难道她翻过身来主动碰碰他，会犯禁吗？

134

吴旺又被心里的这个疙瘩缠住了。这使他睡意全无，渐渐头痛起来。就这样醒了很久。后半夜他的自尊突然就散架了，不容置疑地，他伸出手，从床面与六万身体间的缝隙里插进去，抄住了那只离他更远的乳房。她竟也醒着，极默契、顺从地翻挪过来，银手链哗哗响起，不绝于耳，一只手熟练地抚向他那残肢早已结茧的创面。接着，他们不再拒绝任何亲密的形式。有一段时间，她把脸贴在他残肢的附近，或者干脆用鼻子摩挲那个碗口大的古老创面。他脑海里浮现出她小得令人反感的没有鼻弓的鼻子，在黑夜里，反感遁去无踪，取而代之的是充沛、高昂的性冲动。他把这个宽矮、结实的姑娘抱到身上，自己微侧着，有腿的那一面身体支在床上，另一面撑着她，他与她就这样运用这个他们摸索了多个夜晚最终确证唯一行之有效的做爱方式，完成了他们漫长的亲密。第二天早上醒来，他发现她还是背对着他，似乎想钻进墙壁里去，睡得很沉；而他的一只手竟千辛万苦地远远够过去，握着她的一把头发。他当时很想顺势抱住她，用她温热的身躯捂填空洞的内心。这个念头让他生了自己的气。

现在他慢吞吞地装好假腿，把拐杖夹在腰间，在六万舒展的呼吸声中，出了屋子。经过他妈的屋门，他看到门虚掩着，这说明她已经起床去农贸市场了。他抓着木楼梯的扶手，摸黑走了下去。

这幢上下两层的房子是四年前他和他妈花光所有的积蓄，还借了五万多块钱，拆掉原先祖传的老瓦屋，原地翻修的。楼上用来生活，底层用来营业和接待患者。他的药店没有创意，中药、西药兼卖，但对一个小镇医生来说，这种经营方式很合时宜。这小镇的药店不止一家，他这一家最有人气，因他是个医生，既看病又卖药。尽管他人还不老，刚过而立而已，但祖上世代行医的口碑使他获得

135

了镇民的信任。最近报纸上在大张旗鼓地谈论中医，一些人担心中医会销声匿迹。他觉得这是杞人忧天，至少在这偏僻小镇，人们在去镇卫生院看病的同时，也常光顾类似他这样的中医诊所。

仲夏时节，人们起床普遍较迟，小镇匍匐在一片静寂中。吴旺慢条斯理打开铝闸门，一道白亮的晨光扑了进来，他心里的阴霾一扫而光。天气好，临近的那些山轮廓比往日清晰，他深长地吸了一大口气，仿佛漫漫长夜是个牢笼，现在他终于获得了解放。

三

一个人冲了进来。吴旺刚看清是个女人，红玉已经先发制人了。

"我过会儿还要去市场买菜，就开门见山了，钱准备好了没有？"

一股火药味，看来她已经对他的信用产生怀疑了。这是她第三次来要钱。前两次都是先电话预约，今天她把事情弄得跟突袭似的，说明她确实不打算给他面子了。那种失信于人的感觉令吴旺恼火，何况红玉还与他沾亲带故。马路上行人渐多，有个老头走到药铺门口时停了停，向里张望，似乎觉察到里面气氛不太对劲，跑了。吴旺了解自己是个一上火就容易犯蠢的人，强令自己平静。

"楼上有现成的早点，上去一起吃点，姑妈？"

"没心思吃。你就说今天给不给钱吧。"

吴旺真没想到这女人这么混蛋，原先她与他家没共过什么事，几十年，她给他的感觉是比亲姑妈还要亲。现在为了一万块钱，才两个月不到，她就翻脸了，让他发现这个从前一贯温言细语的女人身体里寄生着一个悍妇。人真是潜力无穷，要想恶就可以恶。问题是他从没说过不给这钱，只是他暂时手头没有；另外，若较真起来，这欠下的一万块预付金，到事情结束后，和另外三万一起付出去，又有什么不妥？都是老亲戚了，做事不能这么不讲人情味。吴旺想把这个道理与她说一遍，却想到前面两次跟她说得喉咙冒烟都没用。他忧心忡忡地望了红玉一眼，低下头收拾药铺，为一天的营业做准备，同时打算在这个来兴师问罪的女人面前扮哑巴。

"真后悔给你搭这个线，我什么好处都落不着，还弄个两头不是人。你少跟我扮可怜。"红玉像忘了自己是个女的，对方是个男的，一张利嘴朝吴旺的脸不管不顾地撞了过来。这情状很容易使外人误以为她要咬死吴旺。吴旺闪避，差点摔倒。"当初是摁了手印的，要按规矩办，你预付款没付清，人家姑娘就根本不会上你家来。还不是我去周旋，帮你先把人先拉进家门？现在事情上路了，你把该付的钱先付上啊！你要这么办事的话，可真悬。"像是被某种推理惊住了，她猛地顿了顿，尖声高喊起来，"老俉！我叫你一声老俉！你该不会……等事成之后，后面的钱，会一齐赖账吧……哼！你打的如意算盘！"

吴旺刚择了一颗槟榔打算送到嘴里去，一股怒火轰地冲上头顶，他用力把槟榔掷向门口，一回手，柜台上那只泡槟榔的铁皮罐子被他劈到地上。嘭的一声，十几颗黑乎乎的槟榔骨碌碌跳滚着散开去，伴着罐子与水泥地面的尖锐碰撞，这个早晨立刻因这些声音变得剑拔弩张。红玉眼里喷出的全是疑惑，紧接着她铁骨铮铮地踹倒了一张塑料马扎。

"×！"

这个恶毒的象声词从她嘴里冒出的同时，里面楼梯咣啷啷响起，六万那张五官模糊的黑脸出现在那门口。她两只脚光着，外衣都没来得及套，胡乱裹了条毛巾被。红玉即将喷薄而出的那些骂词，像百米冲刺刚起跑就撞到一个从天而降的气球，一大堆，全在她嘴边收住了。她又旋即发觉那不过是个一脚就能踩破的气球时，先前蓄积的力量陡然增了两成，哗啦一下，她高亢的声音龙卷风似的扑腾在早晨的吴记药房。

"就今天了，不把一万块预付款先付清，我们就走人——你起来！"她指着六万，像个老鸨似的，喝令道，"上去把衣服穿上，今天你就跟我走……"

六万，这个本应作为辩论主题的焦点人物，在这个时候竟表现出一种不可思议的冷漠和淡定。只见她走近门与里侧柜台边的藤椅，坐下去，在它们的阴影里，她低下头去，身子一动不动地坐在那里。

"喂！你呆了？"红玉喊着，"硬在那儿干什么？没听到我说话吗？"

没反应，谁都可以认为这一刻六万聋了。

红玉又"×"了一句，一时没词了。在这稍纵即逝的静穆中，吴旺望向六万，再度感到他与她之间的隔阂。他确实不懂她是怎么回事：每一瞬间，她心里在想什么，下面该做什么，对此，他从无把握；也许连眼前这个把她从山里带出来的两面女人红玉，也不见得了解她。她是一株野生植物，是一个在阴森的洞穴里独自长大的冷姑娘，一个蛹。她不识字，几乎不说话，世人的任何质询对她都只能是对牛弹琴，是这样的吗？吴旺想起她进入他生活的这两个月后他心里曾涌出的对她的这些想法。他又想到，其实这场交易是在他与六万之间发生的，只有他们两个是当事人，他们每晚同床共枕，却从不谈论这个交易（难道是无法启齿？还是别的原因？），需要另一个人做中介，来与他交涉这事。想到这点吴旺感觉身上的衣服像刚从沙里捞出来似的，令他觉得生活很诡异。另有更不可思议的一件事：两个月了，他还不知道她叫什么。她来的第一天，红玉或许说过她的名字，但他没在意，而后来，他也没觉得知道她的名字有多么必要——不！他怎么会觉得不必要呢？一定是他在许多鼓足勇气要弄清这事的时刻，那种坚硬的隔阂使这种问询变得艰难，他只能在心里叫她六万，这绰号起初有点不怀好意，现在看来却有着深藏不透的寓意……孤独感不合时宜地爬上吴旺的后背。可奇怪的是，一种对六万的怜悯，以前从未在他心里出现过的感觉，在这个早晨，悄悄在他心里涌动了一小会儿，似是而非，但很引人注目地在他心里跳了跳。吴旺心里当即有了一股歉意：他是不对的，他确实当时应该把预付款一次付清。可是，钱呢？那个同样来自山里的贵州女人把他搞惨后的现在，他真的不是故意想赖账的。

红玉有点乱了，但火气却水涨船高。

"她傻的！"她的目光跳跃着最终撇开六万，直射向吴旺，"和她说也没用……我现在把话说死了，今天你要是不拿出这一万，这事今天就撤，我这就带她走。那两万块，你也别想要回去了，她可是干净的姑娘，陪你睡了两个月了……"

吴旺觉察到他对红玉的恼怒在突然之间升级了。是仇恨！的确是仇恨，真可怕，他怎么可以仇视红玉呢？他迅速因这种不应有的仇视自责了，而这种来自身体内部的自我诘问软化了他。他的眼神闪烁不定地躲避红玉。现在这个老女人说到做到，她已经走到六万那里。

"你走不走？"

六万仍然纹丝不动，甚至头低得更低。吴旺又开始走神了。恍惚间他竟从六万低垂的脸上看到一种莫名其妙的笑意。他以为是自己的幻觉，定睛一看，真的是六万的微笑。那是一个山里姑娘为掩饰犹豫和拘谨而下意识流露出来的表情吗？不见得是笑，只是一种没有意义的表情而已，还是她另有所指？疑惑仍笼罩着吴旺。这姑娘注定是令人费解的。但不管怎样，六万的无动于衷可以被吴旺利用成一种协助，现在他得抓住这个好的战机。

"姑妈！"吴旺风度翩翩地把拐杖向红玉挪了一步，"给别人一次机会，也是给自己一次机会。你就算骂死我，今天我也拿不出一万现钱。你给我时间筹钱，相信对你也没有坏处是不是？我会尽快把钱凑齐的。至于后面那三万，那更别说了。姑妈，你再好好看看我……赖账这种事，我做得出来吗？"

红玉的音量丝毫不减，但语气却随着她的宣泄变得不再那么激烈，也许她已经明智地认识到，今天必定是白来一场了。

"别说大城市了，就算那些小城市，就值你这个价吗？十六万都不止——人家可是干净的姑娘——都这么便宜了，你还这个样子……让我怎么说你呢……"

吴旺一任她训斥下去。这个深锁在群山里的小镇渐渐热闹了，起早来镇上赶集的人已经开始频繁地从店门口经过、来去。后来红玉无趣地在店门口坐了会儿，正好吴旺妈从农贸市场回来。她买了一兜水果，阳桃、荔枝什么的，见了红玉就抓出把荔枝往她手里塞去。她这一塞，气氛立即正常了。她们寒暄了一阵子。临走的时候，红玉还是不客气地给吴旺下最后通牒。

"给你一个月，够长了吧？一个月后我再来。"

"好吧。"

"做事一定要上规矩。丑话说在头里，你钱不给完，最后就算孩子生下来了，也不见得会给你，我有的是办法处理掉⋯⋯"

四

梅花像一群隐居的幽灵，在刘洪的皮肤上留下浅浅深深的影迹。隔着橡胶手套，吴旺用力扒拉那坨贱物。那东西压根儿不是安分的好鸟，一点拨动都经不得，在吴旺的检查下，它竟一副山雨欲来的蠢势。吴旺一把推开刘洪，厌恶得直摆手，把手套撕脱，扔进垃圾筐后，往水龙头那里走。

"把衣服穿上吧。"

刘洪提扣着裤子，黏在吴旺身后。"哥你是神医啊，说十天，七天还不到就好了。你该去深圳，深圳那地方得性病的人一抓一大把，你去了准发大财。"

净了手吴旺回到药房。"结账吧，零头免了，三百五。"

这个数目在刘洪看来无疑是不过分的。在深圳治个性病少说不得两千？弄得不好还会遇到江湖骗子，病不但加重，钱白白花掉一大把。要不刘洪干吗每次得性病都坐十来个小时的车回这山里来治？但照吴旺的收费原则，这价是大大地过头了。吴旺绝不是个财迷，放在一年前，他手头还宽裕的时候，这种黑心要价的事，他做了会良心不安。但半年前那个贵州女人卷跑了他所有的积蓄，他现在这个家除了一屋子不值钱的中药材和空荡荡的四壁，加上几张没还清的借据，就什么都没了。现在六万的到来又给他带来这一大笔逃不掉的债，他真是急了眼了。可真是因为这种困窘致使他宰刘洪一顿吗？似乎也不全是。照吴旺的习惯，如果换了别人，这次他收费不会超过两百。这就邪了，刘洪好歹也是他的表亲，他不少收反而变本加厉，他到底是为了什么？

那种白痴式的笑又及时出现在刘洪脸上，这笑成了刘洪的标志，也似乎被他当成了救急的万能战术。"哥，我过两天给你钱行不？"

"狗屁！"

吴旺骂完这两个字立即想到那天早晨被红玉逼债的情形。现在他惊愕地发现，在扮演同一种反面角色时，自己比红玉还要恶毒。就是这样一个突如其来的两相对照，他立刻原谅了红玉。但这种谅解又迅速被他驳回原处。他想到，他和红玉有着本质的区别，红玉就是为了钱钱钱，而他此刻对刘洪恶言相向，是出于对他的厌恶。三百五十块钱算什么？能改变他眼下的困境吗？他只是太厌恶刘洪的品行了，想借此教训他。

刘洪的笑变得没皮没脸。"要钱没有，要命有一条。"

他嬉笑着上前搂住吴旺，吴旺大力打开。

"去偷，去抢，去卖你那身臭肉——我不管你想什么办法，反正你把钱交过来就行。"

"我这就去卖！"

不等吴旺咂出这话的调皮劲，刘洪已跃到门口。一定有人陪他一起来的，没进来而已。刘洪大声向西面"哎"了两嗓，回到药店里，脸上堆满淫棍式的沾沾自喜。吴旺突然想笑，他觉得刘洪已经不仅仅是个淫棍了，他简直就是一本烂仔大全，一本世界大全，一本男人大全。正因为这样，尽管他厌恶刘洪，但刘洪身上却总有什么东西吸引着他。

靠在门口的那条扫把突然被踢倒，一个穿牛仔裤的女人，啃着根香蕉，出现在他们眼前。这镇上年纪不轻却敢于穿这种镂花牛仔裤的女人屈指可数，吴旺没看到对方的脸，眼睛刚触到她若隐若现的腰肉，就认出她是谁了。他不得不佩服刘洪的勾女水平了：才回来一个礼拜，就和这个今年来镇上后便很快臭名昭著的开发廊的外省女人搭上了。那女人满脸愠色，把啃了半截的香蕉远远扔到马路上，她止步在门口，侧身对着刘洪，怒声道："不是说去喝糖水的吗？你来这儿干什么？走不走？"

刘洪上前握住她的髋部，猛力将她身体的这一截往他同样的部位一拉、一拧、一顶，两个人马上变成一个巨大而稳固的倒立的"Y"。谁也没看清楚过程，刘洪的嘴已经在那女人的耳朵上吮了一口。他没急于把嘴从那只耳朵边挪开，让它在那里逗留了约有半分钟。但事实证明他简短的调情是失败的，女人当胸捶了他一拳，顾自走了，留下刘洪飞速变青的脸。

"太抠门了！"

他一脸颓唐，嘀咕着，气哄哄地回到药店里。吴旺走到角落里，搬出铡刀放在药台上，又找了铁簸箕靠在下面，去里屋取了一把药参，开始切参片。刘洪作秀似的过来帮忙。吴旺干脆给他示范了一下，便把这活全部交给刘洪。刘洪不便违逆，笨手笨脚地切了起来。吴旺把一张椅子拖过来，坐着当刘洪的监工。天气闷热，吴旺想起刚才那个没给刘洪面子的女人，忽然觉得刘洪就是人们生活中的一个小丑。

一年前刘洪回来找他治梅毒那回，吴旺怀着一种不可告人、目的不明的心理，逼问吴旺的艳史。那一回他感觉自己被一种诡秘的力量控制了，对这个镇上人将其淫事传得神乎其神的家伙充满了探究欲。面对刘洪，那天下午，吴旺的那张嘴完全不是他自己的。平常的时候，他说话哪会那么放肆。

　　"你干过多少女人？"

　　一反常态，刘洪对自己的性事出言谨慎，他拒绝回答。性压抑的人才爱咂嘬这事，那些成天拈花惹草的人才没这时间也没这劲头。而吴旺的好奇心都快爆炸了，他几乎软硬兼施，使刘洪终于开了金口。

　　"太多了。"刘洪翻着眼睛，挺认真地思考了一刹那，"八千。"

　　"八千？"吴旺无端地松了口气：原来这家伙是吹牛。他立刻驳斥刘洪：

　　"你今年二十九吧？照你这数字，就算是十四岁开始干女人，平均一年也得干五百多个。一年才三百六十五天，太离谱了点。"

　　刘洪的眉头皱了起来，看得出来吴旺的质疑促使他开始对这件事做一次深入细致的回顾。过会儿他给了吴旺一个严谨的回答：

　　"刚才是有点多，不过我确实记不清了，确实记不清了，抱歉！"

　　吴旺不放过刘洪任何一个表情变化，并仔细揣摩他的话，就在那一刻，他深信镇上关于浪子刘洪繁密的性事传闻，都是有真实依据的。接下来在吴旺近乎疯狂的追问下，刘洪简单罗列他的部分生活轨迹，完全证实了吴旺的主观判断。从十七岁初中毕业离开小镇直到现在，刘洪双脚到过的地方，不少于中国大大小小一百个城市，最重要的是，他从来就不拒绝出卖自己的身体。也就是说，其貌不扬的刘洪一有机会就去当"鸭"。而作为一个在女工扎堆的工厂里混迹数年的男人，刘洪不出色的外表对他的"鸭"途并未产生阻挠。这种事情，是否能够得手，从根本上说，取决于技巧，以及那男人的最本质之处。刘洪最后以十足炫耀的语气向吴旺耳语：在硬件这方面，一般男人不及他。

在那个下午，两个年纪相差不大的男人进行的这场猥琐的交谈，带给吴旺一种混乱的、奇怪的、血液要从脚底下喷溅、上体透不过气来的感觉，说不清是兴奋、跃跃欲试，还是愤懑、伤感、慌乱、无奈。他瞥了几眼自己的那条假腿，觉得嫁接在自己身体上的这条异物，是那么的空、那么冷、那么虚和飘，像过去时光中的风、云、空气一样，与他格格不入。那一刹那，他坠入一口沉重的、盛满沼泽的大钵中，十六年了，从他的一条腿因那个宿命的骨肉瘤而不得不锯掉的春天之后，这只大钵无时不在对他虎视眈眈，一不留神他就会被它吸进肚里，从某种角度说，他的生活就成了抵御这口大钵的过程……那个下午，他望着刘洪，对他产生一种难以言说的情绪。

现在吴旺却忽然有了一种释然的感觉。今天他有幸目睹刘洪现场演示勾女术，这使他获得一个很大的发现：那种事主要靠足够厚的脸皮，似乎并不存在太大的技术含量。这个刘洪，他无非只是个供人们在茶余饭后消遣的小丑。吴旺随手从一只罐子里摸了一条自制陈皮，扔进嘴里嚼了两下，望着有板有眼切着参片的刘洪，心里竟油然生出一种同病相怜的痛感。

吴旺走过去推开刘洪，将差不多切完的参片端起来往里走。再回来时，他看到刘洪无所事事地靠在门口抽烟。吴旺听到今天从自己喉咙里吐出的话格外温情。

"钱就不要了。你不忙着回深圳的话，有时间就帮我做点事好了。"

"那好啊。"刘洪还是很沮丧，"反正我现在去哪里都是个混，深圳，唉！深圳，我现在都怕去了……去哪里呢……真想去北京，可那地方太冷了……"

吴旺不明白他想发什么感慨，他不想听。他完全可以想象，刘洪这种没文化又不脚踏实地、不走正途的人，充其量只是个社会混混而已，活着或死了都影响不了谁。这种人在深圳肯定也混得跟狗一样，看他都二十九岁了却连三百五十块钱都要使着邪术从萍水相逢的女人那里去诈，说他像狗没说他是渣滓，那还抬举他了。可是吴旺自己呢？他这么活着与死了有多大的区别吗？

"过几天等有空了，你陪我去趟白清河怎么样？"几乎过了两个多小时后，吴旺凭空里扔出这样一个提议。

"没问题啊，但是……"刘洪裤袋里的手短促有力地挠了自己两下，他瞪着吴旺身体的下半部分，"你方便？"

"方便还叫你陪吗？"

五

这是一条粗大的光面的银镯子，亮白中带着点晦暗，显示年代久远。与它主人深栗色的皮肤相比，它还是太过耀眼了。它的主人胳膊偏短，这使得这件银饰更为粗拙。佩戴它的六万立刻充满了浓重的乡土气息。吴旺轻捉六万的手，提高它，再放低，那条银镯便在六万的手臂间滑上滑下。吴旺被眼前的情形迷惑了，恍惚间觉得

146

自己来到了远古时代：一个深居简出的农夫，与他新婚的妻子在枯燥乏味的生活中，一遍遍地重复他们之间的小游戏。小镇的夜晚静得清冷，吴旺有种去亲近那镯子的冲动。他俯下头，用嘴去触吻它。六万下意识地缩了缩手，但立刻顺从地让镯子定格在那里。吴旺敏锐地注意到了她刹那间的紧张。这银饰是一种禁忌吗？他想起有一天夜里他默默地试图帮她摘下她脖子上的银链，因为他觉得那东西缚在颈上会影响她的睡眠，但她轻柔却不容置疑地推开了他的手。有时候，这个姑娘给吴旺带来无穷尽的迷惑和惆怅。他想象她长大的地方——据红玉说，她家就在附近的山里——那一定是个人迹罕至的沟壑，或深密的丛林，否则她为何有那么神秘的个性？

现在吴旺将那只镯子推到她的肘部，用食指和中指抵住她手腕的后部，专心辩听来自她体内最隐秘的搏动。她的脉搏一直很旺，这说明她是一个相当健康的姑娘。吴旺渴望听到的她的脉搏出现喜脉的迹象，他希望今晚就能窥听到另一个生命的讯息。这个生命藏于她身体最幽深之处，却与他有关，可以成为他全部的寄望。它是他和六万的结晶。他没有听到任何异常，那个生命还未到来。吴旺再度洞悉自己在这件事上的急切。难道中医听诊术没有器械检测那么精确和及时？后来吴旺暗自揣摩：明天是不是带六万去镇卫生院做一次尿检？他的确太急了，可这个姑娘来到他的生活，最终结果不就是为了那个生命吗？除了这个功利的目的，难道还存在别的理由？

外面下起一阵暴雨，哗啦啦的，反衬出屋里的寂静。后来六万光裸地躺着，一只胳膊垫在后脑勺上，另一只压在腰下，偶尔迟疑地挪到腹部。她的上下眼睑合得不够紧凑，这说明她在窥视吴旺，只不过她不想让他知道。吴旺卸下假肢，扶着墙壁和家具去了卫生间，坐在座式马桶上细心地给自己洗了个澡。洗完后他感觉自己不怎么想回到卧室里。他将墙上的镜子取下来，拭干水珠，望见一张阴郁的男人脸。他觉得自己的脸英俊非凡，如果不是因为腿疾，他的头脸和身体配得上任何骄傲女人。他坐在狭小的卫生间自怜了许久才回到卧室。六万背冲外发出轻微的鼾声。吴旺的视线回避着她粗短有力的身体，急切地关了灯。仿佛担心自己一定神就会改变主意似的，一躺下他就决绝地伸出手，大力将或许已经睡着了的六万揽进自己的怀里。

"睡着了吗?"

六万长呼了一口气，头发在他胸间摩挲起来，告诉他她现在醒着。

吴旺翻了翻身，使他与六万的身体正对着紧密地缠抱在一起。这姑娘的身体很结实，令抱着她的人感觉踏实。

吴旺觉得自己每次触到、抱着这个身体，并不会立刻产生强烈的性冲动，但他又随时愿意和她做爱；另一方面，他们不做爱，他也不会失落。准确地说，在这个身体面前，吴旺的身体是放松的、自在的，没有危机感，也不会刻意排斥他物。然而，吴旺最终又会觉得，如果不做爱，他真不知道该与这个身体或这个人还能发生什么其他形式的关系。到目前为止，性是他们之间唯一配合默契、从不会产生隔阂的事。于是，他只好每晚和她做爱。难道他试图通过这唯一心有灵犀的交流，来增加对她的了解吗? 可是这种了解是不是一种可笑的一厢情愿，毫无必要?

他并不投入地和六万重复了他们每晚的"功课"，之后头昏脑涨，就想沉睡过去。六万却还在用她的手和嘴唇爱抚他，她不断将嘴唇贴在他的胸膛上，令吴旺飘飘然地竟有一种幸福感。像很多时候他远远望着六万，不自觉开始揣测她时一样，他再次产生一种说话的欲望。

"你开心吗？"他问她，还是不知道从何说起。

"嗯！"

这是她肯定的回答，或者只是一个不指代什么的喉音而已。

"你比她让我舒服。"

她仍然"嗯"了一声，不过她停下来了，乖顺地抱着他将头搭在他的肩窝里躺下。吴旺不明白自己为什么突然说到了另一个"她"，更不确定身旁的这个她对他丢出的这个话引子有无兴趣，但他还是任由自己说了下去。

"她是个骗子。他们都是骗子。她不是被人贩子从贵州山区骗出来卖给我的。实际上他们说好了，卖给我以后，她再找机会逃走……我后来才听说，做她这种事的女人，最多的把自己'卖'过四十多次……我是买她的人中最傻的一个。她跟了我两年，中间不断往外跑，她说是回娘家看看，实际上她是又把自己'卖'了几次。我这里成了她歇脚的据点了……不知道她有没有回到过别的男人家……她最后一次'从娘家回来'，把我家底都掏光了。有一天她彻底失踪了，什么也没有留下来。"

他动了动发酸的肩膀，示意她爬上来。她心领神会，趴到他身上。他抚弄着她的发丝，冷冷地说：

"我并不恨她。只是，一想到她，我就感到恶心。"

外面的雨停了，整个世界都静止了。吴旺感觉到她听到他这句话，呼吸停顿了一下。他本来还想告诉她他心里的更多想法，比如说，他这个鬼样子虽然很难讨着老婆，又被女人狠骗过一次，他是对婚姻这种事情产生了绝望，但他对找个姑娘生孩子这种事刚开始还是有顾虑的。要不是那天红玉来串门时他们随口说到了这种事，正好红玉在乡下有很多穷亲戚，她又觉得自己能说服其中一个急等钱用的亲戚，又一举两得地帮了他的忙，他并不会往这条路子上想，毕竟，这样的事在这种小地方很鲜见。他忽又敏感地提醒自己，让这个只是与他合作一场生意的姑娘那么清楚地了解他，至少不是件安全的事，他刹车般噤了声。

"不说了，睡吧。"

她抬起头，吴旺感觉她在黑暗中观察他的脸。他睁开眼睛，果然看到她深邃、专注的眼神。她避开这种对视，将头躲进他的耳后，然后斟酌着说：

"我……我有点怕你。"

她带点异乡口音的轻弱的声音，令吴旺的心里顿然产生一大股的怜爱。吴旺感到一种难得的，却也危险的激动。他很用力地收紧抱她的胳膊。

"对不起，我忘记了……你叫什么名字的？"

"梅……丽。"

梅丽！呵，梅丽！吴旺的眼前出现一条静静流淌的小河，山坳里一幢简朴、古旧的民房，一丛丛枝繁叶茂的三角梅铺天盖地地长在房子的一角。在另一角，是同样茂盛的一棵紫薇树，一个小女孩在房子前面正中的空地上，在阳光下，踟躇着，像一条形单影只的水蛭，时光在水面上停滞不前……哦，梅丽！他再一次紧了紧他的

150

胳膊，她却误会了，细声细气地说：

"今天……不做了……好吗？"

他说："好！"起身打开灯，又踉跄着在床边跪下，埋头从床底拖出一个纸盒。他从中抽出一个大本子。

"这是我的一个小秘密。"他抱着本子爬到床上，翻开它，无限怜爱地抻平一个卷起的页脚，指着上面密密麻麻的笔迹，对她说，"我在整理家谱……"

他知道，这事只是他一个不想给镇上人知道的小爱好，对这个别处来的姑娘来说，算不得不能揭示的机密。他只是需要与人分享而已。在这个夜晚，他愿意让这个不识字的姑娘——梅丽，来分享他在生活中最隐秘的一份情趣。

"到我这一代，家谱突然找不到了。我还小的那阵子，像家谱啊还有别的一些东西，被'破四旧'烧掉了。可我总觉得，这世代流传的东西里，藏着我们老祖宗的秘密，甚至……"他在想他咬文嚼字说话的方式，在梅丽面前是不是不合时宜，"甚至我们的未来、信念、寄托……老人们都说，这里这些姓吴的人，是吴起的后代。喔！你不知道这个人吧？他是战国时代的，是我们的老祖宗。我在找证据……"他合好本子，弯腰把它放到纸箱里，将纸箱推进床底，回来抱住她，看着头顶上的日光灯。"除了这个，我还在收藏碑文、瓷器，我和我的同龄人不同，我对祭祖的那套风俗很尊重……"

梅丽没能坚持着听下去，她睡着了。

第二天吴旺带梅丽徒步去了趟镇卫生院。在路上，他与她一前一后走着。他在前，她在后。他们像两个陌路人，走得一直很慢。他当然因奇怪的走路姿势吸引了路人的目光。梅丽低着头。在一棵粗壮的高山榕下，他故意停了下来。梅丽步速丝毫不变，跟到他身旁。看来她并不是刻意躲避他。也许他该变得亲和一点，宽容一些，像个长者，那样她就可以心无芥蒂地与他相拥而走，是这样吗？

快到卫生院时，他才告诉她带她出来干什么。她并没因为他的独断而抵触接下来的检测。检测结果吴旺一个人去拿的。没有什么言词可以形容他拿到这个结果时的兴奋。哦！现在，那个生命终于从遥远的时空里向他发来呼唤了。是男孩还是女孩？这都不重要，重要的是，他的寄望终于落到了实处。

出于一种慎重的考虑，他没有马上把结果告诉梅丽，但他告诉了他妈。那个已经寄居在梅丽身体里的生命需要营养，他妈煲一手好汤，现在是这个抱孙心切的女人发挥爱心的时候了。他打算过两天再带梅丽来检测一次，确定一下。

六

吴旺只是随口问她明天想不想一起去。他认为到目前为止，他至少已经知道梅丽一个性格特点：孤僻。大多时候，她愿意一个人在楼上待着。似乎，她什么爱好都没有，除了看电视，就是睡觉，再不就是从浑浑噩噩地趿着拖鞋走下来，在药店门口阳光照不进来的地方坐着，魂不守舍的样子。每天她也只是花很少的时间去街上走动一下，通常一个钟头不到，她便带着一种像刚刚有人得罪过她的那种郁郁寡欢的表情回到家里。在这个异乡的小镇上，她身边的人——吴旺、吴旺妈、红玉、吴旺家有限的几个常来串门的邻居和亲戚、最近不时过来转悠一下的刘洪，来看病、买药，或者到靠近

152

门口的公用电话打电话的陌生人，他们都与她无关。她的身体在这里，魂从来都在谁也不知道的地方。在这个镇上，她只是过客，所以她热衷于和自己的魂对话，活在自己的内心深处。对于其他的人和事，她能不张口就不张口，能不干就尽量不干。因此吴旺与其说是随口问问她愿不愿一起去白清河，莫如说他在百无聊赖的长夜里，以一种絮语的方式告诉这个眼下正与他朝夕相处的姑娘，他明天要去干什么事。他只是莫名地觉得，在现在的每一刻，他都应该让她知道他在哪里。吴旺怎么能让她跟自己一起去河里游泳呢？对一个孕妇来说，最该做的是待在一个温度适宜的房间里，静卧在一张凉爽的大床上。但吴旺惊诧了。早上他起来，发现梅丽已经用一个方便袋准备好了去游泳的一些东西（她只准备了自己了，没帮吴旺准备）。等吴旺疑疑惑惑地瞥了瞥那只翘首以盼的袋子，她脸上露出少见的灿烂笑容。

"离得远吗？"

她问的是白清河。吴旺在她掩饰不住兴奋的声音里觉察到，自己对这个姑娘的疑惑在升级。她身体里必然有一些他不知道的力量，像一股潜流，被她自己故意藏着，或者只是因为他们这种畸形的关系使这股潜流没有机会昭告于人。去白清河游泳，对吴旺来说，可能是一次意味深长的重大行动。对她呢？也许，她得到了一次解除束缚、释放自己的机会：她的家乡就在这条河边的某处吧？站在那条河边，她与家乡、她急需用钱来拯救的家庭的距离就近了很多吗？吴旺揣测着她，只得默许了她。

刘洪对这件事消极应付的态度是显而易见的，他什么也没带，吊儿郎当地站在药店门口，催促着吴旺和梅丽快点出发。吴旺妈把三个木瓜和一把能折进鞘里去的水果刀放进一个挎包，躬腰塌背地走出来，将挎包别在自行车后面的座架上。等三个人推着两辆自行车走到马路边，她还站在门口望着吴旺的背影。吴旺知道，包括他妈，所有人都会对他如此执拗地要去游泳感到莫名其妙，可是他心里骚动得厉害。白清河卧在不远处，叮叮咚咚地蛊惑着他，令他精神倍增。吴旺忽然觉得自己有点孩子气。

吴旺自己骑一辆车——这么多年来，他力图活得像个正常人，在很多方面，也都做到了——他叫梅丽坐在刘洪的后面，两辆自行车拐弯抹角地骑向三公里外的白清河。天气和多数时日一样不好不坏，但在野外，阳光一无遮蔽，便使人觉得天气出奇地好。远处时而一晃而过的南洋杉、吊瓜树、桉树、甘蔗的叶子都闪着晶亮的光。刘洪和梅丽在前，吴旺在后。半路上，梅丽突然从刘洪的车上跳了下来。刘洪肯定没想到她会跳，因为他车速未减。梅丽立足不稳，摔了一大跤。吴旺追上前。梅丽爬起来，低声而坚定地对他说：

"我不想坐这个人的车。"

吴旺注意到，她说"这个人"，而不是他，或别的礼貌称谓。刘洪令她厌恶吗？他认为她一定生气了，尽管她面部表情依然疏少，几乎没任何反常。为什么呢？是因为刘洪老是在车上摇头晃脑，嘴巴唠叨个不停，不时用他难听的嗓子唱那些大城市刚刚流行起来的口水歌？吴旺望着她的小鼻子、紧抿着的同样小小的嘴，他想到，与刘洪相比，她就是一株十足野生的、随时准备逃避异类的山林间的小动物，而刘洪是一堆由一次性聚酯盒装起来的镍币。前者是自我封闭的，死守着自己的那一点儿东西，而后者将自己的一切置之度外，包括对他来说可有可无的人格。刘洪和梅丽才是最相异的世界的两极。此刻，在四周大片蕨类植物的环抱下，吴旺发现梅丽脖子短圆、肩膀略宽的身形显得煞是可爱。吴旺从心底里笑了起来。他让她上他的车，她一手抱住他的腰，另一手抓住后面的车座。一种从前未曾体验过的亲密感觉出现在他们之间，令吴旺感到惬意。

这是一条宽度超过一百米、长度未知的大河。十九岁前，吴旺常骑着自行车来这里游泳，独自一人，或与镇上的同龄男孩结伴。一度，他被大家敬称为浪里白条。他的水性实在是太好了。那时候他喜欢把头埋进水里，在眼前一片混沌的水中，想以后的事。镇上稍微大一点的男孩都出去了，去深圳、广州，还有北方，有的甚至去了东南亚。出去的目的无非是两个：上大学，打工。吴旺希望自己先念完大学（最好是医科大学），接着去更远的地方，旅行、工作、谈恋爱和遭遇挫折，比如去欧洲，那些密密麻麻聚集在亚欧大陆板块左侧的众多国家，是他最神往的地方。

他带着健全的双腿最后一次来白清河的那天，是正午。那一天他突然有种不祥的预感。他漂在水里，感觉周围的水像油一样黏糊糊的，令他毛孔顿感堵塞。河岸的上面是山，更远处是天空，而笼罩他大部分视野的是那些水。就在他瞪着前方白茫茫的水面时，他突然看到了他两年前死去的爸爸临终前的情形：瘦得根本就没了人形，整日整夜地惨叫。那些已经扩散到肝脏的骨肉瘤使他的肚子大得像一个一碰就会破掉的橡皮热水袋。他站在爸爸的床前，正想着那些关于遗传的说法，恐惧在他胸口蔓延。而那个正午，一种熟悉的恐惧感爬满了他的身体。他毛骨悚然地奔上岸，疯了似的踩着自行车回到了家。三天后，他左腿膝盖朝上约十厘米处真的开始不舒服，接着是连日的剧痛。这就是他的宿命：阴毒的骨肉瘤。他不能重蹈他爸的覆辙，只好眼巴巴看着整条左腿离开自己。

残疾后他来过这里两次，一次是他请求来找他治癣病的一个对他感激备至的中年男人陪同；另一次是他背着他妈偷偷来的，那次他差点淹死。他喜欢白清河。把眼睛埋进水里，极目四望，可以望见平时无法看到的东西。它们当然是他的想象，无与伦比的令他暂时不再落寞的想象。

现在吴旺正站在河的浅处，刘洪警惕地站在他旁边，一脸烦闷。梅丽坐在岸边一块大石头上，定定地向他们这里望着。她身后一棵轻摇的云松在她脸上投上斑驳的暗影，使她看起来扑朔迷离。河水缓缓向东南方向流着，整个河面一派死寂。吴旺试着让独腿离地，身体向水面倾去，发觉自己原来可以在水里浮起来。他听到边上刘洪不耐烦的阻止他的声音，他充耳不闻。在这个上午，他愿意让自己变成一个乖戾的、顽劣的孩童。他回顾从前身体健全时在水里驰骋的感觉，大着胆子游了几下，开始很困难，不多久竟然把从前的感觉全找回来了。他激情四溢，向河心游去。刘洪大声唤他，追游过来，发现吴旺游得那么自如，便住了嘴，随着吴旺的频率跟着他游。后来他们游到了对岸，气喘吁吁地并肩坐在岸边。

"没意思，一点意思都没有。"刘洪泳裤里的虫豸又欢腾起来了，他扒开泳裤使劲地挠，嘴里嘟囔着，"干什么都没意思，活着真没劲——你今天的瘾头倒是挺大。"

吴旺不说话，他觉得寂寞。他从来都是寂寞的，在往日，那些寂寞感会使他坐卧难安，而今天，这种感觉令他享受。他沉浸在自己的世界里，坐在一堆飘来荡去的思绪间闭目养神。

"你这个人挺怪的！"

吴旺听到刘洪烦躁的声音，他暗自体会着自己故意在他们间制造出的沉默和隔阂，觉得此刻的刘洪一定烦极了。"我不打算回深圳了。深圳，唉……"刘洪连着叹了三口气。吴旺想，即便刘洪这样的人，也一定有创痛，有沉重的记忆，有属于他自己的内心的隐忧、烦恼和困惑，也许这个寂静的上午、这个蛮荒的河滩，使这个浪子不自觉坠入了内心深处。刘洪会忧伤吗？他忧伤时会是什么样子？吴旺听到刘洪抑声顿挫的声音："我再不打算出去了，哥你觉得我在家开个养鸡场怎么样？"

　　吴旺没理会他。对一个混混来说，那些正道上的计划一般都是他们一时的心血来潮，所以刘洪这话可以被当成放屁。吴旺爬起来，像条搁浅的鳄鱼一样蹦进水里，坐在水边向对岸张望。梅丽还坐在那里，自始至终，她没挪动过一步。刘洪跟过来，他是那么容易犯浑的一个人，他指着远处的梅丽突然对吴旺说：

　　"哎！我早就想说，她是不是智力偏低？"他明显在揶揄吴旺，"看她那样子，就知道脑子不太好用。"

　　吴旺所得到的受辱感也许比刘洪设想的还要多。他对刘洪如此不隐蔽地诋毁一个和他关系密切的女人的动机感到疑惑。难道刘洪知道这姑娘实际上跟吴旺没有任何关系，于是在发表自己对她的观感时不再有顾虑？还是刘洪只不过是在向他展示他的优越感：我玩过成百上千的女人，而你呢？你这个可怜虫！你少得可怜的性经历也只是这些劣等的女人带来的。

　　"不过，傻到极点也会有点可爱的。"

　　刘洪那种白痴式的笑持久地挂在脸上，他笑着歪过头来，瞟着吴旺。吴旺今天才发觉，刘洪这独具个人风格的笑容更多时是用来表达他对某些人或事的轻蔑。

吴旺怒不可遏地回头瞪了刘洪一眼，呼啦扑进水里，往回游去。在这个阳光渐至浓烈的上午，他惊觉自己对梅丽其实是有些厌恶的，只不过这种厌恶感多数时候被遮蔽了。他想到这两个月来，他每晚通宵达旦地和这个姑娘待在一起，肌肤相亲，深入地接吻，在频繁的做爱中无数次地变成一个整体，深夜醒来时发现正与她紧拥在一起。这些情形历历在目，令他觉得不洁，令他感到可耻。他突然对整个生活都感到厌弃，他这么无耻地活着，与死了有什么两样？游到河心时，他停在那里，人没进水里，待了一会儿。河水温暖，密密匝匝地裹住他，使他恍若回到了母体。再游到岸边时，他看到了梅丽疲倦的神色。就在刹那之间，他心里的厌恶感隐去了。她是无辜的，他想，她是个可怜的姑娘，家境所迫，违背着自己的心性与一个残缺不全的男人在一起苟且，生活在一个找不到任何人来交流的陌生的小镇上……他们同病相怜，都是孤单而可怜的行尸走肉。

七

他把台灯调暗一点，那些字立刻蒙上一股旷远的韵味。让岁月凝聚下来的精髓失去很容易，一把火、一柄刀，随便就能使其湮灭。而重现岁月中的那些秘密，却是极其艰巨的工作。从后往前推，吴旺才搜集整理到九代人的资料。这说明这个工作还刚起步。这些年来，吴旺利用镇民常到他这里来看病的机会，为他们治病之余，和他们闲聊，以获得重要线索，有时还亲自去乡间查询。随着工作的深入，这件事已令他着迷。那些逝去生活里的祖先、那条镌刻在时空里的神秘线索，诱惑着他。渐渐地，这件事已成了他毕生的宏愿。

吴旺掏了一粒泡得很久的槟榔放在嘴里，望着手里的家谱草稿，一时入了迷。门轻轻打开，他妈端着两碗东西进来了。一个碗里是一只剥好的糍粑，另一碗是炖了一天的洋参鸡肉汤。吴旺回过神，听到外面厅里玻璃茶几与碗碰撞的锐响，梅丽正边看电视边喝汤。他妈从来都疼护他，给梅丽煲的汤她都会给他盛一碗。吴旺看到碗里好多鸡肉。他妈把碗递到他手中，在他背后站了会儿没走。吴旺没好意思回头，感受着来自母亲的注视。

他认为自己更多的心性遗传自他妈。母子俩最大的共同点就是含蓄。这些年里，吴家发生过三件大事：他爸长年卧病在床及最后的暴亡、他的截肢、那个女人骗得他再次倾家荡产。这些事对一个家庭造成的打击，是灾难性的。数场灾难留下一大笔债务。他妈却从不和儿子正面谈及这些事。在儿子的心目中，她瘦小、佝偻的身体里有一颗强悍的心，她身上有种深不可测的被抑制的力量。他敬重她，偶尔也会对她产生迷惑。他们心照不宣地共同生活着。她早晨去农贸市场卖菜，白天帮吴旺一起打理药店。她很辛苦，仿佛在以这种高强度的付出告诉整日愁容满面的儿子：一切都会好起来的。她对儿子实在是太好了，就算两个多月前，儿子突然决定找姑娘生个孩子，从而再次给这个家庭带来一笔巨额负担时，她也毫不犹豫地支持他。作为母亲，她完美得可怕。

"她听话吗？"

她坐到床边，极小声地问。

吴旺从她的问话中，听出她是多么渴望知晓他与梅丽间的一切秘密。他确实太少跟她细谈这件事了，他无非只言简意赅地告诉过她一些要点。但他还是不想和她说太多。有许多东西，他自己都弄不清楚，又怎么跟她讲？他含糊地点了点头。她疑惑地走了出去。在她关门的瞬间，吴旺回头，看到她的脚步多少有点沉重。

上午他又带梅丽去卫生院检测了一次，证明上次检测无误。这回他一颗心完完整整地落了地。在医院里，和上次一样，他还是支吾着没把结果告知梅丽。这个夜里他考虑了良久，决定把怀孕的事告诉梅丽。梅丽的反应却比他想象的要大得多，好像她压根儿没打算怀孕似的。她直愣愣盯着墙壁，好长时间。吴旺熄了灯，把她搂住。她上床前那种慌乱失措的样子现在跳进他的脑海，他竟因此亢奋。他急促地呼吸，脱掉她的衣服，正要进入她时，她挣脱了。这是她第一次在性方面拒绝他，他很恼火。她不理会他，从他脚尖绕过去，出了卧室。卫生间传来水声。许久后她才回来，摸索着往床里爬，途中不可避免地碰到他的身体。他感觉她浑身的皮肤比蝉蜕还冷。

"你怎么了？"

她急忙答了句："没什么。"

吴旺立即从她骤然增多的鼻音里听出，她刚才在卫生间哭过。为什么？什么导致她要背着他去痛哭一场？以前她从没哭过。

"你还好吧？"

吴旺用手在她脸上撸了一把，把手放在她头上。她僵直着，喃喃念叨了一句什么，吴旺没听清。

"你想跟我说什么吗？"

"我……我不知道……该从哪里说起……"

吴旺的敏感再次作祟，她的欲言又止使他惶惑。他凛然怀疑起她的来历，她可能有什么重要的事瞒着他，以前的，最近的，适合告诉他的，应该让他蒙在鼓里的……他不知为何做出这样偏激的断定，他应该鼓励她说下去吗？

"我真的不知道该怎么说……"

这是一个交流的契机：她主动想和他说点什么。但吴旺在最后关头放弃了这个机会。原来，他是害怕了解她的，他害怕知道与她有关的更多事。为什么要害怕？

他们都翻来覆去。最后还是吴旺先睡着了。他梦见梅丽因在一个猎鱼的篓子里，肚子胀大如鼓。鱼篓正向水中沉去。梅丽恐惧地大喊大叫：疼！我疼！吴旺死去的父亲出现了，使劲将梅丽从篓里拔出来。他们搂在一起，接吻，做爱。河面宽阔，时光飞逝。梅丽向吴旺扑过来，狠狠咬住他……他汗涔涔地醒了过来，听到深夜从梅丽口腔发出的空洞的磨牙声。

第二天梅丽出去了一整天。吴旺和他妈一开始就对梅丽的行动不加防范，因为她不是从前那个买卖婚姻里的贵州女人，她必须在这里待着才能拿到最后一笔钱。但这天梅丽出去得太久了，来这么长时间第一次出去这么久。中午吃饭时吴旺妈忍不住提醒吴旺。

"她不会做什么事吧？"

她定是想起了那个贵州女人得知自己怀孕后，背着大家去医院打掉孩子的事情。正是那女人擅自掐断吴家的命脉，及她在这件事后无法令人信服的解释，使吴家母子二人对她产生了一丝怀疑，而她意识到，自己以后将不再能够像从前那样把吴旺玩乎于股掌之间，及时撤退了。所以吴旺妈的疑虑自有她的道理。吴旺却镇定自若，他想这大概是一个初次怀孕的女人的正常心理反应。何况，她眼下的角色与肚子里孩子的奇怪关系，无法不使她惊慌失措。下午刘洪来这里玩时，又带来了那个开发廊的女人，他们在吴旺店门口旁若无人地调笑，刘洪当着那女人的面大谈特谈他对女人的感悟。后来吴旺恼了，含沙射影地讽刺他们，他们走了。

八

吴旺坐在柜台后，发着愣。在得知梅丽怀孕后起初十来天里，他第一次能静下来，深思正在发生的这件事。究其原因，大概是因为，这件事的目标是为他制造一个孩子，而梅丽的怀孕使这个目标近在眼前，于是他一直过分抑制的身心大大放松了一次。这时吴旺再回想这件事的始末，多少觉得自己有点稀里糊涂。忘了是哪段时间了，市里回来的红玉每天都到他药店里来，闲着没事瞎聊天。贵州女人留给吴旺的创痛太深了吧，他那段时间言语间充斥着对女人的偏激之见。后来不知怎的他们说到了生孩子。多少年来这交易偷偷隐藏在民间，最近的几年，有钱人的增多，人们观念的更新，使这种民间秘密交易市场在扩大。红玉在吴旺以往的记忆中总是古道热肠的。那些天她推心置腹地和吴旺讨论他的特殊情况。他还很漫长的后半生该怎么过呢？她觉得，像吴旺这样的人，最重要的是有子女，老来作为他的依靠。她建议他不妨考虑一下。如果吴旺有此意愿，她社会关系丰富，也许能帮他这个忙。吴旺认同了她的提议。现在想来，这个事的促成，部分原因是他受了红玉的鼓动。而当他真正和一个姑娘进入实质性的交易过程，那些细枝末叶的感觉是他未料到的。这个过程太长了。若把当事人比作一个演员，吴旺有时会吃惊地发现，自己是个极容易入戏的人。

得知自己怀孕后的第三天，一如吴旺对梅丽的理解，她恢复了平静。除了每天出去闲走时间稍长些，她跟前面比没什么异样。接下来似乎应该是漫长的、单调的、更为功利的孕期了，对这个时间段，吴旺心里竟有种莫可名状的慌乱。他们几乎不再做爱。原因不能简单地归结为梅丽的拒绝，主要因为与吴旺独处时的梅丽越来越孤僻、冷淡和失魂落魄，而这导致吴旺对这个无甚美感可言的身体没了性冲动。数日后的一天半夜，吴旺被一种焦躁的、不规则的手指与肌肤的摩擦声吵醒了。他睁开眼，在影影绰绰的卧室里，把头轻扭向声源方向。梅丽在睡梦中猛力挠着自己的裆部。吴旺没把这当回事。又睡了一会儿，睡着后更为专注的某根神经，给了他一个惊人的猜测，他惊醒了。

阴虱！梅丽身上有阴虱！这东西哪来的？它们绝不会来自这充满药味的房子，不会来自洁身自好的吴旺。传染源很快在吴旺的简短思考下出现了，答案令吴旺难以置信。

脑袋沸腾起来。吴旺微颤着，急吼吼打开灯，连滚带爬下楼去了药房，一会儿取了只放大镜上来。梅丽给声音弄醒了，浑噩地望着向床上扑倒过来的吴旺。后者猛力扒开她的两腿，放大镜贴紧梅丽的耻骨。没错，是阴虱！吴旺的手抖得紧，放大镜跌落到梅丽的大腿上。梅丽不解地捡起来搁回床头。她正要问吴旺什么，吴旺眼里的火被他硬生生遏止了，他戳戳她的手臂，示意她去关灯。接着在黑乎乎的房间里，吴旺感到眼里的火喷射了一屋子。

他想起那天去白清河的路上，梅丽气冲冲从刘洪自行车上跳下的情形；想起几天前的夜里，她避开他去卫生间哭泣；再仔细点，

163

他想起好几个白天刘洪来药店帮他做事，而有时梅丽刚好从楼上下来，那家伙对梅丽倨傲无礼但放肆的注视，他还对她没话找话，而她后面总是神经质地上楼，避之不及似的。这头骚猪，一定在吴旺不知道的某个时候、某个地点，违背梅丽的意愿，和她干了那桩事。这畜生，一辈子为旺盛的性欲所支配，作为性欲的奴隶，他会抛开一切禁忌。梅丽是他的表嫂那又怎样？就算梅丽在他眼里奇丑无比，那又怎么样？只要是个女人，这混蛋就不放过。这乡间不像深圳那么容易找女人，刘洪一定憋坏了，把主意打到了梅丽身上，这杂种！

吴旺心底里怜惜着梅丽，但那种时隐时现的对她的厌恶感，更甚于以往。第二天他第一次喝令她不要出门，而天一亮，他自己就往刘洪家的方向走去。

刘洪还赖在床上。那幢房子至少有五十年了，一面壁有点往里斜。门是杉木的，看起来大点力就能推倒。他父母早对他不待见了，分了这幢旧房给他，眼不见为净。吴旺在刘洪家门口那棵琴叶榕树下站了会儿，听了会儿动静，才走到门口。他耐着性子敲了几下门，刘洪嗡嗡应着，说马上开门，但老半天没动静。吴旺沉不住气了，后退三步，运足气，一大脚踹去，门还真开了。晨光从窗外射进些许，吴旺看到一对苟合的男女。二人淫态毕现，裸身交错在床。女的先醒过来，叱骂着，用毛巾被遮着火速穿衣服。吴旺退出来，不久，那个开发廊的女人恶狠狠地盯着他，走出去了。刘洪还是赖在床上，扫兴地叫吴旺进去。

"你睡了梅丽？"

房顶都要被吴旺的声音掀掉。吴旺则吃惊地发现，自己吐出心里的猜测时，竟用了这样一种粗俗到极点的表述。为何每每与刘洪对话，他都极尽粗俗？

刘洪咧了咧嘴，上唇持续外翻，嘎嘎乐了。要让外人来听，作为一句开场白，吴旺那句话确有喜剧效果。但再好笑你刘洪怎么有胆笑出来呢？这狗杂种真是太欠揍了，吴旺想。他大幅度跑动着，来到刘洪床畔，想把对方拎起来，想想又觉得这堆肉太脏，不愿沾污了手指头。他跑到厨房，端了半盆水，泼到刘洪床上。刘洪夸张地发出撕心裂肺的喊叫，蹦到地上。"喂！你干什么？"

吴旺摔下脸盆。"狗东西，你要不要脸的，谁你都敢×啊，你一天不×会死掉吗？他妈的你就是个畜生畜生畜生！呸呸呸我一刀子把你阉了……"

一个完全陌生的自己从吴旺口中吐出这些脏话，他感觉自己进入了一种狂乱情绪中。这么歇斯底里其实并无绝对目的。刘洪却表现出一个淫棍的特异之处。吴旺的失控，反倒使他越发平静，简直是在表演，他抿着嘴，优雅地笑了。

"朋友，可以先给个理由吗？"

像一根遇强则强的弹簧，吴旺镇定了下来。"什么时候，你对梅丽干了那种事？"

"干了哪种事？"

"你最喜欢干的那件事。"

刘洪不再装糊涂。他撇着嘴角，低头做思索状，举止少有地严谨。刘洪与别人谈论性事时那种惜字如金的习惯，再次让吴旺愕然。有的人把荒唐全用到行动上了，轮到用语言来表述他的荒唐时，他只剩下认真劲儿。吴旺甚至还发现，在这镇上，刘洪是少有的嘴巴特别干净的人。他用词尽量文雅，几乎从不带脏词。这是一头什么

165

样的怪物呢?

"好,我回答你。"刘洪眉头一挑,"是有那事,还不止一次,三次。"

吴旺咬牙切齿,猛送一拳。刘洪避开了。

"狗!"吴旺喊,"狗都比你知道羞耻!"

"少教训人了。我倒想问你,她是你什么人?什么人?你和她有法律关系吗?"刘洪反而责问吴旺。可恶,他还振振有词:"我对她做什么,你有资格管吗?"

吴旺命令自己,从今天起,他要对刘洪恨之入骨,恨一辈子。他几乎要顿足捶胸,手抚着胸膛,使声音锐利而可信:"强奸犯!我去告你!"

"告我?少在这儿自以为是。本来我觉得你活得够惨了,给你留点面子。现在我跟你交交心怎么样?免得你太把自己当回事了。"

"狗屁!"

"你不是喜欢听我讲故事吗?嘿,你的心理有多阴暗你自己该知道,我现在给你讲个故事吧,以前的故事,想不想听?"

吴旺忍住气,心想来看看他葫芦里卖的什么药吧。他沉默地盯着刘洪,抑制着随时会从眼里喷出的火焰。刘洪的语速快极了。

"在东莞打工的时候,我碰到过这样一个女孩子。我那时没事的时候喜欢坐在楼顶看书,她就跑到我身边来,什么话也不说,在旁边看着我。我每次都请她走开,她不走。有天我换到房间去看书,她跟着进来了。我问她老是跟着我干什么,她还是不作声。最后我假装厌恶,骂她,叫她走,她突然说想请我出去走走。你知道我性欲很强的对不对?那天我觉得这女孩子真有意思,突然就想上她。

我就跟她说，除非出去做爱，否则不出去……"

吴旺喝止了他："去你的那些烂臭故事，你到底想告诉我什么？"

"我想告诉你的是，我就没想过要跟那个女孩做爱，但她找上门来了，不干白不干。那天我找了个没人去的庄稼地干了她，虽然她还推三阻四。"

吴旺圆睁二目，无法相信刘洪的潜台词。他希望刘洪在说瞎话。但鉴于他对刘洪的了解，他知道在性这个问题上，刘洪倒最诚实。他从不为此编瞎话，因为那太费劲了。在这上面费劲，那不是刘洪的风格。

"你还嫌我说得不够明白？"刘洪走向靠窗的桌子，打开抽屉。一束亮光一闪，刘洪张开的五指间出现一只银镯。粗大的、光面的、手工的镯子，让人想起原始气息浓重的乡村和田野。吴旺一惊：怪不得这几天晚上梅丽的一只手腕光着，他还疑惑呢。"看到了没有？这是她送给我的。"

现在吴旺想起梅丽气急地从刘洪车上跳下，她踊跃地跟他们一起去白清河，在刘洪肆无忌惮的注目下她一次次的逃避，甚至她得知自己怀孕后的偷偷哭泣，凡此种种，都不过说明她被情所困，却无法主宰这情这爱，愁闷使她方寸大乱。吴旺不理解的是，梅丽怎么会喜欢上刘洪这样的浪荡儿、小混混，而火花又是什么时候开始出现的？现在他跌坐下来，心怀一腔伤感，想象梅丽背着他穿过巷子，满腹心事地来到刘洪这里。万籁俱寂，刘洪的甜言蜜语拙劣、平庸，但梅丽却自甘成为白痴，激动地以身相许。她戚戚仰望刘洪，慎重且隆重地褪下一只银镯，一贯缺少表情的脸上溢满羞涩。她脉脉含情，将银镯戴到刘洪腕上——这是一种仪式吗？在某个古老的、民风淳朴的、人迹罕至的村落，纯朴的姑娘送给心爱的情郎一件定情信物……吴旺没办法让自己想下去了。

刘洪从他身边走过去，抱起刚才被吴旺泼湿的毛巾被，向外走。走过吴旺身边，他小声、冷静、严肃地说："真的，她一点都不好看……我只是，顺便和她做了……三次，都是顺便。"

一记闷棍，直捣吴旺胸口。顺便？这词真的太让吴旺受伤了。对刘洪而言，梅丽的价值只是"顺便"吗？而她，这个被顺手牵羊的姑娘，却是吴旺重金聘来的，他未来孩子的寄生体。他一直忽略了，她的尊严其实和他紧密相连。他有被人泼了一身粪的感觉。

九

再没有比剃刀锋利的东西了。人体相对它来说太脆弱。何况，现在剃刀正对着的，是一个女人最要害的部位。梅丽下体在抽搐，但她并不动。她如此顺从地接受这种强制性的"洗礼"，让吴旺略感不解。就在刚才，他狠狠地将她推倒在床上。她挣扎，他怒不可遏地盯着她的瞳孔。四目相对两分钟，她突然放弃了抗争。现在吴旺三下五除二快速剃光了她的阴毛，接着他迅猛地干她。一头暴怒的犀牛，用它的四蹄，竭尽全力地践踏干涩、麻木的河床，泥土在巨大的击打下龟裂。两个人都铆足了劲，控制着不发出声音。后来吴旺撇下梅丽去了楼下，坐在黑暗的药店里拷问自己的灵魂。是啊，他在问自己今晚为何对梅丽如此残忍。他太厌恶她了吗？还是他对自己感到愤怒？总之，他觉得自己被欺负了，谁欺负了他？梅丽，还是刘洪？能确定的是，他并不恨梅丽。对刘洪，他只是比从前更厌恶，但也没有恨。他脑子混乱，想很多人、很多事，有一会儿想到了红玉。突然之间，他把所有的恼恨都迁移到她身上。

她怎么就找了这么一个不懂得爱惜自己的姑娘给他呢？还让他花了那么大的价钱。吴旺要给她打个电话，和她就这件事重新谈判，明天就打。过了一会儿，这个主意被他推翻。他要稳住，等红玉自己来。她当然会来的，等着瞧吧。可他与红玉理论，到底想达到什么目的？

那天红玉丢下话一个月后来的，果真满一个月她来了，一天不多一天不少。红玉坐到了药店里，挺着胸，想必她已准备了足够的应对措施。吴旺请她到楼上去谈。他妈很积极地跟上来，吴旺使眼色叫她下去，她没再跟过来。在吴旺与梅丽的卧室里，红玉、吴旺、梅丽，三人组成一个三角形，分坐在椅子、床沿上。刚一落座，梅丽竟想避开，到外屋去，吴旺有力地拉住了她。

吴旺先发制人。"钱，就到此为止吧。"

红玉猝不及防。除非她听错了，要么吴旺在信口雌黄，她一时语塞。"我……我还没听明白你的意思。"

吴旺冷笑，拍拍梅丽的头。"你哪儿不明白，都可以问她。"

红玉眼睛飞速转向梅丽，又飞速回转到吴旺，她找回她的硬派风格了。"别跟我打哑谜了。我今天来干什么的你都清楚。钱准备好了没有？"

"你怎么就不明白我的意思呢？"吴旺有点拿不准红玉这样的女人恼羞成怒后会嚣张到什么程度，他要讲策略。但他今天不可以软，一定要保持一副据理力争的姿态。"直说了吧，因为你找的这个女的和人乱搞，所以呢，后面的钱你们就不能跟我要了。再说了，我打听过行情，你们当初的要价也太高了，两万本来就够了。"吴旺看到，梅丽惊愕地瞪着他，又抽搐似的，把头扭向墙壁，誓死不再打算与他说话的样子。

红玉噌地从座上站起来。"跟我耍无赖？你还嫩了点。"她不假思索地回应，"她和人乱搞？你有什么证据？我可以拍着胸脯回答你，那是不可能的。我们把事情正里反里都说到，就算她和人乱搞，你就不给钱了？我告诉你，那是两码事。她搞，是她的自由。你不给钱，那是毁约。你敢毁约吗？你觉得六万块钱多，当初怎么不提出来？现在我们只能按当初说定的条件办。别废话了你，你姑妈什么仗没打过，你跟我耍无赖。交钱吧你，快点！"

吴旺看到梅丽仍然事不关己地把头扭向墙壁。红玉的针锋相对使屋里战火蓬勃。吴旺对梅丽说不出的讨厌。他抠住梅丽的双肩，一把将她提到红玉跟前。"你不是说她不会和人乱搞吗？她要真乱搞了是不是就照我说的办？你现在可以当面问她。"

红玉迟疑片刻，挥手令吴旺出去。紧接着，屋里传来红玉简短的盘问。吴旺在外面竖起耳朵，几乎没听到梅丽的一点声音。她连哼哼都没发出。那么就说明她在默认红玉的一切提问。果然，红玉问完了，叫他进去。梅丽毫无表情地歪头坐着，情形正如吴旺所料。她为什么不否认呢？吴旺十分惆怅地想，只要一否认，他现在也许只能立刻停止胡搅蛮缠——他这么做是不是胡搅蛮缠呢？他望了望梅丽，觉得他对她其实还是一无所知。

"我弄清楚了，现在我怀疑你串通姓刘的混子来搅事。刘洪和你也算是表兄弟吧？怎么那么巧呢？她没和别人和他？你还来跟我玩这套？"没等吴旺回答，红玉已拍案而起，"我告诉你，门都没有。

你还真想赖账？没门！"

　　吴旺瞪大眼气愤地望着红玉，慢慢他的目光变冷，像一块坚硬的石头与她对垒。接下来红玉咆哮着，连说理带恐吓地絮叨了将近半个钟头，吴旺概不回应，最多只是向她哼哈一声。在此期间，他不断打量梅丽。她那副倔硬却呆滞的样子，越来越令他感觉不可思议：在近三个月的时间里，他就是和这样一个貌丑且无趣的女人厮混在一起。于是他真的觉得自己受到了愚弄，越发坚定了不再给钱的决心。

　　红玉终于没耐心了，她嘶哑着嗓子，抛出了最后一招："那我只好带她走了。"

　　吴旺飞速挡住红玉装模作样去拉梅丽的手。梅丽怎么可以走呢？绝不可以。不管怎样，这一点是确定的：她不可以走。吴旺吼了起来："走？要走就先把两万块钱还给我！"

　　"你想得倒美！"太过愤怒使红玉手忙脚乱，她像个跳大神的巫婆张牙舞爪，口水溅到吴旺的脸上。她连喊带叫，将梅丽扯来扯去，而后者惊恐无措地只好随红玉的拉扯东倒西歪，红玉一失手，竟将她推倒在地。吴旺觉得眼下的情形太奇怪了，他的思维混乱到极限。

　　"没劲跟你啰唆。"红玉喊道，"这就走！"

　　三个人迅速扭成一团。楼下吴旺妈闻声赶来，不由分说和儿子扶携着将红玉堵在门口。"不能这么说带走就带走的啊！"吴旺妈哭喊起来，"这不是欺负人吗？"

　　吴旺说："有这么容易走人吗？"

　　红玉定了定神，忽然淡定地笑了："真要走，你挡得住今天，还挡得住明天吗？"

这话让吴旺怔了一下，接着，他一句吓人的话脱口而出："你别把我惹急了，我什么事都能干得出来。我是干什么的？你信不信我今天晚上就可以毒死她？"这个话之后，他看到梅丽呆若木鸡地望着他，眼泪突然汪到眼眶里，但她坚决不让它们流下来。她凝视吴旺的眼神楚楚可怜，又令人不安。而红玉真被他吓住了。吴旺望着红玉，声音陡然大了一倍，一字一顿地说："摊上了一条人命，我们谁也别想安静，你不怕吗？"

一阵的静穆，终了是红玉阴冷的声音："你等着，看我怎么让你老老实实把钱交出来。"

推开挡在门口的两人，红玉咚咚下楼走了。

现在，卧室又成了梅丽和吴旺两个人的天下——吴旺妈不放心地在门口站了会儿，想说什么但还是没说，后来还是悄悄走了。梅丽把鞋子脱掉，像个瞎子似的眼睛定望着床对面吴旺的书柜，退身上了床。她抱紧自己，在床上翻了个身，面朝墙壁囫囵蜷在那里。吴旺已平复下来。他站在自己的卧室里，却有些不知所措。回顾这几天的心境，他发现自己太激动、狷介了，而几分钟前从自己口中冒出的那句话现在他耳根子跳来跳去：毒死她……我……可以毒死她。现在他骇然了。他以前从未意识到，自己身体里还藏匿着如此恶劣、毒辣的一个灵魂。他怎么可以这样想呢？内疚感汹涌而来。吴旺一瘸一拐，走了出去。夜里他犹豫了很久，最后伸出手来轻轻搭在梅丽背上。她像一块碑，光滑而冷。他执着地将手放在那里，感觉到自己身体里那种熟悉的夹杂着惆怅的身体冲动。梅丽扭了扭背，摸黑爬了起来。她出去了，留下吴旺心怀期待和无边烦恼地仰躺在黑暗中。她没回床上来，接下来的整个夜晚，吴旺不断听到她

172

在沙发上滚动引发的嘎吱声。

又一个白天到了。对吴记药房来说，白天是快速但肃冷的：不间断有人进来买药，一天下来至少也有三五个人来看病，来买药的人只说少量的话，病人在吴旺压低的问询声中只好和医生一样轻言细语。这一天和别的任何一天没太大不同，只是中午的时候，突然打起了响雷，暴雨如注。估计没人会来，吴旺便让他妈留下来看店，自己上楼去，打算睡会儿午觉。他是不可能睡着的，现在他与梅丽近乎相互抵防着共处一室，这种感觉使房间流着一股肃杀之气。吴旺躺了一会儿，最后决定和梅丽谈一谈一些该谈的事。他从卧室走出来，去外面坐到梅丽正躺在其上的沙发上。她立刻起身，和他并排坐着。

吴旺掏了一颗槟榔给她，她没接，他放在了茶几上。"你知道那是个什么样的人吗？"吴旺唉声叹气地说，"他就是个流氓！你怎么能和他……"

没有回应。她至死都是这副鬼样子：无动于衷，却明显在用一种无声的倔强否定着对方的质询。不熟悉她的人会认为她的心思神秘莫测，现在吴旺认为她只是一根筋而已。他甚至还认同了刘洪对她的理解：傻！她身上有股傻气。吴旺觉得作为一个看透世事的人，他有必要对一个不谙世事的姑娘做一些劝导。"真的，你一点都不该跟他……"

"我不想听这个！"她的声音超乎寻常的倔强和肯定，让吴旺再次警醒，他刚才对她的判断还是太主观了。她的心思对他来说，确实是神秘的。"说这个没意思，不要说了。"她说。

完全不像一个充满田野气息的姑娘说出来的话。吴旺吃惊，最

173

终被她言语中的不敬和不容置疑的主见激怒了。他想，你算个屁！敢用这种口气跟我说话。

"对一个流氓来说，什么样的女人在他眼里，都是个玩物！"他差不多要刻薄地告诉她，何况你这样一个土里土气、呆头呆脑、长得又黑又粗壮的姑娘呢？"他才不在乎任何一个女人！"

"别说了！关你什么事？"

吴旺终于引爆了身体里的炸弹。"不关我事？你知道你有多贱吗？贱！对！你就是贱！你猜猜看刘洪怎么说你的？"

外面仍大雨如注，雨的巨响使吴旺精力无法集中。他过去把所有的窗户都关起来，回来看到梅丽脸上蓬勃的兴致。她如饥似渴地望着吴旺的嘴。"他怎么说？"

"哼！"吴旺模仿刘洪的语气，"我只是顺便和她做了……"他晃动着站起来，拍着梅丽的胳膊，大声说，"这是他亲口跟我说的——顺便，你只是给他顺便玩了，你知道吗？你想想你有多贱！"

梅丽惊愕不已。"你胡说！"

"我胡说我就给雷劈死！"吴旺说，"让我怎么说你呢？唉！"

梅丽不再看吴旺，后来她把头很深很深地埋下去。吴旺想象被她藏到手心里的她脸上的表情，此刻该有多狰狞。他觉得特别解恨，又特别特别空虚。他在寂静的屋子里站着，望着眼前这个坚持用坚硬的方式拒不向她展示其脆弱一面的姑娘，觉得自己很孤单。

十

那是个什么样的东西呢？有时吴旺止不住就想到了梅丽肚子里

174

的孩子。现在一想到这个孩子，他又难免会想到发生在梅丽与刘洪之间的龃龉。孩子不可能是刘洪的，他们之间的事不过发生在最近，而之前的检测表明，孩子早在两个月前已经光临梅丽的身体了。但自从那个事之后，吴旺对这个隐身于梅丽身体里的孩子，有种复杂的感受。梅丽是不洁的，这是在他心里绝对无法改变的想法。而他的孩子，要在这个不洁的身体里完成他最初的成长。这个现在最多拳头大小的孩子，每天通过脐带吸收梅丽身体里的营养——那些肮脏的营养，直到他有能力踢开那条幽细的人体通道，变成一个不再依附于他人的单独的身体。他想象在那么漫长的时间里，孩子在子宫里被动接受梅丽施与的情形，这令他烦闷难止。有时他惶惑地发觉，自己在惧怕着这个孩子，一想到他最终将来到这个世上，整日在他面前说话和走动，他就有种说不出来的别扭感。他会爱这个孩子吗？他不能确定。

吴旺不担心梅丽会偷偷逃走，主要是她口袋里分文皆无。事实正是如此，整整两天，梅丽都在床上躺着。然而她不说话，也不吃东西，尽可能避免将身体从墙面的方向转过来。第三天早上吴旺醒来，发现他的身边空无一人。这次他慌张地以为梅丽逃走了。上午八点来钟，他正和他妈商量梅丽不见的事，梅丽回来了。

就是在这个上午，小镇沸沸扬扬地传着一个消息，说刘洪死了。中间一个时候，一个买药的熟人站在药店里聊这件事，一下子引来了好几个老头老太。几个人便手舞足蹈、绘声绘色地描述他们看到或听到的场面。在他们津津有味的描述中，吴旺看到刘洪离奇地死在自己家的床上，身上寸缕全无，一柄奇形怪状的匕首插在他的心脏上。他们还昧昧地笑着，颠来倒去地强调一个细节：已死的刘洪

175

下面那东西还硬着，这说明这个器官在刘洪死前的最后一秒还在忘我地工作，或者说，刘洪是在干那事的时候被人一刀子捅死的。是谁杀了他？这还用得着想吗？情杀！他们眼中闪烁着兴奋而惋惜的光芒，喋喋不休地总结说，情杀啊！

中午的时候，传言被更正了。的确有一柄刀插在刘洪身上，但不在心脏上，而是在大臂上。当然刘洪没死，只不过受了伤。至于伤势的轻重，有待大家亲眼去检阅。

吴旺在听说这些传言的时候，一直克制着马上去刘洪那儿看个究竟的冲动。下午两点钟，看到梅丽呆坐在沙发上，他突然痛心疾首了。这个姑娘现在令他惧怕。她是邪气的，你搞不清她能干出什么事来。吴旺从楼上退下来，推了自行车向刘洪家方向骑去。

刘洪不在家。除了一摊汪在门口的血迹之外，刘洪家空无一人。在镇卫生院的急救室里，吴旺看到了胳膊上打了石膏的刘洪。一看到吴旺，刘洪不管不顾地向他扑来。

"是你叫她干的是不是？你变态！"

看来他只是轻伤而已，没传说的那么邪乎，吴旺心里一块石头落地了。这时他才发现，他这么焦急地跑过来要亲眼见到刘洪的伤情，是出于对梅丽的担心。伤势的轻重，以后将直接影响法律对梅丽的裁决。现在吴旺看到刘洪还活蹦乱跳着，他当然再没必要在这里待下去了。他不会和刘洪吵的。这个时候，刘洪会变成疯狗，离他越远越好，尽管他受伤的样子无法不让人觉得可怜。

"你这个瘸子！你心理太成问题了。你想我少掉一条胳膊跟你一样不是？变态！"

刘洪终于不装腔作势了，他终于也讲粗口了。吴旺麻木不仁地离开卫生院。

回到家吴旺看到梅丽正在卫生间洗什么。她似乎刚洗过澡，而她正在洗的正是她昨天穿的那套衣服。吴旺一个人坐在厅里。前面几天下过几场雨，今天从外面传来的知了声不绝于耳。吴旺惊觉，在这个夏天，他从来未曾注意过这些躁乱的知了声。在他的感觉里，每天都那么安静和寥落。后来梅丽洗完出来了，仍旧避开他去了卧室。他也进去，坐在她身边。那只银镯，又回到了她的腕上。

"我只是想要回我的东西。"她俯视着那只镯子，主动对吴旺说，"他不给我，他……"

她没能说下去。吴旺很容易就想象到那个场景：她挟着一种如梦初醒后的愤怒气势去向刘洪索要那只银镯，刘洪大概又想再"顺便"一次，于是他们在他的嬉笑与她的尖叫声中扭打在一起。一把刀出现了，及时地插在了刘洪身上……刀从哪里来的呢？吴旺对这个细节很关心，还有别的，梅丽和刘洪这次到底有没有"顺便"？他想了解所有的细节，最重要的，是梅丽在事情发生的过程中，心里都在想些什么。

"刀是从他家里拿的吗？"

梅丽不说话。

"你是故意的？"

她仍然不说话。

那么她这是在默认了？她是有备而去的，她想杀死刘洪。她一定想杀死他的——在某个古老的山寨里，被欺骗的姑娘将复仇之剑刺向负心人的胸膛。她肯定想杀死他，只不过她的力量终究小过刘洪，刀子刺向刘洪要害的时候，被他躲开了。吴旺觉得自己的这种

177

猜想不是没有可能。他惊住了。这到底是个什么样的姑娘呢？他目光沉重地望着梅丽，觉得她的内心深不可测，他与她之间隔着一个世界的距离。夜里他从卧室里跑到外面，问坚持在沙发上睡觉的梅丽：

"你那么恨他吗，后来？"

她凄恻地望了他一眼，翻身向里。她弓着身子，下意识咬住食指的尖肚。他可能永远都不能指望从她口中套出什么话了。她确实是那个沉默寡言的姑娘吗？在那个淫货面前，她也是这样的吗？难道她只是懒得和他这样一个残废品说话？他一时悲从中来，执拗劲上来了，他问了她一句傻话。

"你喜欢过我吗？"为了掩饰这句问话后她固执的沉默所带来的尴尬，他稍后改口道，"你恨我吗？"

她坐起来，用膝盖顶往自己的下巴。许久后，她金口终开。

"我没拿到钱！"她抬头审视他，目光凛利，"你明白我的意思吗？她没给我钱。你开头付的两万块，都给她拿去了——你先付了两万块给我，正好我给她交了两万押金，那也是我家跟人借的……我没经验……"她啜泣起来，"要等最后，你付完了，我才能分到钱。他们要和我分成……"

吴旺大惊失色。他想起曾经有一个夜里，她打算敞开她封闭的心，告诉他点什么，但他以一种莫名的担忧将这种交流拒之门外，或者是某种艰深似壁垒的隔膜挡住了这种交流。如果那夜他让她说下去，他和她早就可以并肩作战，对付红玉这个女奸商——现在对付她还来得及吗？他将目光落向梅丽，突然有个不好的预感：他觉得，她今天告诉他这一点，似乎并不是想问他她下步该怎么办。她的眼神里，更多的是绝望，或别的他根本无从想象的东西。

"我家其实离这里很远……我爸爸现在说不定已经死了……他吸毒，染了要命的病……我想他们了……"她说着说着，很少见地激动了，"你可以先给我一部分钱吗？我回去几天，一定会回来的，直到把孩子生下来，可以吗？"

"你说什么？"吴旺不假思索地要求自己相信这个姑娘刚才给他编了一段煽惑人的故事。他再度想象她春心萌动地奔向刘洪身边的场景，而这么多天来，她成天在他面前摆出一副不吭不哈的鬼样子，就在最后一刻，他觉得自己应该将这个贱货逐出家门，包括她肚里那个肮脏的他的骨肉，他统统不要了。他当初为什么要听信红玉的鼓动，找了一个他开头并没看上的陌生姑娘来给他生孩子呢？难道一个人独自终老一生不可以吗？

"你可真有意思！"吴旺厌弃地站起来，避开梅丽——她真的叫梅丽吗？他们重新格格不入。他将她一个人留在外面。向卧室走去的路上，他的脑袋快要崩溃。

十一

配好了。吴旺把这副即将身负重任的药倒进陶制的药罐，坐下来喘气。厨房里很闷，他过去将窗户推开。现在他提了勺子往罐子里加水。加了一勺停下了，拉了张椅子坐下。他想象药煮沸后，他端着浓黑的一碗药，向梅丽步步紧逼，用拇指和食指捏住她的嘴，将药一股脑地灌进去。也许还有更委婉的方式：他欺骗她喝下去，而后伤心而冷酷地大笑着，看着她痛得扭滚在地，不多久一个热腾腾的嫩红色肉球从她下体坠下……他在干什么呢？

他一腔惊惶地怀疑起自己眼下的举动。他真的想把梅丽肚子里的孩子打掉吗？那可是他自己的孩子。他和这个姑娘荒唐了这么多天，不就是为了这个孩子吗？吴旺心里乱极了。后来他决定暂时放弃这个主意。等等看再说吧，即便这姑娘再过令人讨厌，他也要熬过九个月。他拎起药罐，将那些药倒进垃圾袋，又生怕给谁发现似的，赶紧消灭掉一切痕迹。夜晚再次到来的时候，他再次涌出打掉那孩子的念头。这个念头的翻来覆去，使他恨不得把自己的手绑起来。

梅丽开始孤魂般游荡在这幢房子里。她不再打算和任何人说话，不再离开家门一步。晚上她睡在沙发上，间或发出沉重的叹息。吴旺想起她肚里那个他还没决定要不要的孩子，便叫她睡床，他睡沙发。她没有拒绝。于是他们交换了睡觉的场地。令人奇怪的是，刘洪没有报案，也没来找吴旺或梅丽的麻烦。据说他在卫生院躺了两天就出院了。吴旺想，他这辈子唯一的爱好就是勾搭女人了，其余的行动，包括复仇，对他来说都是瞎费劲，没有做的必要。吴旺正在思忖着刘洪，几天后的一个早晨，梅丽真的逃走了。

她确实逃走了。屋里与她有关的东西都销声匿迹：昨天还晾在阳台上的她那件土气的衣服；他给她腾出来的让她放些小东西的一个抽屉里，空空如也；有个比钱包略大但明显不是用来装钱的绒布包，里面可能装着她最喜欢的一些饰物，她一贯放在枕下，从未在他面前打开过，现在它也不见了……她真的毅然决然地离开了？再也不可能在他的生活里出现了吗？

一整天吴旺都在想着她的离去，难以置信，又强迫自己相信。又一个夜晚来临，他深陷沉重的抑郁中，睡不着觉。半夜他的手沿着床沿百无聊赖地滑下来，去床底下摸索他的家谱草稿。他的手落了空。他滚下床，疑惧地对着黑沉沉的床底打开手电筒。那几个本子，包括装本子的油纸袋，这些令他痴迷的让他费了无数心血的宝贝，如今踪迹皆无。

她走了！绝对再不可能回来了！现在这是不容置疑的了。如果她还会回来，她就不会掠走他的宝贝、他生活中的巨大寄望。她拿走它们，给他最后的，也是唯一的一记重击，因为他冷酷地拒绝先给她一部分钱，尽管那袋东西对她来说毫无意义。

吴旺有种万事皆休、皆空的失落感。又过了一天，他在凉席与床褥间发现了一张纸条，纸质表明，这纸条是从家谱草稿本上撕下来的。

"烧掉！"

这是她写的，字迹别扭，像一个疏于耕作的农夫锄出的两行歪七扭八的麦垄——她竟然是懂得写字的。"烧掉"——他眼前立即出现纸灰飞舞的壮观景象，他遥远的祖先、那条神秘的基因线索，就这样被她的仇恨歼灭了，它们与她的气息，一起遁进一道深不可测的黑色铁幕。她那么恨他吗？而他，就那么可恨吗？

红玉带着十几个精壮的男人来砸他的药店。他置若罔闻地看着玻璃柜子被砸碎，药柜里黑色的、赭色的、栗色的、五颜六色的藤状的或颗粒状的草药稀里哗啦滚落到地上，一些过路人面带不解、惊奇、兴奋地拥在门外观看，而他的母亲疯了似的要与红玉同归于

181

尽……他正襟危坐在陡然到来的袭扰之间，甚至懒得协同他的母亲向红玉责问梅丽的失踪，在那短短几分钟的疯狂破坏中，他将一切置之度外。

（原载《中国作家》2008 年第 1 期）

我的十九岁

一

男孩右手无名指上戴着一只铂金戒指，但他应该不超过二十岁，不可能已经订婚或结婚。亚舒从这只手上接着钞币，狐疑地窥瞥他的脸。他是那种标准的都市美型男：皮肤白润、洁净，五官别致，最给力的是，他留着接近光头的短寸，这使他不用装都很酷。帅呆了！亚舒心里惊呼。"没散钱吗？找不开噻。"她抱歉地指了指他手上这张百元钞币。"那就刷卡吧。"男孩动作稳健地掏出钱包。迅速有七八张卡跳进了亚舒的视野，银行信用卡、借记卡，各种会员卡——看来是刷卡一族，极可能是个富二代。他将其中一张缓缓抽出递给亚舒，别过头去让目光跳入健身房深处的器械间。那里充斥着各种猛男，他们都在活受罪。显然，他急于投身其间。亚舒笑笑，目光舍不得从这男孩脸上挪开一丁点儿。"卡更不行噻，这儿刷不了的呀。你再找找看，就两块钱耶，没有吗？"男孩不耐烦了，把那张百元钞币又掏了出来："要找的钱先押你这儿行了。"这不符合这家

183

健身房的规定，亚舒只能笑着摇头再次抱歉。"不买了。"男孩说着就要离开。亚舒慌了，忙取过一瓶矿泉水来："哎，那你先拿着喝吧，先不管钱了。"男孩接过水，审慎地看了她一眼——这是他第一次看她："谢谢。"

等他的身影淹没在器械和猛男之间，亚舒翻开会员名册看到了他的名字：艾雷。字是他亲手签的，笔迹难看，但亚舒愣是觉得这字有型。合上会员名册前，亚舒盯着那名字后面的手机号，心动过速。

"干吗呢你这是?"

亚舒应声抬头，看到比她早来健身房的焦丽倩不知何时已经站在她身边。焦丽倩嘲笑她："真是少见多怪! 有那么帅吗?"

亚舒龇牙咧嘴地笑了。她一贯喜欢在心情紧张时装出一副没心没肺的样子："怎么了嘛，我就不信，姓焦的，你不喜欢帅哥?"

姓焦的女孩摆老资格："你要知道，健身房可是盛产帅哥的哦。再过两天你就不会这么一惊一乍了。"

嘁! 亚舒又不是头一天在这儿上班，她来健身房当前台已经三天零五个小时了，真正令她内心莫名骚动的还就艾雷一个。她冲焦丽倩做了个鬼脸，公然从兜里掏出两块钱，放进钱屉里。焦丽倩小声惊呼：

"天哪! 垫钱? 真是……啊呀真是笑死我了。哈! 亚舒，这样垫下去，你工资会打水漂哦。来一个帅哥垫一个，你这花痴当得太合格了。"

亚舒偏给焦丽倩送上一个得意扬扬的表情。焦丽倩没脾气，自讨没趣地一边儿去了。亚舒的目光开始搜索艾雷的身影。艾雷已换完运动服回来，站在器械间的他又踢胳膊又松腿的，正在做准备活动。亚舒看得心里麻痒，暗中再次确认：她特别——不，不，是极其喜欢艾雷这种外形和气质的男孩。她把会员名册重新翻开，盯着艾雷的手机号看。只迟疑了一小下，她就把手机掏了出来，输艾雷的号码。

手机很旧。

二

机屏显示这不是本市的号码，"陌生人"，但很快就熟了。亚舒快人快语，接通后自报家门，直陈爱慕之意，艾雷愣了会儿才想到她是那个新来的服务员：个子不高不矮，身材不好不坏，只是眼神比一般女孩能放电。平心而论，这样的女孩对十九岁的艾雷并无提神醒脑功效。艾雷平时几乎对任何女性都一视同仁地漠视。他审美标准严苛，除了绝世美女和同样绝世的丑女之外，其他女性都会被他判为平常长相。就算是张柏芝、章子怡这样儿的，在艾雷看来也不过尔尔。亚舒当然不能令艾雷激动，所以等她自我介绍完毕，他们的手机里就只剩下了电波声。还好亚舒有先见之明，准备了多套"骚扰"方案：

"你QQ号多少呀？QQ聊？"

艾雷刚刚洗过澡，已经躺在床上。床边闹钟显示时间十一点都没到，离他正常瞌睡时间尚早，不聊也找不到要事去做，但聊无妨。

加了QQ，还是亚舒主动：

"你多大了？"

艾雷把手探进被子里，抚摸刚练出形状的腹肌，思路跳到了他近日迷上的健身生活，他希望自己在二十岁前练出类似欧美肌肉男的体形。他着重抚摸自己，顺便瞥着 QQ 对话框，懒得打字回答亚舒。

"你不是八〇后吧？"

艾雷撇嘴笑，把手从被窝里提出来："你才是八〇后。"

"那我们都是九〇后？我九一年的，马上都二十了，你呢？"

"我八五年的。"艾雷撒谎。

"嘻！你果然是八〇后。"

"不要血口喷人好不好？"

"那你要我怎么样嘛！你那么高冷，叫人家怕怕的，都不知道该跟你讲什么。"

"你找我干什么？"

"喜欢你呗！"亚舒不拐弯。

"喜欢我？你好好笑！"

亚舒突然就把艾雷拉黑了。这是一瞬间决定的。就是这样，她突然生了艾雷的气，觉得这男孩真是倨傲，这么一想她手起键落，艾雷就进入了黑名单。艾雷才不会在意她讨厌还是喜欢，看到亚舒的头像突然从他好友栏消失，他就知道对方拉黑了他，顷刻间他觉得这事儿太逗，不由大笑了。笑得声音太大，门外的家人被惊动，房门被敲得砰砰响。其实这房子里平常家人就只有一个：他妈。艾雷听到魏鸿在门外呵斥：

"又不睡！又上网？"

艾雷设法让自己发出梦呓般的声音："我睡了呀，妈。"

"把门打开，打开。"

艾雷太了解魏鸿，她发起脾气来没个完，门外的她显然在发脾气——她四十九岁，提前到了更年期。艾雷从床上跃起，穿上睡衣，打开门。魏鸿手按门边的开关打开灯，快步走进艾雷卧室。艾雷在瞬间到来的炽亮中躲避魏鸿。然后，他就听到了门外的水流声。他这才想到，刚才洗完澡忘了关水。这正是魏鸿生气的原因。

"去把水关了。"

艾雷不情不愿地出去，关了水再进来，看到魏鸿在他的卧室里窜来窜去，眼神儿东瞅西望，目光里充斥着窥视的欲望，以及窥视得逞后的满足和失望。艾雷跳上床，去掩合没来得及关的手提电脑。魏鸿见状，如梦初醒般扑过去抢那电脑。烦躁突然登临，艾雷大喊：

"走开！我要睡觉了！"

"你在跟什么人聊天？给我看看。你这个没良心的东西，书不好好念，成天上网。你再这样下去，我……我把你电脑没收。真是给你气死了……"

艾雷必须缴械投降了。他熟知魏鸿的路数，一旦找到训斥他的机会，她一定会把这机会用透，没一两个小时，她完不了。庆幸的是，长期以来，艾雷已经摸索出一套对付魏鸿的妙招。对付她，关键时候得使邪招：

"你再不出去，我就脱衣服。"

艾雷说到做到，手伸到衣扣上。魏鸿没辙了，骂骂咧咧往外走。出门前克制不住瞥了儿子一眼。艾雷都有胸肌了，很像样的胸肌。艾雷用力把门关上，反锁。

其实艾雷对魏鸿挺愧疚的。魏鸿从来都不是个无事生非的人，

187

尤其对自己的儿子。她生气，艾雷只能怪自己做得不好。可是，艾雷自己也不想这样。最近一些时日，他总感到做任何事都力不从心。有某种强悍的力量，总在支配着他往错误的方向走。他想改变这种状况，却改不了。他为此心烦很久了。有件事，他没跟任何人说过：他失眠。进入大学不久后，他就开始失眠。

半夜，艾雷再次像往日那样辗转难眠，最后索性从床上坐了起来。起来除了上网能干什么？上网可以缓解失眠造成的恐慌。虽然，它并不能从根本上改变他的失眠。

打开电脑，第一件事总是登录QQ。上了QQ，艾雷看到有消息在闪。点开，是两个申请好友的消息。一个是亚舒，她回心转意了。这个可笑的女孩，艾雷想。另一个，是陌生人。陌生人不奇怪，在QQ世界里，经常有莫名其妙的人翩然而至。

"你生我气了吗？对不起啊，我是太喜欢你了，才……"

一开聊，亚舒就向艾雷道歉加表白。艾雷一言不发，盯着QQ对话框走了神。他还在烦恼他的失眠问题，深夜尤其叫他对这样的困扰揪心。见艾雷不搭话，亚舒不再自讨没趣，她下线了。

不多久，先前加进的那个陌生人说话了：

"嘿！帅哥，我喜欢你。"

艾雷把上半身支起来，盯着这话看了半响。

"不知道我是谁吗？连我都不知道了？嘿！"

艾雷脑海中跳出亚舒的样子。他想，这女孩真是滑稽，竟跟他玩起这种俗套把戏。他没好气地打上一句话：

"你是谁关我什么事？我下了！"

"别，陪我聊会儿。"

艾雷毫不迟疑地下线，关机。这个变相攻击的举动让他愉快，这一夜他没失眠。

三

这一次艾雷带足了零钱。他将两块钱交给亚舒，还是不看她一眼，仿佛昨天他们没有聊过天一样。亚舒有点失望，但装作满不在乎地把矿泉水递上。艾雷捉住水就走。亚舒望着艾雷的背影委屈地嘟嘴，过了一会儿她忍不住拿起手机拨他的电话。艾雷已经走到器械和猛男丛中，取出手机接通的同时转过身来向亚舒这边看。亚舒忙向他挥手：

"嗨！"

"干什么呢？"

艾雷的声音糯糯的，语速舒缓，听起来倒好像他在调戏她。亚舒没话也得找话。

"你……我看你戴了戒指，你结婚了？"

艾雷说："你说呢？"

亚舒说："不可能！"

艾雷转身往健身房更深处走。"有个秘密，我只告诉你……刚才，我发现你假睫毛歪了，看起来好搞笑哦！"

亚舒慌乱地去摸睫毛。两只假睫毛粘得很稳妥。她耳畔传来艾雷故作低沉的声音："恭喜你成功上当。"亚舒啪地挂了电话，脸红透了。就见对面另一个服务台上的焦丽倩在冲她幸灾乐祸地笑。亚舒低头叱道："去你的！"她拉开抽屉摸出化妆镜察看脸，越看越觉得不对劲。她把镜子扔进抽屉向卫生间跑去。

在卫生间把自己收拾了一番出来，亚舒碰到了从男更衣室走出来的艾雷，她差点撞到他身上。艾雷这次是打算光了上体健身的，他只下面穿了条低腰的阿迪达斯热裤。健身房里的男人都喜欢这样，仿佛健身运动必须附带自我展示功能。艾雷面无表情，瞥了亚舒一眼与她擦肩而过。亚舒闻到他身上迷人的香水味。她对香水没研究，但她断定这是某种名牌香水。那气味令她魂不守舍。艾雷已经走远了。亚舒歪起头来，越过一架高大的器械凝望艾雷健壮不足但青春有余的身体。他皮肤特别好，远看更好。与他身旁的钢铁丛林相比，他的身体就像一件精美瓷器。在亚舒眼里，这一型的身体是最美的，远比那些仅具健硕感的男体更有吸引力。来健身房练健美的男人好多最后都把自己练成了那种健而不美的人，他们却自我感觉良好。健身房的女服务员们常在暗中嘲笑某个壮丑男人。亚舒担心地想，艾雷千万不要练成女孩们的笑话。但艾雷显然不会自酿这种悲剧：他高，骨架好，亚舒的担心实属多余。

约一小时后，艾雷健完身洗完澡重新穿戴整齐离开健身房，亚舒跟了出去。

早退需要请假，她跟当值的总监请了，并没有获准。亚舒不想管那么多。她对这份薪水少、下班晚的工作已经不满意，要不是因为这儿能看到艾雷，她就辞职了。她家境不好，必须根据自身能力找相对最好的工作。既然早晚会离开这儿，她就不能因为它而错过了恋爱一场的机会。她得抓紧时间去追求艾雷。都一见钟情二见倾心了还不追，那不是装矜持吗？她可是个宁愿装放纵也不愿装矜持的女孩。

亚舒与艾雷保持十到二十米的间隔，紧紧跟随其后。艾雷没坐公交，也不打车，这表明他就生活在附近。事实正是如此，艾雷就是两条大街对面那所大学的学生。路上行人熙熙，车辆攘攘，但无论多少障碍阻隔亚舒的视线，都不能叫她把他跟丢。她跟着艾雷去了趟哈根达斯：他在里面吃了一刻钟冰激凌，她躲在那店对过的枞树下站了一刻钟。她又跟着他去了一家奢侈品店，当然她还是躲在外面没进去。他什么都没买，只是进去看了看。她还跟着他去了一家发艺中心。等他出来，她发现他的短寸已经成了撮寸了：两边和后脑勺全部剃光，只余头顶一撮——毫无疑问，在亚舒眼里这仍然是全世界最帅的发型。接着下来，艾雷回他就在学校不远处的家，换了一次衣服。亚舒从下午四点跟到日近黄昏，最终跟着他进了他的学校。至此，亚舒脑中已可替艾雷描绘出一幅日常生活路线图：健身、逛店、美容、上学、回家。有那么几个瞬间，亚舒对艾雷的生活好生羡慕。

艾雷上学的这座校园很大。外面就是闹市，这校园里却是静谧的。亚舒目送艾雷进了教室，她站在那教室楼下发了好一会儿呆。不知何故，她心里某种隐痛被激活。想到自己无缘大学生活，她满心失落。再想到艾雷的完美，那失落就指数级复制，进至令她自感卑微。她想起四任前男友，都平凡无奇，一个还是街头混混，把他们四人萃其精华累加，也好不到艾雷十分之一。亚舒突然打退堂鼓了。尽管这时代女追男成功概率远较男追女高，但她也不能太过不自量力。一想至此，亚舒惶然向校园外走。

途中，低头走路的亚舒差点被一辆奥迪 A6 撞到。车中女人急刹

191

车，摇下车窗愠怒地瞅了亚舒好几眼。是亚舒违规，她一直走在路心。她忙向女人道歉。女人正是魏鸿，当然亚舒不认得她。魏鸿冷冷地回望着亚舒开车走了。

走到校门口，上了公车，亚舒忍不住还是给艾雷发了条短信：

"对不起，我跟踪你了。"发送前，她想想又补了一句，"但仅此一次！"

许久艾雷的回信来了："你怎么跟我妈一样！无聊！"

一看到艾雷的短信，亚舒的精神头又来了，先前席卷她的卑怯一扫而光，剩下的全是勇敢。亚舒拨通艾雷手机：

"我真的好喜欢你的！"

艾雷哧哧地笑。

亚舒壮大胆量："可以做你女朋友吗？"

艾雷这回不笑了，他很认真地沉默："我不想谈恋爱！"

"是不想恋爱？还是不想跟我恋爱？"

"就是不想！"

亚舒还是有点儿高兴，至少他没有明说他不恋爱是因为她配不上他。

艾雷突然道："明天我跟人去攀岩，想不想参加？"

亚舒有心跟艾雷去，可这运动令她恐惧，但是，她还是不想错失跟艾雷相处的机会，她决定去。可未及她开腔，艾雷已经单方取消邀约：

"你犹豫了，所以我不想带你去了。"

亚舒气得要把手机摔烂。

四

　　艾雷和鲨兽他们一行十余人驱车来到目的地。这是一处野山的峭壁之下，灌木林立。

　　艾雷和他们是同一个QQ群的群友，该QQ群是一个驴友协会组织。鲨兽是群主，也是这个驴友协会的发起人和领袖。协会的名字就借了鲨兽之名：鲨兽驴友协会。鲨兽是杀手的变音，就像驴友原指旅游。至于这位矮个壮汉何故自诩杀手，原因很简单，他认为自己是女性杀手，他多次跟艾雷说及他的艳史，号称阅女无数，他阅起女来在年龄上可是上不封顶、没有下限。艾雷开始是在QQ上听他海侃这些，后来就是面聊了，在那些驴友活动上。艾雷记得他加入的第一次活动，也是在山上，那次是单纯的爬山。当时鲨兽指着前面一个二十多岁的女人不无自得地跟艾雷耳语：这女人他玩过。又道：这协会里常有他情人身影出没，因他热爱将他的情妇发展成驴友，所谓既投性趣，又投志趣。鲨兽接着还大肆渲染他跟前方那女人私会时的某些细节，听得艾雷血脉喷张。艾雷虽然那么引人注目，但到目前为止从未真正接触过女人的身体，就算女人的裸体他都没见过一次。一方面他对鲨兽佩服得五休投地，另一方面他竟然惊惶不安了。这样的惊惶自他青春期来临后常会来临，成了他的困扰。当那次活动结束，艾雷回至家中，迫不及待地打开淋浴喷头冲刷自己，然后他钻进被窝长时间地抚摸自己，一边抚摸一边恐慌。就是那晚之后，艾雷办了个健身卡，开始了他的健身生活。算起来他的健身时间也就两个来月而已。

这次那个女人仍在，艾雷知道她名叫思博。这既不是网名，也不是真名，是笔名。她是个女文青，闲时爱写点东西，这也是她常引以区别于其他女人的个人标签。她不常把笔名告知网友，艾雷有幸受此优待，只因了她对他感兴趣——这个艾雷是看得出来的。

"小帅哥！帮我一把！"

思博呼唤艾雷。她已经整装完毕，就等跨上安全索套。

艾雷走近思博，故作老练地把索套往思博身上拴。他能感觉到思博在故意往他身上靠，他下意识地闪避。旁边几个男人看得真切，个个嘲笑艾雷。艾雷窘得手发颤，拴了半天才帮思博拴好。他在心里唾弃自己不淡定。他想，哪怕他有鲨兽十分之一情史，都不会像现在这样。

他们攀了半天，在山脊一块阔大草地上歇下了。峭壁真是陡峭，不好爬。这种活动的真正目的并不是过来拼死拼活，关键图个心情，能爬则爬，不能爬就从旁边绕着上去。所以，最终除了鲨兽在内的三个男人是真正攀上去的之外，其他人都是从旁边走上去的。但需要指出的是，这三个男人里就有艾雷。艾雷爬得何其艰难，但他还是强迫自己爬上去了。他必须自己爬上去，如果不为体验那种充满风险的刺激感，他参加这活动干什么？

他们带来了好多食物，充公了放在一起吃。思博喝令艾雷坐在她旁边。艾雷心中厌恶她的自以为是，但还是随了她的使唤。思博越使唤越来劲。

"你不会是处男吧？"

中间，思博当众大声笑问。艾雷听得出来，她其实是在试探他。

艾雷被问得面红耳赤。思博和众人齐笑。艾雷邪火上涌，他猛地站起来，瞪着思博喊：

"我×你！"

众人都愣住了。旋即包括思博在内的大家都笑了起来。尤其思博，笑得更欢，好像她不笑就显得她不爱思考不博学了似的。艾雷突然对这女人要多反感有多反感。其实他一直在物色一个适合给予他第一次的女人，性爱或者爱情。但他一直没有找到够级别担此重任的。思博这种女人，要多装有多装，长得又不出众，断然不可能拿得到艾雷情爱史首秀的入场券。艾雷听到思博又在那里显摆她无知的"博"了：

"帅哥有资格耍脾气。来，吃个鸡翅。"

"吃你个×！"

众人又一愣，不免产生联想，疯笑起来。鲨兽冲艾雷竖起大拇指：

"有种！鼓掌！"

思博一脚把鲨兽蹬翻，以好女不跟男斗的表情睃了艾雷一眼，拿腔拿调、半真不假地说：

"小东西，还挺有个性嘛！姐我拿定主意了，一定要搞定你！"

艾雷突然不知如何是好，跑一边儿去了。

当日回到家中，艾雷正躺在床上想着白天的事，魏鸿回来了。一进门她就跨过散落在地板上的旅行装备，径直往艾雷卧室走。光听脚步声就能猜到她有多生气。

"谁叫你逃课了？这两个月你逃了多少次课了？知道你老师和同学怎么说你？"

艾雷正在上网，这次他没有老鼠见着猫似的赶紧从网上退下，他想试试魏鸿能生气到什么程度："纨绔子弟呗！你又去学校调查我了？"他换了个舒服的姿势，继续躺着。

魏鸿一把扯掉网线，立到床边，火冒三丈："看我不给你钱，你还纨个屁绔！"

"你大可以断了我的粮草，你不给钱我就去卖身！"

"我怎么生了你这怪胎！"魏鸿失望透顶，"早知道怎么都管不了你，当初就把你送别的地方上学去了，眼不见为净！"

她摔门而去。

艾雷听了会儿动静，从床上滑下来，踮脚走到门边，又听了会儿动静后开门走出来。魏鸿正在客厅里拿遥控器撒气，从这个台摁到那个，又摁回来，哪个节目都让她烦。艾雷满脸歉意走到她身边坐下：

"对不起，妈，我……"

魏鸿不理他。艾雷有心跟她说说他最近的失眠，但他到底还是没说。坐了一会儿，他在魏鸿愠怒的凝视中回卧室去了。

五

艾雷在 QQ 上主动约亚舒出来逛街，亚舒没跟经理请假就出来了。

他们在本市最大的商业街南入口见了面。周末，街上人撞人，走在一起说话都得大声点，不然就彼此听不见。亚舒没有理由不激动，这可是一场约会，艾雷提出来的约会。激动使她有点忘形，一忘形她就有说不完的话。

"我要换工作了。有个老乡，代理一个品牌的衣服，店刚开张，缺人手，请我过去帮忙。她人挺好的，说好每个月给我一千块底薪，然后提成，按营业额的百分之六提，我问过别人了，这个百分比不低。预计我一月可以挣三千左右，比在健身房干强多了。你都不知道，我妈看病一个月就得三千，她是拿低保的，报销完了我们每月自己还是得掏将近两千。我家里就指着我一个人挣钱，我爸早去世了。"

艾雷一直昂首阔步往前走，仿佛他不是来逛街而是来做热身运动的。他长得太好，穿得又潮，回头率颇高，不时有路人把亚舒从他身边撞开。他不怎么看人的，行人都让着他，这样一来，这大街好像成了他的秀场。亚舒觉得走在他旁边很荣耀。

"你好有型哦！"亚舒说，"你去当艺人嘛，有星探找过你吗？"

艾雷说："我想去你们健身房当教练，你回去帮我问问怎么样？"他放慢脚步，扭过头来冲亚舒挤了挤眼睛，这使得他的话特别像玩笑，"这样的话，你以后可以经常看到我了哦！"

亚舒突然一阵难过，他根本没听她说话。可这也正常，算了，这没什么好计较的。亚舒笑着答道："可以啊！你这样儿的愿去当教练，健身房就是捡着宝了……那你上学怎么办？"

艾雷这回是听了亚舒说话了，这从他的反应可以看得出来。亚舒的疑问像戳中了他的痛处，他的眉头用力皱了一下。

"我挺烦的，最近……"

他声音太小了，左右市声又大，亚舒没听清楚他说了什么，忙问：

"你说什么？"

艾雷用力甩了甩头："没什么，我是说，你走路的样子挺好玩儿的，像小鸡跑步。"

跟在他身边，只能忽快忽慢、忽东忽西的，能正常吗？不过亚舒特别高兴，这可是艾雷第一次表扬她，虽然深究起来这根本就不是表扬。亚舒觉得应该把握机会跟艾雷表白一下。她很快就要离开健身房了，说不定就是明天，再想见到艾雷，恐怕就没那么容易了。亚舒斗胆从后面拉了拉艾雷的衣襟。

"你先停一下，我想问问，我真的不能当你女朋友吗？"

艾雷把目光别向一边去了。

亚舒说："我知道我有点配不上你……但是，我真的特别喜欢你，给我个机会吧！"

艾雷转过头来，很是郑重地打量亚舒。他必须认真揣摩这个女孩了。虽然大家都认为，他们这个年纪的人特别直接，但亚舒这么直接的，真不多见。艾雷清楚他同学里就有女生喜欢他，但全都被他的冷漠吓退了，还真没人跟他明确示过爱。

"你想做我女朋友？你不怕我……揍你？我可告诉你，我很坏的！"

"你怎么坏了？嘻！"

"你不觉得我有病吗？"

"有病怕什么？没病才不好玩儿呢。"亚舒信口开河。

"我真的有病！不信拉倒！"

亚舒紧张起来："真的？什么病？"

"我玩弄女性！"艾雷脑中闪过鲨兽淫荡的表情，他模仿鲨兽的腔调，"我玩过的女人可以组成两支足球队了。"

198

亚舒大笑，不大相信。她逗他："那很好啊！"

艾雷突然就很烦："不跟你说了，你什么都不懂！我今天找错人了，我要回家了，今天到此为止。"

亚舒忙哀求："不要啊，再陪我一会儿……"

艾雷说："坦白说，我对你没感觉，永远不会有感觉……你不介意吧？"

亚舒怎么能不介意？但很神奇的是，她竟然在艾雷这迟来的拒绝终于出现时，快速接受了现实。虽然她是那么喜欢艾雷，但她犯不着真的去死缠烂打，世上可供她喜欢的男人又不止艾雷一个。没费吹灰之力，她就说服自己放弃了追求艾雷的心思。

"那以后还能再跟你见面吗？我要去别的地方上班了。"

艾雷说："我们去欢乐谷坐过山车怎么样？"

对他没了想法，亚舒就可以很实际了："你买门票我就去。"

艾雷说："我家在欢乐谷有股份，不要门票。走。"

他们把欢乐谷好玩儿的玩了个遍，从中午直到傍晚。坐过山车时，亚舒注意到艾雷一个动作：紧张时她去抓艾雷的手，艾雷抽搐般将手从她手里抽出，但紧接着的下一秒，他主动抓住了她的手。他是那么抓的，怎么说呢，就仿佛，他是要好好感受一下抓住这只手的感觉。他手心里有汗。

入夜，他们在欢乐谷门口的川菜馆吃麻辣烫。各自回家前艾雷想了想对亚舒说：

"有件事我想跟你说，你不要用那个QQ跟我聊了，不好玩！"

亚舒道："什么QQ？"

艾雷吃惊地盯着亚舒看了一会儿："那个女人不是你？"

199

"什么女人？"

艾雷说："我知道了。"

六

QQ里那个陌生女人又来骚扰艾雷了。从她加艾雷QQ号起，已半月有余了。每天只要艾雷登录了QQ，第一时间看到的就是她的信息。她十句话里有五句是挑逗，五句是对艾雷的打探："你好像很孤僻，为什么呢？""你该不会不喜欢女人吧？"等等。她的打探都很深入，浅层次的疑问她从来没有。她似乎知道关于艾雷的不少信息，譬如他家境不错，经常逃课，爱玩刺激运动，多次参加网友组织的户外运动，但她又似乎对艾雷不够了解。要真了解得够深入的话，她也犯不着如此持之以恒地来勘探他的内心世界。她是谁呢？显然她认识他。在今天之前，艾雷一直以为她是亚舒。现在亚舒否认了，那么她是——有那么一个时刻，艾雷脑中闪出思博那张充满欲望的脸。是她？不是没有可能。事实上，她的可能性最大。

女人今天照样精神劲儿十足。一上来她就挑逗艾雷："又跟哪个野女人鬼混去了？"

此前跟她的所有聊天，艾雷都不怎么上心的，因为他误以为她是亚舒。就今天，艾雷第一次用心跟她聊。他想弄清楚，她到底是谁。而要把这个问题弄清楚，就得拿话周旋。

艾雷先采取强攻战术："你是思博吧？别装神弄鬼了！"

女人给了他一个调皮表情："对呀，我就是思博呀。我美不？"

艾雷使诈："男人哪有问自己美不美的。你是个男人，干吗老装成女人？"

女人沉默了一会儿："你今天又出去跟女孩玩儿了吧，高兴不？"

艾雷想，她到底是不是思博呢？必须把这件事弄清楚。

"好玩儿啊，就是没你好玩儿，你跟鲨兽的关系有点不正常哦。"

女人说："哪儿不正常了？"

艾雷说："他说的，你们有一腿。你不承认？"

女人说："随他去说，不理他。"

艾雷突然就觉得，这女人不是思博，说话的方式不一样。

艾雷说："我敢肯定你不是思博。"

"那我是谁呢？你认识的女人太多了吧？可能我就是她们中的一个哦，猜猜是哪个？"

艾雷对这个女人失去了追究的兴趣。管她是谁呢，她爱故弄玄虚就弄吧。他决定马上拉黑她。想到这里，他恶狠狠地说：

"你真够无聊的，我现在把你打入黑名单！"

"不要，不要……我现在就告诉你我是谁。"

"你爱告诉不告诉，大爷我已经不打算跟你玩了。"

女人沉默了一会儿，道："我是谁真的不重要，重要的是，我是个深爱你的女人。你不要怀疑这种爱的真实性。你那么出色，暗中一定有女人在深爱你。我只是出于对你的爱，才成天来跟你聊天，你只要知道这一点就好。别不跟我聊好吗？我觉得其实你也需要向人倾诉，不是吗？"

艾雷眼睛都忘了眨，直盯着这段话。女人一口气说这么多，这是史无前例的。艾雷有必要相信她这段话是真诚的，他第一次有点感动。也许她是他众多女同学中的一个？不猜了，管她是谁，他只要知道她没恶意就好。她说得对，他的确特别想跟人倾诉，只是，他从来就没有物色到能令他敞开心扉的人，而他一直在物色。

艾雷说："我知道了，谢谢你！"

女人说："不早了，你要休息了吧？"

艾雷从被窝里爬出来，在床上做了两个俯卧撑，眼睛始终盯着屏幕。隔了好久，女人的下一句话才跳出来：

"你下了吗？"

艾雷一直是隐身的。他不去回复，就是那么一边运动一边盯着屏幕。后来艾雷停下来，慢慢靠过去，关了电脑。他四仰八叉躺着，眼睛盯着吊顶，直到自己昏昏沉沉睡过去。这次他睡得很沉，就算后来回家的魏鸿进他卧室他都没感觉到。

魏鸿在艾雷的卧室里站了许久。

七

艾雷的班级辅导员请魏鸿去学校一趟，他想和她好好谈一谈艾雷。辅导员年纪不大，去年刚研究生毕业留校的。他将魏鸿带到网球场，他们在网球场旁边的椅子上坐了下来。魏鸿偷偷从包里取出了一只 LV 钱夹，辅导员推拒了两下就收下了。魏鸿每次见他都会给他带点小礼物。艾雷上了大学后这近一年时间里，她见过辅导员八次了。要不是魏鸿这样暗中斡旋，艾雷这种学生，恐怕在学校没好日子过。但凡事都得有个度，艾雷要遭殃了，辅导员找魏鸿来，就是谈这个。

"艾雷回家没跟你说过吗？"辅导员问。

"说什么?" 魏鸿一头雾水。

辅导员沉默了一下道:"学院管行政的副院长换了个人,从部队上转业下来的,人挺正直的,就是有点过了头,看什么都不顺眼。他昨天刚给我们老师开过会,说要好好抓一抓学院的作风,要从学生和教职员工中分别抓出个把典型来。艾雷逃课越来越频繁了,上两个月有一半课他都是缺勤。他还从不参加学校的活动,跟同学关系也不好。我们有量化积分,艾雷的分早就是负分了,全年级最低。情况就是这样……"

辅导员说着的过程中,魏鸿的脸色越来越难看。等他说完,她已经气得呼吸都有点困难了。

"太让我生气了,这孩子怎么变成这副鬼样子了。为了他,我专门在这旁边买了套房子住过来。现在就房子烧钱,这地段房子多贵啊。跟那些达官显贵比,我也算不上有钱……我对他投资那么大,他却变成了这样……"魏鸿沮丧极了,"我真不知道他是怎么回事。我什么招都使过了,成天苦口婆心,嘴都说干了,就是搞不清楚他……不瞒你说,我用QQ套他的话……可这孩子的心像上了重锁似的,怎么都撬不开他的嘴。我该怎么办?"

辅导员同情地看着魏鸿:"他从小就这样吗?说实话,我们都拿他没办法。"

魏鸿说:"小时候可乖了。实际上高中以前都很乖,上了大学不知道为什么就变成这样了……他以前一直很自觉。我和他爸都忙,他爸一年到头往国外跑,我们都没空管他,但他一直很爱学习,高二还拿过一次全省数学竞赛冠军……他到底是怎么了?"

"是不是他对现在的专业不感兴趣?"

"不会，专业是他自己选的。我们本来想叫他学金融管理，但他说他喜欢现在这个专业，就随了他。到底哪儿出问题了？"

"给他找过心理医生吗？现在很多孩子有隐性的心理危机，表面看不出来。"

"找过了，什么方法都试过了，我真的太累……其实我能感觉得到，这孩子自己也不想这样……前阵子我在想，他是不是失恋了，我在QQ上套取这方面的信息，但我发现他并没有恋爱。是有女孩子在追他，我都看见了，但我儿子不接招……不是恋爱受挫，到底是怎么回事呢？"

他们站起来走了一会儿。后来辅导员说："给他换个环境呢？我以前有个同学，考上一所大学，怎么都不能适应，退学重新高考，在另一个学校就很好，现在他在一家全球五百强企业，干得可好了……考虑过给他退学吗？休学一年呢？"

魏鸿惊恐地瞪着辅导员。辅导员慌忙别开了视线。沉默良久，他开腔了：

"不瞒你说，是学院派我给你做工作……学院可能会考虑处分艾雷……"

魏鸿如遭电击，瞪着辅导员，说不出话来。

辅导员道："最坏的可能……是除名！"

魏鸿急了："你们不能这样干……"

辅导员面露难色："相信我，我已经而且后面还会尽力说情，但是……我是这样想的，如果他马上变成一个好学生，我再帮你做工作，这事还有回旋余地……"

魏鸿说："你们给我一点时间，拜托了！"

辅导员勉为其难地说："我会尽力！"

八

艾雷大病了一场。他感到浑身发烫，测体温却正常。他还浑身乏力，动两下就觉得累，说话都费劲。好几天他都没食欲，任从前多爱吃的，现在都是吃两口就不想吃。夜里，他身上不停冒汗，架在蒸笼上一样。他迅速瘦掉十斤，两腮漂亮的苹果肌垮陷下去，这使他看上去愁容满面。他穿着变松的睡衣，躺在床上，时而蜷缩起来。夜里，他做噩梦，看见蛇和马匹，他被掀翻下来，掉入深壑。他先是拒绝去医院，任魏鸿怎么哀求都不改主意。魏鸿心疼得整夜在他卧室外徘徊。最后一天，还是他自己决定去医院。

什么也没查出来。转了两个科，医生都说艾雷身体健康。但魏鸿相信艾雷不是装的，她坚持让艾雷住几天院。艾雷这次没有拗过她，就住下了。

亚舒买了一束特级蓝色妖姬前来探访。九朵，中间插着一朵硕大的百合。亚舒开玩笑说，玫瑰代表她对他还没完全死心，百合意在说明不管怎样她都希望他身体健康长命百岁，她甚至可以做他的粉丝，因为她觉得他实在是太完美了。

"我已经在朋友的店里上班，不过，得跟你说点心里话。我以前跟她接触不多，觉得她人挺好。真的在她那儿上了班，我觉得她太算计。我怀疑她会不守信用，最后开不了那么多钱给我。毕竟是给私人干，不像给公司干，我们都不订合同的。她要真算计我，我最后还不得打掉牙齿往肚里咽。我已经托朋友找新工作了……"

亚舒看起来还是那么没心没肺，艾雷都有点后悔今天找她了。可他先前绞尽了脑汁也没想到一个适合过来陪伴他的朋友。除了亚舒，目前，艾雷没有一个可以称之为朋友的熟人。他现在比从前任何时候都孤独，需要人陪伴。

魏鸿忙里偷闲从厂里跑出来看艾雷。进来后她一眼就看到了亚舒。她警觉地使劲拿眼盯亚舒。看得出来，她对亚舒没好感。亚舒觉得自己该走了，就告辞。

魏鸿说："还是我走吧，你们年轻人聊。"

魏鸿抢先走了。

亚舒就想走了。魏鸿那副不冷不热的态度，败坏了亚舒的情绪。她觉得魏鸿真是多此一举。她有钱，跟亚舒相比，艾雷家真是太有钱了，但亚舒对艾雷的倾慕从来都很纯粹。亚舒觉得魏鸿把她想俗了，这种感觉糟糕透顶。

"要不我跟我妈说一下，让你到她厂子里去干？我可以让她给你多开点工资。"

亚舒轻蔑地说："她一个月给我开一万我都不去。光看着她，我胃就抽抽……不好意思，不该这么说你妈。你到底怎么了？能跟我说说吗？"

艾雷说："其实她人挺好的。她帮过很多人。她跟我爸结婚前很穷，跟你现在一样。她和我爸的钱都是他们自己一分一分赚来的……你也要努力哦！"

亚舒说："还用你说！你更要努力！"

艾雷说："我想睡觉了。一会儿你自己走吧，我就不送了。"

206

"我等你睡着了再走。"亚舒调皮地说,"我想看看你睡着的样子。这样好了,我唱歌哄你睡吧。我唱得可好了,参加过快女比赛,进过赛区五十强。要不是我在后台骂评委给他听见了,全国总冠军指定是我。"

艾雷被她的自吹自擂逗笑了。

亚舒吐吐舌头,把腰挺直:"我唱一首自己写的歌吧。"

她唱了起来:"有一天我也会老,烦恼再也藏不了。年轻就是那一秒,只有烦恼会陪我到老……"

艾雷在亚舒的歌声中滑进被子里,闭上眼睛。亚舒看到他眼睛刚闭上就睁开一点窥视了她一眼,见亚舒盯着他,他马上换了个更好看的姿势。亚舒边唱边想,艾雷显然知道自己长得好,他也时刻在维护完美形象,不愿有一点瑕疵示人。

亚舒最终忘记了艾雷的存在。她被自己的歌声打动了,眼泪涌了出来。

艾雷在梦中跟人赛跑,有很多人,都在忽远忽近的地方,艾雷自己在中间。那是一条白色大路。艾雷在路上狂奔,阳光灼痛他的脸。他的裤子不知何时没了,幸好上衣够长,他一边跑一边往下拽衣摆。他能感觉到,在梦里,他不想让人看见裸身不是因为羞臊,而是因为他觉得自己的腿不够有型。这是个长梦,情节涣散。

醒来,亚舒早走了。三人病房就剩艾雷一人了。艾雷从床上跳下来,跑进卫生间拉下裤子看自己的阴部。他跑得很快,没病过一样。

他看了又看。

207

九

魏鸿终于撬开了艾雷的嘴，就在 QQ 上。在倾诉之前，艾雷先用一种玩世不恭的语气自作聪明地跟魏鸿强调，他之所以决定跟她谈谈自己，是他暗中一番论证后认定跟她这个"陌生人"说他的秘密，不会给他带来风险。换句话说，他是不会跟熟人说隐私的。他已经认定，这个成天在网上追踪他的女人，仅仅只是个穷极无聊的、完全陌生的女人。

艾雷说："我先从性开始谈吧。"

魏鸿说："什么？"

艾雷说："性！"

魏鸿尴尬不已，所幸艾雷看不到她。

"你说吧，我会认真听，感谢你信任我。"

艾雷说："都不知道是从什么时候开始的，我总怀疑自己的性功能有问题。我不是特别清楚为什么会有这种怀疑。也许是因为那件事吧，高考完那天，我跟同学去夜店庆祝，不小心摔倒了，一个竖着的酒瓶戳到我裆部，疼了好几天。后来我多次在洗澡的时候检查睾丸，发现两边不一样大，有一边捏起来没感觉。我怀疑它坏死了……也没准跟那件事无关，说不定我先天就单侧睾丸坏死。"

艾雷一口气打了这一大篇字。他从不对别人说及那些困扰他的隐忧，现在说出了些，心里舒坦了些。

艾雷所言超出魏鸿想象，她对艾雷满心担忧了。怕自己打字太慢艾雷会下线，她慌得把桌上的水杯都撞翻了。水在桌上侵漫，她

208

也顾不得去擦。她抓紧时间回复：

"我觉得你的怀疑是没道理的，你不可能得那种病。"

"我脑子不傻，你说的我明白。"艾雷说，"这个事情是有两种可能：一种，是我多虑；另一种，我确实有这种病。我偏向于相信后者。"

魏鸿急抽几张纸巾把桌子抹干了。

"你要是不相信没病，可以去找医生看啊！"

艾雷说："你说的办法我不动脑子都能想到。问题是，我怕被医生笑话，我不想去。"

魏鸿说："医生怎么可能笑话你呢？你真让人着急。"

艾雷说："我周围同学好多都谈恋爱了，我也想。我没谈过恋爱。以前没机会，我妈不让，她说上大学前不许恋爱。现在是我想谈了，但我不敢。"

魏鸿想起从前的确对艾雷有过那样的约束，但其实她也只是嘴上说说而已，目的是不想让他分心，耽误高考。其实，他真早恋了，她不会介意。她不是那种不开明的母亲。

艾雷说："因为那个怀疑，我怕。我怕真的恋爱了，会在那个女孩子面前丢丑。我怕自己到时候不行……然后，很多人都知道我不行……就这样啊，我想恋爱，又不敢……我好笑得很，还戴戒指，希望这样可以吓退她们。但其实，我是多么希望有个我喜欢的女孩来追求我。"

魏鸿无语了。当真正进入艾雷内心，魏鸿发现自己脑子全乱了。她的心很痛。她跑进办公室里侧的卫生间，把头埋在洗涤槽的冷水里，埋怨自己的失职。她又跑回电脑前。对话框内艾雷又打了一

209

堆话：

"我也没想到后来会变成那样。上课总走神，然后是我开始跟不上课程进度。一次跟不上就跟不上第二次，越落越远。我很恐慌。明明起先只是身体上的恐慌，谁知道这种恐慌扩大了，变成了一种总体上的恐慌。我想过各种办法补救，但好像这种事情完全由不得自己，你越使劲它越糟。我的生活越来越糟。后来我选择逃避，经常逃课。我去玩特别刺激的运动，只有那些时候，我心里的恐慌才会暂时消失。"

魏鸿有个冲动，告诉艾雷，跟他聊天的是他妈。这样挑明了，也许她以后才可以和他共同探讨解决问题的方法。但她不敢，万一这样一来母子关系陷入僵局就完了。魏鸿抓紧时间打了一行字：

"我建议你把这些困扰告诉家里人，他们会帮你想办法的。"

"别出馊主意了！打死我也不会！"

魏鸿说："你不妨一试，试试吧！"

艾雷说："行了，我不想跟你说了。我看你根本不懂我的感受……学校里找我谈过了，可能会让我退学。反正我完蛋了，顺其自然吧。"

艾雷不再说话。任魏鸿怎么呼唤，对话框上都不再有回复，他下线了。

十

魏鸿必须先带艾雷去医院做个检查，以向他确认他的生理是正常的——她当然相信他正常。睾丸坏死？魏鸿想，亏艾雷想得出，

210

这种病在男孩身上发生的概率太小了，何况这是她儿子，怎么可能？当然魏鸿不能硬来，对付艾雷得讲策略。魏鸿谎称她有个在医院工作的朋友送了她两个去医院免费体检的名额，既然是人情，不去人家那里体检就是不给面子，好说歹说把艾雷拽去了。去之前她电话叮嘱那医院的一个朋友，一定要好好对艾雷生殖系统各项都要检查到位。结果与她的信念别无二致。体检表上显示，艾雷两侧睾丸均性能良好。从医院出来时，魏鸿窥见艾雷情绪复杂。她将艾雷送到学校，对他叮咛一番后，开车直奔她已经去过几次的那家心理诊所。

魏鸿把几本相册摆到桌上，请心理医生看。桌上开始飞动艾雷精致的脸、俊逸的身姿。魏鸿说："这就是我儿子。你看到了吧，要多帅有多帅！谁能想到，这么好条件的孩子，也会跟自己过不去。"

心理医生说："他的心理问题，一半正是帅引起的，你听我慢慢跟你说。"

他们在旁边的沙发上面对面坐了下来。心理医生拿出纸，唰唰几笔在上面速勾了一幅图。这是一条马路，两边是山坡。他又快速往马路上填画汽车。画完，心理医生指着那图道：

"你看，这是一段正在堵车的马路。如果我们把这段马路比作人的青春期的话，那么您儿子——艾雷是吧？他就是这段路上的一辆车。本来呢，对常人来说，要不了多长时间，堵塞状况会消失，这段路会重新畅通。很可惜，艾雷在马路畅通前，自行冲上了旁边的山坡。马路畅通了，别人都顺利离开了，他却还卡在这儿——他在山坡上抛锚了。"

魏鸿揣测着心理医生的话。"我明白你说的意思了，由于艾雷自身的原因，他的青春期比别人要长，他目前仍处于青春期？他最近所有的异常，都是青春期综合征的表现？"

"你说对了一半。"心理医生把那画推到一边，看着魏鸿，"开始，只是青春期综合征的一种表现，仅仅只是。像多数这个年龄段的男孩子们一样，艾雷怀疑自己的身体，担心性功能不正常，甚至把怀疑具体指向性器官的病变。这种怀疑因为某种契机变成一种绝对怀疑——艾雷的性器官被啤酒瓶戳到。当怀疑变得无懈可击，它就不仅仅局限于针对身体了，它蔓延、扩大，变成了对自我人格的怀疑。"

心理医生把那张纸重新取过来摊开，他用红笔将车群中某辆车标红："假设你儿子是这辆车，我想说，他原先一定一直觉得自己是名车，是同类中的佼佼者——这是他对自己的定位，这符合他的个性。艾雷的个性是什么呢？先天和客观方面的各种优势促成了他早已成为一个自恋的男孩。"

魏鸿嘀咕："这孩子的确挺自恋的，他洗漱台上的化妆品比女孩子都多。"

心理医生笑笑："自恋的人有时是这样的，他的生活会变成一种表演，他表演优秀给大家看。只有他的优秀被自己和他人共同认可时，他才有安全感。但是艾雷这个自恋的男孩有一天突然明确认定自己是不健康的，他的安全感便没了。没了安全感，他不自信了。艾雷这样的孩子，一切好的表现都有赖于自信，没了自信，他全盘皆溃。"

魏鸿说："你是说，他其实得的是自信丧失综合征？"

心理医生道："可以这么说。因为失去了自信，他不敢跟女孩接

212

近，他学习无法集中精力。这样一来，他的完美形象真的开始动摇了，他更没自信了。这就是一个恶性循环……艾雷其实是个聪明的孩子，他一直在自救，他尝试种种高危运动，这是他在释放恐慌。他去健身，这是一种单向补救。但无论他怎么努力，都只是小打小闹，最根本的症结，一直都在。"

他用笔把那辆红车移到了山坡上。"他这辆车在山上抛锚了，他又不好意思向别人呼救，只能任由自己耽搁在山坡上。"

魏鸿恍惚失神地陷进沙发深处。"会出大问题吗？"

心理医生有点危言耸听了。"时间是最好的解药。一般情况下，他的心理隐疾过一两年会自动消除。但也有一种可能，我是说最坏的可能——"

他笔尖对准山坡上的红车，沿着它迅猛有力往下画出一道红线。

"最坏的可能是，车从山坡上摔下去。"

魏鸿抽搐般直起上体。

他毫不留情地强调："不是没有这种可能！"

魏鸿极度虚弱："那我该怎么帮他呢？我按你说的，已经试过了各种办法。"

"以前没有找到症结的基点，没能对症下药，现在找到了，就好办多了。"

"怎么办？"

"他所有的问题，包括自信心的丧失，都是因对性功能怀疑而起的。只要让他自己相信他性功能没有问题，一切问题都会迎刃而解。当务之急，是让他建立这种具体的自我信任。"

十一

　　亚舒跟她老乡，即品牌店老板吵了一架，原因是她想请假一天回老家看望老妈，请了几次，她老乡都找各种理由拒绝。亚舒觉得这女人根本就没把她当成老乡。正好一家很高档的娱乐会所的老板，也是女的，来店里买衣服，跟亚舒聊得投缘，力邀亚舒去她那里上班，亚舒考虑一番就去了。亚舒可不是去那里当那种小姐的。她才不会去干这个。再穷，她也不会卖身。她是去娱乐会所当DJ，就是在那些高级客房负责调试音响，看情况给客人唱唱歌——反正那女老板跟亚舒么形容她即将到来的工作的性质。亚舒本来就喜欢唱歌，这工作也算对口。因为大家都会觉得女孩子在娱乐会所，就免不了要卖肉，于是就算这种DJ工作，也鲜有女孩选，所以亚舒感觉自己捡了个大便宜，收入好，人不累，还乐得天天唱歌。当然亚舒开始几天还是有顾虑，但很快她发现真的就只是干DJ，没人逼她去干她不愿干的事。这年头小姐太容易找了，会所也没必要去强迫亚舒去干她不愿干的事——这是那女老板对亚舒说的话，应该是心里话。客人也逼不了她的，要真遇到撒酒疯的，她就摁铃叫保安。亚舒觉得自己终于可以开始存钱了。

　　她给艾雷打电话，告诉他新工作的事，并请艾雷有空去娱乐城找她玩，她可以说服老板给他打折。艾雷拒绝了她的邀请。看来他和别人一样对娱乐会所的女孩有偏见，亚舒想。也或许他只是不爱去这种地方吧。

　　亚舒竟然在白天碰到了魏鸿，就在会所的迎宾大厅上。她一个人，显然不是来娱乐的。亚舒化了妆，魏鸿一下子没认出她来。但亚舒看到魏鸿就紧张，这样魏鸿就认出了她。魏鸿用一种看似亲切实则拒人千里的态度和亚舒打了声招呼，就径直往办公区走去了。亚舒看着她的背影，心情不太好，确切地说，魏鸿总令亚舒产生某种不祥之感。就好比说两个人磁场完全不对，亚舒能量太小，一碰到魏鸿就会身心紊乱。旁边有人偷偷指着远去的魏鸿告诉亚舒，她也是这家会所的股东。亚舒闻声心尖儿颤了一下，心想魏鸿果然是她的魔障，她不喜欢谁，谁就跟她如影随形。但是，亚舒没什么好回避的，她喜欢现在这个工作，不会因为魏鸿辞职。想想也不必啊，没准只是她自己神经过敏，魏鸿说不定会因为认识亚舒帮她在大老板那里美言几句呢。但是亚舒这一幻想很快破灭。不久魏鸿出来了，途经大厅，看到厅上众多会所员工，她大范围地跟众人点头示了几下意，对亚舒并未予以特别关注。她在亚舒复又到来的紧张中，阔步离去了。

"我看到你妈了，没想到我们会所你们家也有股份。"亚舒给艾雷发了个短信。

艾雷没回她。亚舒暗想，艾雷可能已经连跟她说话都不怎么有兴趣了。爱怎样怎样吧，也无所谓。

一周可以休息一天，亚舒利用来会所上班的第一个休息日回了趟老家。她家离这儿不远，坐快巴也就三个小时，那地方是这个省会城市下面的一个地级市。这地级市经济水准在全省同类城市中排第二。但亚舒家很落魄，落魄的原因不言而喻。

亚舒陪母亲去定点医院做了一次常规检查，她妈有美尼尔综合征、高血压，还有轻微的糖尿病，典型的病秧子。这次检查没有给

215

亚舒带来预期外的压力，所有病情都还在可控范围内。亚舒把身上仅有的钱几乎全给了她妈，仅留了路费，叮咛一番后又回来了。回程快巴上，亚舒简单为自己的未来做规划：至少在这家会所干一年，争取存两三万块钱，然后跟朋友合伙开个美甲店。她对魏鸿不感冒，但也对她佩服有加。她觉得女人当到魏鸿这份儿上，真是太牛了，做魏鸿和会所大老板这样的女性，可以说是亚舒的终极人生目标。

十二

　　魏鸿去机场接艾文俊。他们夫妻已经有两个多月没见面了。艾文俊这次出差时间并不是最长的，事实上，遇到大案，他一出国往往都是两个月以上。他在公安部门做谈判专家，这工作保密性强，养成了他跟什么人都若即若离的习惯，跟家人也这样，至少他表现出来是这样的。整个他出差期间，魏鸿都不能跟他通电话，现代窃听技术的发达使艾文俊这样的人必须付出牺牲家庭和睦的代价。一把丈夫接上魏鸿就开始发牢骚、诉苦。艾文俊几乎是只听不说。非得魏鸿火了，他才淡淡地回应两句。魏鸿拿他没办法。长期特殊战线上的工作几乎把他改造成一个零情绪的人。她只要知道他心里有这个家就行，这点她确信。她对他的人格、品行不怀疑。

　　"你还是谈点儿意见吧，别把任何地方都当成办案现场。"魏鸿恳求。

　　进了家门艾文俊终于说了："不要过于依赖心理医生的分析。他们这种专业，就是把小问题放大。咱儿子的问题没那么夸张。我觉得这就是个常规案子，小男生，青春期恐慌，一时把控不了自己。

我年轻的时候还不是这样？年把两年过去就好了。你们女人不知道，这是男人必经的心理过程，别大惊小怪！"

"看你说得轻松，学校要退他的学，怎么办？你给我一个方案！"

艾文俊一笑："这个你比我擅长，对不对？"

魏鸿冷笑，一边儿去了。不一会儿她换了身休闲打扮出来。

"我们今天晚上找个安静点儿的地方吃饭吧，顺便你跟他谈谈。"

艾文俊说："行。"

其实让艾文俊跟艾雷谈，也谈不上什么。他跟艾雷从不深入交流，但奇怪的是，父子关系还不错。就艾雷而言，他对艾文俊比对魏鸿更亲近。他们两个，不必言语交流，只眼神对接就能和谐相处。在饭店，艾文俊把艾雷拉到一边，送他一本纪念邮册，然后他坐在一旁用深沉而关切的目光凝视艾雷。艾雷一扭头，与他眼神相触，艾雷马上笑了。

艾文俊拍了拍手掌，就像是鼓掌那样。他站起身，拉艾雷入席。他给魏鸿和艾雷分别夹了一筷子菜。

"我就说了，咱儿子没什么问题，就你多心！"

魏鸿和艾雷快速互瞥一眼，都迅速低下头，不说话。

"来！开吃！"艾文俊举筷催促。

一顿饭吃得沉默而压抑。后来他们结账出去了，魏鸿还是那么心事重重。他们原本说好吃完直接回家的，但上车前魏鸿放慢脚步在他们身后寻思起什么来。

夜里，魏鸿和艾文俊赴鱼水之欢。魏鸿在极大的满足后向艾文俊揶揄：

"儿子这方面不会得到你的遗传吗？"

217

艾文俊难得开玩笑："当然会遗传，咱儿子一定跟我一样行。"

又道："向你泄个密，咱儿子现在心理误入歧路也是遗传了我的——我年轻时也曾经是这样子的，开始几次也不行……嘿！幸亏你不是我第一任女友。男人这方面，败也在女人，成也在女人……女人能使男人丧失自信，但更能使男人重拾自信。"

魏鸿若有所思："我倒是被你提醒了……"

十三

亚舒紧张地坐在魏鸿面前。魏鸿在抽烟。在亚舒看来，魏鸿抽烟的姿势看着特别舒服，亚舒也想试试抽烟的感觉了。魏鸿看出来了，从烟盒里拍出一支烟，让亚舒自己抽出来。亚舒犹豫地抽出一支烟衔到嘴上。魏鸿给她点着。亚舒抽了一口就呛着了，咳嗽个不停。魏鸿撇嘴：

"抽不惯就不要学。女孩子，别学抽烟。"

她忘了自己也是女性。亚舒拿着烟不知道该继续抽还是摁掉。

魏鸿冷冷一笑，取过亚舒手里的烟连同自己手上的，一并摁灭在烟灰缸里。她对亚舒做了个"坐近来"的手势，亚舒坐近了去。她们两个距离很近但明显疏离地坐在了一起。包间里灯光晦暗，一时间她们无话。还是魏鸿打破了沉默：

"喜欢我儿子？"

亚舒点点头。这没什么好抵赖的，又不是什么丢人的事。

魏鸿说："今天是他生日，他现在就在这里，还有他爸，我们一家子。愿不愿意一起坐坐？"

亚舒难以置信，受宠若惊。"真的可以吗？"

"当然！"

亚舒瞪着细长的眼睛揣测地望着魏鸿。这样的邀请缺乏逻辑，她觉得不对劲。那种只有魏鸿才能给她带来的不祥感，再次向她袭来。

"你很聪明，知道我的邀请另有用意。"魏鸿看了亚舒一眼，"坦白跟你说吧，我请你去，是想让你帮艾雷一个忙。"

"我……我能帮到艾雷？"

"怎么不能？"魏鸿说，"除了你，我暂时找不到更合适的人帮他。"

亚舒不想去深想了："我愿意！只要是为艾雷，叫我做什么都可以。"

魏鸿吃惊地看了看亚舒，她的眼里掠过一丝不安，当然，她没让亚舒看出来。她又取了一根烟抽起来，这回是自己独抽。

"听别的女孩说，你想开个美甲店，我可以……赞助你一点钱。"魏鸿想了想，说，"我会资助你三万。"

亚舒忙道："不，不，我不要！"

魏鸿笑了："再说不要，我就反悔了哦！"

亚舒待要再拒绝，但迅速改主意了："这样不太好吧？"

魏鸿说："那就这样说定，你帮艾雷一个忙，我给你三万报酬。"

亚舒终于找到今日之事的一点逻辑了。她再不敢随便开口，心里的疑惑排山倒海。

魏鸿站起来："那咱们走吧！"

亚舒不安地跟在魏鸿后头。她们穿过悠长的廊道来到另一个包房。这是间大包。艾雷和艾文俊坐在里面对唱。音量调得很大。台桌上摆着生日蛋糕、水果和鲜花。蛋糕上插着未燃的蜡烛。看到亚舒进来，艾雷疑惑地停了唱，将无线麦克扔到沙发上。他瞪着一前一后走进来的魏鸿和亚舒。还是亚舒容易放松，她最近毕竟天天在儿侍客。她一副很快活的样子，径直走过去坐到艾雷身边，挽住他的胳膊，又趁音乐过门的间隙凑过头去向艾文俊打招呼。艾文俊伸长了不握麦的手过来，跟亚舒握了握。魏鸿道：

"那我们先开始吧。"

他们开始点蜡烛，唱生日歌，吹蜡烛，切开蛋糕，象征性地各吃了一小块。然后就是唱歌，不亦乐乎。亚舒竟忘记了她是因了某个未曾细谈的交易来这儿的。有艾雷在，她才懒得费脑子想事。他们闹腾了将近两个小时。后来亚舒发觉艾雷有点不正常了：他脸色潮红，呼吸局促，不停跟亚舒要水喝。魏鸿看在眼里，跟艾文俊使了个眼色，艾文俊假称单位临时有事离去了。魏鸿又用眼色支使亚舒跟她进了里面的隔间。在那里，魏鸿对亚舒说：

"今天晚上，我就把儿子交给你照顾了。"

亚舒愣了一下，领悟出了今天这场交易的具体内容。

她凭着女孩的直觉推想到，难道说，弄来弄去，她还是要去当一次小姐了？

可是，又出现了一个说不通的疑问：艾雷这个样子的男孩，怎会需要做这种交易？魏鸿到底搞什么名堂？

亚舒有心跟魏鸿中止约定，但又想到，就算今晚卖身，也是卖给自己梦寐以求的男孩，一想至此，她便不再愿去深想那么多了。她冲魏鸿含羞而笑。

魏鸿用鼓励的目光深深望了亚舒一眼。她不会让亚舒知道，就是这生日晚会开场时，她偷偷往艾雷的杯子里下了药——针对男性的药，那种药。谁都知道，艾雷是自设迷局，有那样的药推动，他完全可以忘却自己的心理疑虑——魏鸿深信自己这种判断不会有误。艾雷就是需要一个契机，而这种契机的产生，需要猛药。两支药完美集结，构成一服猛药，一支就是她刚刚撒进艾雷水杯里的性药；一支，就是一个喜欢艾雷，愿意对艾雷献身的女孩，就是亚舒。魏鸿选亚舒，是因为她深信亚舒比任何小姐都更适合担当此任。这服药中的二分之一内容，除亚舒无人能够充当，所以魏鸿愿开高价购买亚舒。魏鸿出此下策，实在是出于无奈。形势危急，艾雷的人生悬在崖上，她必须立即行动。

走出隔间前，魏鸿忽然拉住亚舒的手，轻声说："对不起！但是，还是……劳烦你今天晚上好好照顾我儿子。如果你愿意，最近一段时间，还请你多照顾他……"

魏鸿说完避之不及地告退，仿佛这包房里布满了待发之箭。走出娱乐城，她放慢了脚步。早春的风，微挟凉意，她站在风中唾弃自己。

十四

艾雷觉得自己的智商已经降低到极限。往日那些深入骨髓的自省、自爱，那些警觉，全都从他身体里跑得精光。身体深处似有一个原子堆，正在快速反应，分分秒秒就会把他整个儿地炸开。

他把卫生间的热水开到最大，兜头冲下。卫生间四面墙上那些五彩斑斓的马赛克，在灯光的辉映下，看着就像一张张嘲讽的笑脸。艾雷发出一声大叫。

热水救不了自己，艾雷就换用冷水。他就这样，在冰冷的水柱下跟身体里的魔障拼命。但是没有用，那个原子堆已经开始膨胀。艾雷猛地将水关了，擦干壁镜表面的水汽，抬起赤红的眼睛，研究自己。就在这时，他从镜子的深处看到了亚舒——

她竟然在跳脱衣舞。

艾雷气喘吁吁地转过身，瞪大眼睛看亚舒。在那一刻，他惊奇地发觉，亚舒是美的。

艾雷冲过去，一把将亚舒提起，蹾到阔大的洗漱台上。

沐浴露、洗发水、杯子、毛巾、微型香皂，稀里哗啦飞向大理石地面。枪和玫瑰在殷红的春日里滑翔。

亚舒和艾雷一样激动。她将自己的智商调整到最好的程度，发挥最大的想象力，设法让自己变成这个世界上最妖娆、最狐媚的女孩。她配合艾雷，协助艾雷，乐此不疲。有那么一两个时刻，亚舒被这个夜晚感动得哭出声来了。她一边哭，一边笑，像个疯子。

后来，亚舒和艾雷紧紧拥在一起。一动不动，就那样抱着，抱了很久。

最终是，艾雷用力推开了亚舒，跑了出去。

十五

艾雷主动约过亚舒两次。约会的地点，都是酒店的房间。更具体的地点，是酒店那张两米大床。当然，就像他们第一次那样，偶尔地点也会更改为浴室。就是这样，他们在房间里恣意释放青春。艾雷不觉间对自己身体有了新的评定。常有某个瞬间，他会在内心嘲笑从前的自我怀疑。多么可笑啊！艾雷想，他以前真是太可笑了。

艾雷身体里流淌的优良基因令他时常头脑清醒。他明确知道，他对亚舒没有爱，他只是在利用她对他的爱，进行一次康复训练。他怎么可以去爱亚舒呢？他对初恋的标准从没降过一点，亚舒显然差他的标准太多。当然，他心里感谢亚舒，尽管他不表现出来。约会两次后，艾雷对亚舒的兴趣消失了。但鉴于他有愧于亚舒，他决定补偿她。

"还是不要再见面了吧！"

第二次约会的末尾，艾雷背过身去，冷酷地向亚舒宣布。

亚舒骇然望着艾雷。这又是一个缺乏逻辑支撑的消息。在亚舒看来，艾雷和魏鸿，包括艾文俊，这一家人，太莫名其妙，她搞不懂他们心里装着什么。几天来，亚舒常在心里感激上苍眷顾，常会庆幸地想，上苍真是优待她，竟可以让她得到这么中意的爱人。是啊！她以为自己已成为艾雷的爱人，误以为他们后来的两次约会，是以恋爱为前提的。她还计划择一好日子带艾雷回老家，见见她多病的老妈，让她开心。亚舒不能接受艾雷这句话，如遭五雷轰顶。

艾雷开始整理自己，要离开房间。"我不会让你白跟我一场的。"他的语气有点儿像黑社会老大，显然是他觉得这样说话更有男人味儿，"我打算……给你钱！"

这样的语气又不免会让亚舒想起魏鸿。

亚舒火了："去他妈的钱！"

艾雷淡淡一笑："就这么定了。你要多少？"

亚舒说："好吧！你不是有钱吗？你们家不是有钱吗？十万，给吗？"

这是气话，艾雷竟当真了。更令亚舒没想到的是，他竟然接受她索要的金额。

"我卡里现有的钱不够，但我会想办法弄给你。"

亚舒失声大笑，心想，她这小姐当的，可真是赚大了，竟可以重复收费，收的还全是大额。若她把这场交易告诉会所的小姐们，她兴许会成为她们的教材。她何德何能，竟可以成为卖身行业的经典示范。亚舒笑了，笑得眼泪流下来。后来她还是冷静了，却变得不堪一击：

"求求你！不要这样对我！"

"我先走了，"艾雷高高仰着头，掷地有声地说，"钱的事，放心！"

亚舒去抓艾雷的手。艾雷用力缩回手，却又被她抓了回去。亚舒盯着他手上的戒指。

"你实在要给，就把这个戒指送给我，留个纪念，行吗？"

艾雷利落地摘下戒指，扔到亚舒手心里，像扔一件毫无用处的物什。

他的确不再需要它了。

亚舒怔怔地盯着手里的戒指，恍惚失神。待她抬头，艾雷已不在房间。亚舒把戒指戴上看了半晌，又除下来，小心放进包里。后来她冷笑着走到电视机旁边的镜子前。

她开始化妆，动作稳健。

224

十六

亚舒再次见到艾雷，是三个月后。

她的美甲店顺利开张了。说是店，有点夸大了，其实只是一爿窄小的门面，宽约三米，进深还不到两米。这么小，生意照样红火。这儿是一处地下商业中心，美甲店就嵌在一家西点店和一家饰品店之间，对面是一家大型超市的入口，延伸过去的远处两边，是各种各样的成衣店，以及诸如麦当劳、新川菜馆之类的快餐店或美食饭馆。从早上八点开始，直到夜晚十点之前，美甲店前面的路面上始终人头攒动。

亚舒的美甲店由两张桌子、四张椅子和两个略有姿色的乡下女孩组成——她们是亚舒聘用的工人。四张椅子几乎从来不会空着。亚舒每天只会过来一小会儿，然后回去睡觉，晚上照常去娱乐城上班。她当然想把美甲店扩大，即便这一爿小店的生意已经远远好过她的预想。如果可能，她打算把美甲店扩展为一个美容中心。照现在的发展，她估摸着一两年后就可以实现这个梦想。如果美容中心能按计划创建成功，她打算再做些别的店。

亚舒野心勃勃，经常在夜里忖度自己最终成为魏鸿这样的女性并非没有可能。

艾雷不是一个人出现在亚舒眼前的，他胳膊上挽着一个姿容出众的女孩。他和她走到这里，女孩看到这儿有家美甲店，中途拐回来修饰一下她的指甲。当时亚舒正低头坐在一边点账。等她站起来向外看的时候，女孩已经坐在了椅子上，艾雷故作绅士地站在一边东张西望。他回过头来，看到了亚舒。

艾雷还是那么帅，还是那么潮，要命的是，他比从前多了些沉稳、老练的气质。亚舒听到心里发出一声惊呼——就像她第一次看到他时那样。她发现自己还是那么喜欢他。但是，她现在比从前更清楚，她和他，是两个世界的人。亚舒快速调整心情，冲艾雷笑。

"你女朋友？"亚舒小声问。

艾雷点点头，把目光绕到了别处。他觉得别扭。

他们不再对话。

艾雷开始催促女孩快点。但是女孩不懂事，偏跟艾雷撒娇。艾雷越来越不耐烦，在女孩未察觉的某一刻独自离去。

走过麦当劳店艾雷就已决定跟这女孩分手。他不算特别喜欢她，更谈不上爱。跟她恋爱，只是因为她是这城市另一所大学的校花。在这之前，他已经分别和本校的校花及另外一所大学的一位级花分别短暂"恋爱"过了。他跟她们"恋爱"的原因，跟坐在那儿的那位校花一样。事实上，在这些"恋爱"的期间，他还插空跟思博胡混过几次——那真是个不知天高地厚的女人，她竟然不知道艾雷是拿她来练手的，误以为吃到了嫩草，在她的生活圈子里炫耀自己的成果。艾雷最后用极恶毒的话骂了她一通，把她骂得哭天抢地，还翻遍衣兜寻找大额钞币以便甩到艾雷脸上，用来圆她的逻辑。她穷死了，找来找去只找到一张百元面值的钞币，又不好意思甩出去。艾雷抢先抽出几张百元钞币，抬高手从她头顶撒下，而后他大踏步离去。

现在艾雷快步走在这个地下商业中心的人流里，他的脑子很空。身后有人喊他。也许这呼喊一直都尾随着他，只是他一直走神，没能及时听见。艾雷回过头去，看见了亚舒。因走得太急，亚舒喘不过气，话说得不连贯：

"等等！我……有事跟你说……"

艾雷警觉地望着她。

"怎么？"

亚舒把手伸进口袋，掏出一个精致小盒。她扬起它，示意艾雷接。艾雷当然不接。

"戒……戒指，给你。"

艾雷怔住。

亚舒笑了："别误会。"她把自己空着的左手扬起来，那儿有只铂金戒指，正是艾雷给她的那只。

"我买了一只一样的，还给你。你那只，我留着！"亚舒笃定地走近艾雷。

艾雷不说话，两只手死死插在口袋里。

亚舒说，"拿去吧，没别的意思，只是……不想占你便宜……"

艾雷接过盒子，转身要走。

亚舒喊住他："还好吧？"

艾雷低下头去，思忖良久，忽而抬起头来："我想说，亚舒，请你……原谅我！那都是我年轻时候犯的错……"

亚舒这回是笑得止不住了："死样儿！那么正经干吗？谁年轻时候不犯点错？我年轻的时候还不跟你一样？"

艾雷再也绷不住了，克制地笑了起来。亚舒更是乐得站不直。他们两个，就这样，在人群中相看着彼此，笑到肚子疼。索性，他们把身子蹲低，继续笑，尽情地笑。

后来艾雷掂着盒子在亚舒的目送中缓缓走远了。几个衣衫褴褛的盲人，似乎是一家子，用一根绳子把彼此连成一串，领头的年老男人含着一支丝竹吹着忧伤的歌曲，正从前面的台阶上走下。艾雷从他们身边经过时，随手将盒子放进中间那老妇人的钵里。盲人们对此一无所知。

艾雷放轻脚步从这支家庭乐队身边走过，目不斜视地迈上了台阶。

走近出口，艾雷抬头看到了被城市浊气裹挟的天空。

这是夏日某时，天高云阔。

（原载《作品》2011 年第 7 期）

梅音是只燕千鸟

一

十八岁的梅音从巷子里走出来，迎面碰上了我们镇上最臭名昭著的青年男子丰梓凯。这个坏得没有章法的东西挡住了她的去路。"今天到底是咋个回事嘛？热得我想调戏妇女。哎！妇女，给我站好，站好！"

梅音试图从丰梓凯的左侧突围，但丰梓凯发现了她的意图，向左跨了一步，低头审视比他矮一个头的梅音。对于不到一米六〇的梅音来说，他实在是太高了。梅音又要从右侧逃离，丰梓凯高大的身体立即在右侧堵住了她。梅音不得不站定了，探究地望着丰梓凯。这表明，面对丰梓凯的调戏，她丝毫没有感到紧张。

"为啥子光把个眼珠子瞪得那么大，就是不说话哩？"丰梓凯说，"我晓得了，你好看，因为你长得好看。"

一个女人从巷子深处走过来，经过梅音与丰梓凯身边时，捂住嘴快步跑开了。跑出几米远后，她还回过头来看了梅音一眼，目光里除了担心还是担心。这个匆促走过的女人心里很清楚，丰梓凯是个耐不住寂寞的人，镇上易于勾引的漂亮姑娘，都被他睡过了，她们中的个别人，还被他睡了又睡，此刻，他显然在勾引梅音。可他到底看上了梅音什么？

梅音不好看，胖、呆、老气，倒是那些叫作青春美丽疙瘩痘的东西，对她情有独钟，它们把她的脸，当成一块肥沃的土壤，轰轰烈烈地在上面安家落户，一点儿都不懂得计划生育。为什么多年来一直以镇花自居的朱老师，会生出这么个长相乏善可陈的女儿呢？镇上每个爱琢磨事儿的人，见到梅音，脑子里面就不停地跳字，跳来跳去，就只有这么个疑问句。

"说嘛，你为啥子长得那么好看？"丰梓凯拿腔拿调地问梅音。

梅音似乎根本没有开腔的打算。她还是保持着那种探究的眼神，盯着丰梓凯。

"既然你是个哑巴，那就让我来帮你说。"丰梓凯冲梅音挤眼睛，"长得好看是天生的，啥子理由都不需要有，对不对？"

梅音转身往来路走去。这对丰梓凯来说是个意外，他的反应就慢了半拍。等他意识到要去抓梅音，她已经走出去好几步远了。丰梓凯望着梅音的背影，遗憾地摇头。他应该不是遗憾于梅音的身材，而是遗憾梅音没有配合他的勾引。像他这么个自信心爆棚的人，通常情况下都会认为，他愿意勾引哪个姑娘，是给她一个面子。这么揣测他根本不为过，瞧！他冲着梅音的背影吆喝起来了："梅音，我住在供销社后头的职工宿舍里，房间号是330，就是'上上你'的意思。哪天你可以过来找我，我们两个一块儿看录像噻。"

梅音的胖身子匀速向前，没有任何停下来的迹象。丰梓凯再接再厉,用更大的声音对梅音的背影说:"要不,改天我们去莲宝寺耍噻!你去过莲宝寺没得?多有历史的一个寺庙哦,我看到门口碑文上写着的,乾隆皇帝在那儿住过。梅音,你喜欢历史吗?"

梅音的身体停了一下,也许,话题一转到历史知识方面,她的兴趣就一下子给调动起来了,不过,她也就是停了那么一下子,又继续走了起来。前面是巷子的拐弯处,她折身进去了。她的家,就在这个拐角后面另一条巷子的旁边。

丰梓凯的眼前,就只剩下空荡荡的巷子。"那么胖,还傻,叫你不甩我,叫你不甩我。"他突然烦躁起来,胡乱向空中踢了一脚。

几分钟后,梅音到家了。"怎么这么快就回来了?"朱老师说着标准的普通话,垮着个脸,从屋里走出来。她的目光落在梅音空空的两只手上。"生姜呢?盐呢?没有生姜怎么做鱼?没有盐你不嫌淡吗?你个没脑子的东西,叫你去小卖部买东西,你空着两只爪子回来了。"

梅音从兜里掏出一张五元纸币,拍到朱老师的手上,目光跟朱老师打着擦边球,快速地向屋里走去。

朱老师的火气一下子就水涨船高了。她刚到更年期,浑身的器官都是火药桶,只要她愿意,随时可以引爆自己,炸毁整个世界。"你到底是怎么回事?脑子有病还是怎么的?"见梅音依旧不搭茬,她决定来一次大爆特爆。现在,她要给梅音上课,像梅音从湖北回来的这半个月来她一而再再而三做过的那样,详细罗列某些陈年旧事,来推论梅音的不是。"我千辛万苦把你弄到湖北黄冈去读书,那里教学质量高,让你成绩好一点,高考把你弄回来,在这儿考试,可最后怎么样?你还是没考上。我用心良苦啊,可是你呢?你只知道辜负我。你到底能干什么？说话呀，你个什么都不会的东西，为什么不说话？"

梅音无视朱老师，在床边坐下来，仿佛被什么事魇住了。这个光线昏暗的小屋，印证着一九九三年的那个时刻，对梅音来说，是压抑的。耳畔充斥着朱老师的训斥，梅音却是连把耳朵堵起来的精神劲儿都没有。

"说话呀！你说句话会死？"朱老师虽然已经把自己说得眼泪汪汪，但仍然改不掉爱对梅音用反问句的习惯，"我为你做了那么多，为什么你却只知道让我失望？为什么你什么都干不成？为什么就那么笨？你难道要把我气死吗？"

梅音站了起来，向墙角的衣橱走去。打开衣橱，她开始从里面往外运衣服。衣服并不多，春夏秋冬的衣服加起来，也不到十件。梅音抱着它们来到外屋，找到一只半新不旧的蛇皮袋，慢慢地把衣服往袋子里装。她装得仔细，显示出对这件事有极大的耐心。她做任何事，都是有耐心的。耐心，是她的一个特质。装好了衣服，她去书柜里取书。她只拿她自己的书，不碰朱老师的。其实只是些高中课本及她的作业本、做过的试卷。她一一将它们装进袋里。

"你把这些东西都装到袋子里，要干什么？你要到哪里去？"朱老师有些惊惶地问。梅音的奶奶和弟弟这时也跑了过来，不解地望着梅音。

梅音走出门，抬起头来，眺望天空。那天的天空，跟未来任何一年的天空，并无太多不同。她叹了口气，对朱老师说："妈，我走了。"

朱老师无法理解梅音的行动。眼前的情形，以及梅音过往带给

232

她的种种不快回忆，实在是太虐心了。"你走！千万不要再回来！你要是真的有种不回来，我改口叫你妈！"

"你不用叫我妈，你永远都是我妈。"梅音淡淡一笑，"我走了，你心肺功能不好，记得别再乱发脾气了。还有你，奶奶，很抱歉，我不能再在这个家里待着了，你年纪大了，也要照顾好自己。弟弟，妈和奶奶就交给你了，照顾好她们。"

无论梅音的奶奶和弟弟接下来如何拖拽，都无法改变梅音要离家而去的决心。在这一天之后，我们将永远记住，梅音的性格，不止倔强而已，她甚至可能是一块坚硬的石头。一旦决定了做什么事，即便前面是世界末日，她都不会改变心意。

梅音途经先前那个混蛋拦截她的巷道口，走出巷道，来到我们镇子的主干道。沿着主干道往东走三四十米，北侧是供销社的联排房子。上午十来点钟的光景，梅音很快越过主干道，钻进了供销社东边的巷子里，向后面的职工宿舍走去。

几分钟后，梅音站在丰梓凯的宿舍门前，将满满的蛇皮袋放下，一屁股坐到袋子上，从口袋里掏出一只橘子，仔细地剥了皮，一瓣一瓣地撕下来吃。她在那儿坐了两个多小时，直到下午，丰梓凯才出现。其间，好几个住在这里的男女从梅音身边走过。他们中大多数人不认识梅音。不认识的原因，是梅音从十三岁到十八岁期间，被朱老师送到湖北她妹妹那儿念书去了。而十三岁前的梅音虽然也胖，但还没发育，跟现在这个满脸粉刺的姑娘几无任何相似之处。这个上午，个别认识梅音的人，就停下来问梅音坐在这里干什么。梅音说："我等丰梓凯。"问者因梅音的回答吓了一跳，想说什么又没有说，一步三回头地走了。

丰梓凯回来了,这个坏东西,说他是流氓一点都不为过,一见到梅音,他就表情诧异。"你怎么连人带包地过来了?是打算给我当保姆吗?"

"你觉得我好看?"梅音仰起脸,没有表情,望着丰梓凯,"你真的觉得我好看?"

丰梓凯愣了一下。"你多好看啊。也许别人会说你胖,但那是他们用词不当。你那不叫胖,是婴儿肥。《红高粱》里的巩俐,漂亮吧?就跟你一样,有点婴儿肥,好可爱哦。你看你的眼睛,也像巩俐,那叫一个亮。我屋里就有一张巩俐的画报,我可喜欢看了。"

丰梓凯的话听起来多么诚恳啊,由不得人不相信。梅音浅浅一笑:"那我可以去你屋里看一看那个画报吗?"

丰梓凯万万没料到,梅音是个这么没有防备心的姑娘,竟然主动提出要去一个流氓的屋里,也正因为这一点,他多少觉得这个姑娘有点特别了。"行,进去吧。"

梅音站起来,提起蛇皮袋,吃力地往里走。丰梓凯并不帮她提。他领着梅音,穿过供销社职工宿舍黑洞洞的走廊,进入他的宿舍。

我们完全可以想象,在接下来一个小时的时间里,一个好色且精力充沛的青年男子对主动送上门来的猎物会做什么。不,根本不用想象我们就应该猜得到,梅音,一个十九岁的处女,就在这一天,被丰梓凯睡了。

先前在宿舍区前面跟梅音说话的人中的一个,在这段时间里充当了一回好事者,专门去了朱老师家里,把梅音去找丰梓凯的事告诉了朱老师,所以梅音和丰梓凯最终被朱老师堵在了宿舍里。很神奇的是,门被朱老师撞开的时候,朱老师,以及那些跟过来看热闹的人，看到的是梅音与丰梓凯在窗边练哑铃的情形。丰梓凯教，梅音学，他们正在做一组哑铃操。

"你们两个干什么了？"朱老师顿足捶胸，伤心地望着单手提着哑铃的梅音。

"我们没干啥子呀。"丰梓凯扮演无辜者，"就是强身健体噻。朱老师，梅音的力气好大哦，你看，这是五公斤级别的哑铃，我才勉强能耍，她也耍得起来。"

"住嘴！"朱老师怒斥，"没干什么你们还在练哑铃？你这不是自相矛盾吗？畜生！"

"畜生？朱老师，你作为堂堂人民教师，人类灵魂的工程师，怎么能说这么脏的话呢？你的话太脏了。"

"对你这样一个肮脏的人，我有必要不说脏话吗？你到底把梅音怎么了？"

丰梓凯瞬间拉下脸来。他抓过梅音手里那只哑铃，一小步一小步地走向朱老师。围观的人连忙往门外闪，但又"呼啦"一下冲了进来。他们个个瞪大眼睛，期待又担忧地望着正在缩小的朱老师与这个高大的二十四岁男青年之间的距离，却见丰梓凯忽地向朱老师展示起哑铃健臂的动作来。随着他手臂的屈伸，大家看到，他右臂的肱二头肌像一只老鼠在皮下扭动、伸缩。"你看，我身上这个东西，可以大，也可以小。"丰梓凯神情促狭，望着朱老师，"我身上呢，还有其他东西，也是可大可小的哦，你女儿喜欢得不行哩。朱老师，你要不要也看一下？从你离婚到现在，该有十好几年了吧？那么久没看到这种东西了呀，我好同情你的哦。"

朱老师浑身颤抖，眼看着就要把身上的火药桶抖下来，但她克制住，悲愤地钳住梅音的手，往门外拽。"跟我回去，别在这儿丢我的人了。"

梅音毫不费力地甩开了朱老师的手，躲到丰梓凯身后。"我不会跟你回去，永远都不会。"

"你疯了还是怎么了？"朱老师绝望地望着梅音。

梅音大声说："我没疯，我跟丰梓凯在谈恋爱。"

包括丰梓凯在内的所有人，都愕然望着梅音。时间仿佛被梅音的话吓得停了下来，屋子里忽然没有了一丁点儿的声音。最终是朱老师最不争气，她捂住胸口，扑倒在地。"作孽呀！"她在地上晕了过去。

二

梅音和丰梓凯之间的故事，似乎就是从这个时候才正式开始的。不是吗？如果我们还愿意注意梅音说出那句话后丰梓凯的愕然表情的话，我们应该知道，在此之前，丰梓凯从来就没有打算真正地跟梅音好过，即便是在朱老师撞开他宿舍门之前，他真的刚刚速战速决地把梅音睡过。那么，接下来，丰梓凯，这个起初只想对梅音玩玩而已的坏青年，他和石头般的梅音之间，到底会发生什么呢？

一九九三年夏天的这个小镇总是显得那么无聊，人们总在期待发生点什么质量过硬的故事。梅音很快满足了大家的期待。就在朱老师因梅音与丰梓凯的事晕倒的半个月后，梅音和丰梓凯同时从镇上失踪了。

这个事情当然也可以不用说得那么笼统，也就是说，那半个月里，梅音与丰梓凯之间，还是发生过一些事情的。比如，丰梓凯在梅音入住他宿舍后第三天，开始找借口把她弄出去。他想了很多办法，包括利用先前曾经与他好过一段的镇上一个叫季妙清的漂亮姑娘去调动梅音的醋意，他还把梅音装满衣服和书的那只蛇皮袋清理了出去，并在梅音发现这事之后，谎称袋子被人偷走了。但以上两种方法，均告失败，梅音非但未对季妙清产生醋意，还虔诚地向季妙清请教成为一名小镇破鞋的诀窍。季妙清很快意识到梅音在用这种方法讽刺她，很生气地走掉了。至于那只蛇皮袋，梅音自己把它从垃圾堆里扒了出来，重新放进了丰梓凯的宿舍里。

梅音与丰梓凯同居第八天，我们听说丰梓凯把梅音摁在床上，使劲地掐她。不过，丰梓凯本来要掐她的脖子的，但临到真要掐的时候，他还是把手放到了她的腰上。"看你这腰，跟柴油桶似的。我要把它掐断，看你还敢赖在我这里。"结果是，梅音发现丰梓凯用的力度不够大，便完全不挣扎地笑了。"我看出来了，你是个不会打女人的男人。一个不会打女人的男人，怎么可能是坏男人呢？我找你，是对的。"

丰梓凯简直不知道要不要对梅音生气。她竟然不知道，一个好色的流氓不舍得打女人，仅仅是因为打女人不利于他的猎艳。他像看一个怪物一样看着她，末了从床底下掏出木工刀，又从柜子里取出他雕了一半的一只木头鸟，来到阳台，狠狠地雕刻。他刀刀用狠劲，仿佛要以此发泄对梅音的厌烦。梅音过去看他雕刻。雕得真好，他竟然还有这等才华啊。梅音的心怦怦跳了起来，这在以前，是从没发生过的事。丰梓凯忽然感觉这鸟雕得哪儿不对劲，停了下来。"为什么我雕出的总是一只死鸟？"他忽然就怒了，"我要的是一只活鸟，不是这种没灵气的东西。"他撒手将木鸟丢向阳台外广阔的天空。然后，他跑进屋子，用力扯开橱门。随着他的动作，梅音看到一只又一只成品木鸟从橱内滑出。丰梓凯开始用脚踩它们，一边踩，一边骂："这些破玩意儿，全部不达标。"

梅音惊心动魄地望着丰梓凯踢踩的动作。在那一刻，她觉得，丰梓凯不是凡人。她的心跳更快了。她按住心房，耐心地体会心跳加速的感觉。后来，她找出一只纸篓，把木鸟的碎片往里面捡。丰梓凯发出一声嗷叫，逃出宿舍。既然你不走，那我走。这就是丰梓凯的想法。接下来的几天，他借住到一个初中同学家里。梅音却打听到了丰梓凯的去向，来到这位同学家，请丰梓凯回去。

这太可笑了。丰梓凯，我们镇上这个任何漂亮姑娘都拿他没办法的坏东西，竟栽到了梅音的手上。而她制服他的方式，是持之以恒地、无条件地接纳他的一切，忍受他的一切。"你赢了！"在他们同居十五天后，丰梓凯对梅音说，"为了说明我实在是服了你，我要从镇上消失。"

稍微想想就知道，丰梓凯是在耍阴谋诡计。既然在这个镇上，他去了哪里梅音都要跟到哪里，他离开镇子，梅音怎么可能不跟着离开？显然，他是要诱使梅音跟他一起离开这个镇子。至于他为什么要这么做，答案很快会水落石出。

几天后，梅音背着她那只蛇皮袋飞奔在火车站的站台上。正如我们应该想到的那样，她一脸的焦虑，踮起脚尖，四下里张望，试图找到当日早晨与他的行李从宿舍里一起消失的丰梓凯。当然，她发现丰梓凯了。如果她发现不了他，那才怪了。一个刚刚在即将驶往广州的列车上与人贩子谈完价钱的臭流氓，怎么可能在还没有正式把梅音交给买主前就从她的生活里真的消失呢？他故意在那个早上偷偷离开宿舍，离开小镇，并巧妙留下能使梅音知道他上了某辆列车的线索，不就是为了使梅音落入他精心设计的圈套吗？

梅音站在还有几秒钟就要启动的列车外，看到丰梓凯了。他们的目光，隔着车窗玻璃交汇。梅音三步并作两步跑着，跳上了车。她飞快地穿过拥挤的车厢，向丰梓凯的座位跑去。她丝毫没有意识到，随着她与他越来越近，危险也越来越近。让梅音始料未及的是，丰梓凯的旁边还坐着季妙清。怎么回事？梅音的脑子短路了，但马上，她对眼前的事情有了结论：丰梓凯要与季妙清私奔，背着她私奔。也许私奔是他们很早以前就计划好了的，而丰梓凯早就想离开那个小镇了，只是一直没找到必须离开的理由。是梅音让丰梓凯有了一个理由，为了逃避梅音的纠缠，要远离那个小镇，顺便带上他众多情妇中长相最好的季妙清。

列车已经启动，越来越快，梅音站立不稳，她扶住椅肩，愣怔地望着并肩而坐的丰梓凯和季妙清。列车停止加速，匀速前进，梅音得以稳下身子。她提起蛇皮袋，步履沉重地向她自己座位所在的那个车厢走去。

"你是哪个车厢？"季妙清忽然冲着梅音的背影喊道，"到广州要一两天的时间哦，到时候我们会很闷的，说不定会去找你。"

梅音转过身来，看看季妙清，最终深情地凝望丰梓凯。她多么希望这句话是丰梓凯说出来的啊。丰梓凯当然没有理由不问清梅音的车厢号，否则他该如何让人贩子顺利找到梅音？理所当然，他立即把季妙清的话大声跟梅音重复了一遍。梅音听他说完，淡淡笑了："我在十三号车厢，欢迎你们过来找我。"

梅音将永远不会知道，在她去往她自己的车厢那短短几分钟里，季妙清用了多少恶劣的话来嘲笑她。贩卖梅音的主意，竟然是季妙清出的。曾几何时，她与丰梓凯谈到要南下去广东淘金的想法，那时候，他们都觉得心有余而力不足。他们这种人，好吃懒做，可不愿像那些本分的年轻男女那样，离开家乡去广东，就只是去打工。他们一旦去广东，就只能去做生意，赚大钱。而做生意、赚大钱需要本钱。这对狗男女，都是有爹娘生没爹娘养的货，在我们镇上，他们除了把自己打扮得溜光水滑，什么都不会，哪里弄得到本钱？所以，他们就迟迟没有把南下的打算付诸实践。是梅音给了这一对狗男女机会。没错！卖掉梅音，可以为他们提供在广东做生意的第一桶金。

列车开了很久，丰梓凯和季妙清都没有到梅音的车厢里来过。这让梅音失望。但她耐住性子，等待他们出现。她等啊等，列车在昭关站停车上下客的时候，丰梓凯和季妙清终于出现了。跟着这对狗男女一起出现的，还有另外三个广东男人。接下来，丰梓凯负责骗梅音下车，季妙清负责去车下跟昭关站前来与人贩子接应的人要贩卖费。梅音在丰梓凯的巧言之下下车了，她站在车下，望着忽然对她热情起来的丰梓凯，心里产生了一种温暖的感觉。她看着丰梓凯，直到车下人贩子的同伙与车上的人贩子，加起来总共六个人，以一种迅雷不及掩耳的速度，将她劫掠。他们前后左右地架住她，捂住她的嘴，快速将她劫出车站，并在途中扔掉她竭力维护的蛇皮袋。直到此际，梅音才意识到丰梓凯对她耍了手腕。她欲哭无泪地被六个人贩子押上一辆车，带往一个仓库。在那个仓库，被解开蒙眼之物的梅音刚适应了室内的昏暗，就看到大门突然洞开，季妙清被人推了进来。

无疑，先前季妙清与丰梓凯策划着如何卖掉梅音时，她压根儿没有想到，在丰梓凯的这一单拐卖人口的生意里，货品不止梅音一个。一个是卖，两个也是卖，何况季妙清漂亮，售价比梅音高，丰梓凯要干就干大点，他怎么可能舍弃卖掉季妙清以得到更多钱的机会？

三

我们不甚清楚，季妙清发现自己跟梅音一样被丰梓凯卖掉之后，该会如何愤怒。自从他们离开小镇，关于他们的消息，因为缺乏目击证人，便变得支离破碎。我们只能在后来的许多年里，通过传回小镇的关于他们的消息碎片，再结合我们自己的想象，努力去厘清他们后来许多年的生活轨迹。

据说，梅音和季妙清被关在仓库里等买主过来的两天时间里，迅速结成同盟。季妙清心眼儿多，她用泪水调动出警卫的同情心，换取了逃跑的机会，而梅音力气大，胆子也不小，关键时候从地上摸了块砖头砸晕了警卫。顺利逃离后，梅音打算回四川，季妙清要梅音跟她去广州找丰梓凯报仇。善于顺从朋友的梅音听从了季妙清的建议——现在，她把季妙清当成朋友了。巧的是，她们在昭关站售票厅遇到了正试图利用色相骗取一位妇女信任以便得到一笔去广州差旅费的丰梓凯。这个混账，他算天算地，还是没有算过经验老到的人贩子们，他们收走了人，但不给他钱，非但不给，还把他揍了个半死。

季妙清当场要跟丰梓凯决斗，而丰梓凯呢，好男不跟女斗，甩开她与梅音，逃出了售票大厅，迅速从两个同乡姑娘的视野里消失。季妙清站在车站广场上，拉着梅音到处找警察。她要报警，把丰梓凯送进监狱。还是梅音坚决的态度，改变了季妙清的念头。梅音情真意切地求季妙清网开一面。丰梓凯眼下也已经够惨的了，她们与他，毕竟是老乡，并且，都爱过他，就随他去吧。季妙清在梅音的求情之后，抱着梅音在异乡大哭起来。"梅音，你怎么那么傻啊？他怎么可能爱过你？你那么丑，他怎么可能爱你？不过因为当时你有一张处女膜，他有兴趣玩玩你罢了，玩了就丢掉，你明白吗？你对他来说，就是快餐，快餐而已。还有，他不是睡你，他睡的只是你的单纯和年轻罢了。"

"我真的很丑吗？"梅音惊恐地望着季妙清。

"又胖又丑。知道他在我面前怎么叫你的吗？'丑梅'，他一直叫你丑梅。"

梅音一屁股坐到了地上，脑中回荡起昨天与季妙清被人贩子抓到仓库后，她所听到的他们对她和季妙清的议论："那个胖的，丑一点，最多只能卖两千块。瘦的货品好，可以慢慢卖，争取卖五千块。"

梅音耳朵里响彻着他们的声音，心里想，她到底有多丑，竟然连季妙清的一半价钱都值不到。她妈说得对，她什么都不是。可是，她先前竟然还那么地不甘心，误以为只是世人不识货，终有人会知道她还是有很多可取之处的。丰梓凯当时夸她好看，她还真的以为，他能看到她身上常人难以发现的好，他是她的伯乐，她为此庆幸，感激上天给了她一个能懂得她的男人，于是，义无反顾地爱上了他。

现在看来，这一切，全部是她的一厢情愿、自以为是、不自量力。

四

季妙清撇下梅音独自上车去广州了，梅音一个人在昭关待了五天。第一天她自暴自弃地在街上瞎走，第二天，她被某种与生俱来的力量唤醒了似的，恢复了笃然、镇定的表情。她要去找丰梓凯，去当面问清楚，他是不是只是因为她是处女，把她当成快餐，玩一下而已；还是他一开始其实还是稍稍地喜欢过她一下的，只是她毕竟不像季妙清之流拥有姿色，所以很快被丰梓凯厌倦了。

梅音要弄清楚，到底是前者，还是后者。这对她来说，至关重要。

不是没有可能是前者的呀，朱老师从来也都把她骂得一无是处，但梅音心里却一直清楚，朱老师那样子骂，只是恨铁不成钢，是希望梅音更好，并不是真的就觉得梅音无可救药。丰梓凯就没有可能因为她不漂亮，而遗憾于自己爱上了一个不漂亮的姑娘，于是要抛弃她，甚至要卖掉她？

梅音知道丰梓凯喜欢吃香蕉，她找遍全昭关的香蕉摊，看丰梓凯还在不在昭关，她要碰碰运气。九十年代初期的昭关并不大。上天眷顾，在昭关的第三天，梅音真的找到了丰梓凯，是在一家发廊门口。丰梓凯正在跟一个刚刚做完头发的富婆模样的女人套近乎，理所当然地，他这么做是为了得到一笔去广州或回四川的钱。可惜，富婆识破了他的伎俩，刻薄地笑话了他一通。丰梓凯正沮丧着呢，一转身，他看到了目光里饱含深情的梅音。

"我真的很丑吗?"入夜,在一家云吞店里,梅音语气沉重地问丰梓凯。

小小的一只云吞竟然把丰梓凯噎住了,但他对付女人多么地有经验啊,他笑了:"你怎么可能丑?你很好看。说你丑的人是没眼光。这些人审美太蹩脚,发现不了你的美。"

丰梓凯,这个流氓成性的东西,他深知当面说女人丑,实在没有必要。

况且,梅音不算是真的丑,她只是胖,脸上有粉刺。这些,对于一个姑娘的长相来讲,都不是硬伤。她其实可以不丑的,只是她现在还不知道用什么方式使自己不丑而已。

"你在季妙清面前叫我丑梅,不是吗?"

丰梓凯语塞片刻,大笑起来:"季妙清真是个长舌妇。"

"你直说,是不是叫我丑梅?"

"对,我是叫你丑梅。"丰梓凯说,"但是梅音,你看问题不能这么简单的哦。"

梅音的脸痛苦地抽搐起来,她站起身来,就要离去。

"我话还没说完呢,你咋个就要走了呢?"丰梓凯一把拉住了梅音。

"那你说,我听着。"

"梅音啊,我是叫你丑梅,但是,这是一个昵称呀。"

"昵称?"

"一个人对另一个人喜欢到不想用普通词语来表达这种爱意的时候,只好故意用贬义词哇。以贬代褒,这是一种情人之间的修辞手法。梅音,你高中毕业,竟然不晓得这个道理?"

244

"我原谅你了。"梅音笑了，"我们还去广州吗?"

"去广州啊，去吗?"

"我有钱!"梅音从兜里掏出一沓钱来，在丰梓凯面前亮了亮，"那天晚上从人贩子那儿逃出来的时候，我抢到的。季妙清拿了一半，我留了一半。"

丰梓凯的眼睛亮了一下，他瞪着梅音手里的钱。"当然得去了。"

梅音毫不犹豫地将钱甩给丰梓凯。"那咱们买票去吧，赶今天晚上的火车。"

丰梓凯接过钱，抓住梅音，犹豫了一下，还是在她脸上亲了一口。"梅音，你太聪明了，你不但好看，而且聪明，像你这么好的姑娘，到哪里去找嘛。"

梅音灿烂地笑了。她动情地看着丰梓凯，直到他走出云吞店。梅音高兴地跟了出去。

"我们约定一下怎么样?"丰梓凯忽然问梅音。

"什么?"

"你看啊梅音，"丰梓凯说，"我们出来，是为了事业，不是为了儿女情长，对不对?"

"你说是就是。"

"所以呢，我希望我们到了广州，要以事业为重。"

"可以的。"

"我的意思其实是，我们以后没得事，就不要见面。"

"我们都在广州，没事就不见面，好吗?"

"这样才可以安心干事业啊。"

"我听你的。"

"那我们就这样说定了，没事就不要见面，大家平时都干自己的事。"

"可以。"

我们都知道，一个善于哄女人的男人，从来都不会在没有必要的时候，跟一个女人说实话的。丰梓凯，他当然没有必要直接说他不想再见到梅音了，他稍稍用了点流氓们所擅长的骗术，就搞定了梅音。而我们的梅音，竟然相信了他的话，就像她始终相信，丰梓凯当时不是把她当成快餐，而是真心喜欢过她一下的那样。

梅音不能忘记，在坐着三轮车离开云吞店前往火车站的途中，她还向丰梓凯回顾了一下自己的历史。梅音告诉丰梓凯，朱老师其实不该把她送到湖北去，她原本在老家镇上学习成绩还不错，年年都名列前茅，突然去了湖北那个全国有名的重点中学，一下子就是倒数了，这对她的打击很大，导致她中学六年没学好。

"如果一直在老家，不去湖北，我觉得我是可以考上大学的。四川的教育质量也不错啊。我妈把什么希望都寄托在我和弟弟身上，特别是我，想尽一切办法地让我有出息，可有的事情就是这样的，你越用力，效果越不好。"

梅音仿佛在说别人的事情，语气一直是淡淡的。丰梓凯知道，她向他剖析自己过往的成败，根本原因是她想加深她与他的感情，试图让彼此进入对方的内心。丰梓凯可不愿意遂了她的心愿，于是，梅音正说得起劲的时候，他拿话岔开了她的话题："梅音，记住了哦，没得事我们不要见面哟。"

被打断的梅音点点头，惆怅地望着丰梓凯。他杜绝进入她的内心，这意味着，他们之间的爱情，暂时还谈不上稳固。她为此感到担心。

"到了广州，凡事还是不要想得太简单了，外面的世界，外面的人，要多复杂有多复杂的。"丰梓凯最后多少还是起了点恻隐之心，在广州火车站下火车的时候嘱咐梅音，他掏出一只木鸟给她，"这是我雕得相对最满意的一只，留个纪念吧。"

五

梅音没有留在广州，她去了佛山一个叫三水的地方，那里有一个模具厂，她去那儿打工。她是在从广州火车站下车之前，就找到了这个工作。这也拜丰梓凯的如簧巧舌所赐。当然，梅音全无必要感激丰梓凯，他如此用心地帮梅音迅速在三水找到一个工作，还不是因为他不想跟梅音同处一个城市？

事情的经过很简单，在列车即将到达广州站时，丰梓凯通过攀谈得知同车两名旅客是三水一家工厂人力资源部门的职员，他们刚刚去湖南衡阳为工厂招工，一个姓黄，一个姓董。其中，黄姓男子很有点江湖气概，特别愿意跟人交谈，丰梓凯跟他胡吹海侃了一阵，最终把梅音推荐给了黄生。黄生了解到梅音还是个应届高中毕业生，人也质朴，最关键她看上去比较健壮，是难得的普工材料，便高兴地接纳了她。

在广州站，丰梓凯假装舍不得地同梅音告别。他骗梅音，来之前，他就联系好工作了，就在广州市里。至于做什么，丰梓凯随口胡扯说："坐办公室，当白领。"

梅音是看好丰梓凯的，在她的眼里，他聪明，主意多，人又漂亮，机灵话还多，广州没有理由不张开怀抱欢迎他。梅音快活地向丰梓凯道别，跟着黄生、董生去了三水。

在三水那个模具厂，与梅音同一个月来的，还有三个小伙子和一个来自上海郊县的姑娘，他们跟梅音都是模具徒工。由于郊县姑娘比梅音早来半个月的缘故，梅音成了该姑娘的半个徒弟。

郊县姑娘很快成了梅音的噩梦。造成这样的一个局面，不知道该怪这姑娘学东西太慢，还是怪梅音学得太快。总之，梅音才来一周，技术能力就超过了已经在她来之前学了半个月的郊县姑娘。这让梅音自己也感到不解。她万万没有料到，在模具制作这样的技能上，她竟是天才。如果真要探究其中的原因，那只能说梅音不爱东想西想的性格帮助了她，使她在学习技能方面，特别地专注。郊县姑娘想得实在是太多了，动不动就思考未来，一想就开始焦虑，一焦虑人就走神，一走神就学不进去，于是很快被梅音甩到了后头。

那个黄生，似乎对梅音格外关心。没过多久他就意识到，在一群打工仔、打工妹里面，梅音不爱多想的个性特别难能可贵。不是吗？大家都是从五湖四海来到广东这个先期发展起来的地方打工的外乡客，年纪又都不大，哪个不是像郊县姑娘那样，今天想家、明天想未来的？梅音这种不爱想七想八的性格，对一名初级技工来说，太珍贵了。黄生就在梅音的班里表扬她，还号召大家向她学习。别的人并未因为黄生的表扬和号召对梅音产生敌意，郊县姑娘就不行了，她火速在心里生出了对梅音的嫉妒，并使它愈演愈烈。一天下午接近下班的时候，工人们陆续出了车间，郊县姑娘趁着人少使了个诈，致使梅音的手指头绞进了机器里。幸亏梅音闪得快，否则，五个手指头全被绞没了。也不是一个手指都未幸免，左手小拇指断了一截。

当晚，梅音被送进厂区附近一家私人诊所。黄生和一名副厂长陪着梅音的两名工友送她过来的。医生这边在草草为梅音包扎，诊所外面的副厂长跟黄生下达开除梅音的决定："笨手笨脚，厂里不能要这种工人。"

在黄生的努力下，梅音得以在小诊所里住了三天。这三天里，梅音突然特别想见丰梓凯。思念像一把刀，突如其来地切中了梅音并不脆弱的心，但她忍着。她要信守与丰梓凯的约定，没事不要见面——切掉一个小手指，如果被她当成事，多半会叫丰梓凯笑话吧。黄生这个时候才看出梅音与丰梓凯不平常的关系了。原先在开往广州的列车上，他并没有看出来，因为在外形上，梅音与丰梓凯实在太不配了，更何况，当时丰梓凯告诉他说，梅音是他的表妹。黄生便主动对梅音说，他可以替她去广州一趟，找一找丰梓凯。这么说过后，他又发现，根本没有可能在广州找到丰梓凯。

于是，他的这个话，纯粹就变成他对梅音有种特别情感的自我暴露了。

好在，梅音压根儿就没多想，没有发现黄生对她态度的非同寻常。

六

丰梓凯却来找梅音了。他当然能够找到梅音，分别之前，是他把梅音弄到三水这个模具厂来的呀。梅音甭提多高兴了，她把自己不多的工资交给丰梓凯，然后把伤手插在裤兜里，请丰梓凯吃西餐。

249

吃的时候，她免不了要问丰梓凯在广州的情况。这个她爱慕的男人毫不犹豫地对她撒了谎。"就是白领啊，在一个新盖的写字楼里，收收文件，接接电话。"

实情是，他在广州根本不愿意好好去那些招工点投递资料、自我介绍，他一直在寻找一桩大事来干。可惜的是，广州的高楼大厦、行色匆匆的人流，都对他报以一种轻慢的态度。在这个巨大的城市，他连长相都变得不出众了，毫无特长可言，这个城市，抱他以漠然，令他感到无所适从。他根本不知道自己该去干什么，就只好拿着在昭关梅音给他的那一沓钱挥霍，直到身无分文。他不想找梅音的。在找梅音前，他去找了季妙清，但被拒之门外——她倒真的在一家公司当了白领，还跟一个广东仔恋爱了。丰梓凯的到来，只能让她感到难堪。

"你一来广州，就找到那么好的工作。不像我，才来这里半个月，不但把手指头绞断了，还被工厂开掉了。"梅音神色黯然，"你说，我能行吗？"

"你当然行啊。"丰梓凯手插在裤兜里面，手指头捻着从梅音那里刚刚得到的一笔钱，一张一张地捻，想数清楚它们到底有多少，以便确认接下来这笔钱可以让他在广州撑多久。他漫不经心地附和梅音："你真的行的。"居然，他开始说一口不标准的普通话了。

梅音展开笑颜："还是你好，总能给我鼓励。不像我妈，只知道打击我。我这个人，就是需要鼓励，只要有鼓励在，我或许真的能行。"

"那你就好好干。我广州那边工作还忙，得走了。"丰梓凯快步离去。

250

梅音发现丰梓凯的背影很僵，他根本不打算回头。梅音怅然拉过丰梓凯的餐盘，把他没有吃完的半块牛排吃掉，然后她沉默了，吮着断指坐在那里。她不知道接下来该去哪里，该去干什么。

那只是一刹那的茫然而已。梅音从来都不是个热爱忧虑的人。结完账，她已经恢复笃然和镇定的神色。她沿着街路，一直向长途汽车站走去。她要去广州打工，那里有丰梓凯。当然，她依旧要遵守她与他之间的约定，无事不跟他见面。

七

到广州的最初一个月里，梅音的命运简直坠入了一个黑色洞穴，任她如何努力，都无法爬出来。梅音从电线杆子上撕下各种招工启事，按图索骥去应聘，却没有任何一家工厂或公司要她。我该怎么办呢？这一个月的末尾，梅音坐在大街上，干啃着一包方便面，望着人来人往的长街发愣。她想丰梓凯。这个时候，丰梓凯突然出现在她眼前多好啊。哪怕他过来找她，只是为了拿走她兜里少得可怜的钱。

丰梓凯怎么会想来找梅音？何况那阵子他运气倒是出奇地好，没有必要找梅音。他拿着去三水时从梅音那里取走的钱，去赌了一回，钱虽然是输了，但却因为他赌钱过程中表现出来的豪爽气质，赢得了一个香港老板的赏识。这个老板让丰梓凯做了他几天的马仔，丰梓凯本来不愿意的，但他敏锐地发现，做一个身份低微的马仔可以使他在短时间里认识很多老板，便欣然应允。果如丰梓凯所认为的那样，几天之内他就认识了好几个老板，他抓住机会，选择其中一位炒股的老板，私下里去拜访，转而成为这名老板的助理。丰梓凯通过几日跟老板们的接触，倾听他们的交谈，已经知道，想赚大钱，炒股不失为一个很好的途径。

而我们的梅音呢？她一个人在街边坐了一次又一次，想了丰梓凯一遍又一遍，最终还是忍住了对丰梓凯的思念，继续走上寻找工作的艰辛之路。接下来的这个月，如果不是黄生及时出现，对梅音来说，依然会是黑色的。黄生，这个对梅音念念不忘的山东男人，来广州找到了梅音。"我不想在工厂里给老板做垫脚石了，"黄生眼睛里面闪着睿智而精明的光芒，"来广东好几年了，我一直想自己创业，因为，我并不比那些老板差，完全可以做得跟他们一样好。只是以前我一直没想好该去干什么，干什么是去往成功的最快捷径。梅音，自从我遇见你，我知道我该干什么了！"

"我？"梅音讶异地望着黄生。她自认为十分普通，可竟然具有让一个精明男人发现自我的功能。"我不明白，你能跟我说清楚吗？"

"只要你愿意跟着我一起创业，你就能知道，我是怎么从你身上发现商机的。"

"我？商机？"梅音被黄生说得越来越糊涂了。

"对呀！"黄生说，"梅音，你极其独特的性格促使我发现了一个商机。"

"我？独特？"

"你身上有种天生的沉稳劲。也许，你自己并没有发现你的这个性格特质。我怎么都弄不明白，你这么一个单纯的姑娘，怎么练就了这么一副沉稳的性格。我只能认为，你天生就是这么一种风平浪静的性格。风平浪静，对多数人很难啊。所以梅音，你是天才。"

梅音惊愕地望着黄生。她怎么也没想到，天才这样的词汇，竟然可以安到她头上。

"你会红的。"

"红？"

"我要把你打造成我未来公司的头牌。"黄生说，"我现在就把我创业的创意告诉你。"

"嗯！你说！"

"我想开一个公司。不是常规意义上那种公司。它不生产产品，只接纳别人的负面情绪。顾客进来，发泄掉他们的各种负面情绪，然后一身轻松地离开。当前，不少先期富起来的人，因为富得太快，没有做好成为富人的心理准备，于是他们找小姐、包二奶，但新鲜劲儿过去后，他们不知道该怎么继续给自己找乐子了，就陷入精神空虚。他们困在空虚里，恐慌于这种空虚，担心被它杀死，越担心，就越恐慌。我在广东工作了这几年，接触到不少这样的有钱人，他们需要一个出口，及时地把那些慌乱和无措宣泄出去。你明白我的意思了吗梅音？"

"有点懂，但又不太懂。"

"其实很简单。这个公司的业务，就是为有钱人提供尽情倾诉的场所和机会。而谁最有可能给他们提供这样的机会呢？就是梅音你这样一些性格特别独特的人。就拿你打比方吧，我认为，你跟普通人不一样的一点是，普通人听到别人讲这讲那时，很容易受到情绪波动，但你不会。所以，当一个有钱而困惑的人在你面前又是哭又是笑甚至呈现出疯癫状态时，你一定能够淡然而沉静地坐在他前面，用鼓励的目光，诱导他继续发泄情绪。梅音，你明白我说你会成为

253

头牌的意思了吗？你愿意帮我吗？也是帮你自己，反正你也不知道
该在广州干什么，就干这个吧。我们一起干，一起发财。你都不知
道，有钱人的钱，是最好赚的。我们未来的工作室，即便业务量不
大，哪怕只有固定几个客户，也一定有赚头。"

梅音钦佩地望着黄生，感觉这是一个走在时代前沿的奇人，她
没有理由拒绝他。

八

黄生的行动力无须质疑，只几天后，他便在一家居民楼里租了
一个三室一厅的房子。他把窗帘紧紧拉起来，毫不迟疑地让他的工
作室开工了。他暂时只有梅音一个员工，其他的，还有待于他慢慢
去街上、通过朋友介绍去发现。他为梅音购置了一套抗击打的笨重
服装，一上岗，就让她穿上，毕竟，面对一个全力以赴发泄情绪的
顾客，是一件危险的事。

"故乡"，这是工作室的名字。

"每个人都有一个精神的故乡，那里只有宁静，没有烦乱。我要
让我的顾客，在我这里回归到精神的原初地，就像回到无忧无虑的
孩提时代。"

黄生这样解释工作室的命名。

现在，梅音端坐在屋子里了。屋里几乎没有亮光，只有梅音和
来者的气息。来者是个四十岁上下的男人，几年前，靠卖猪饲料发
了财，但正如黄生所说的那样，成为暴发户的他在一段时间通过包
二奶、胡吃海喝这样的方式狂欢过一阵之后，突然就不知道自己该

何去何从了。钱，只要他愿意赚，就有，但赚了钱，除了吃吃喝喝和搞女人，还能干些什么能让他快乐的事呢？最可怕的是，他开始逐渐花大量的时间去想死亡这个问题，这在他以前穷的时候，是根本没有发生过的事。而这样的问题，只能给他带来无穷尽的恐慌、悲观、消极、难过，甚至于有时候，他因为想到有一天自己终会死掉，在突如其来的不寒而栗后，他会失声痛哭起来。他的几个同样有钱的朋友在吸白粉，据他们说，每次吸了那种玩意儿之后，就飘飘欲仙，甭提多快乐了。他知道白粉这种东西，一旦碰上，就一辈子翻不了身。可他明明感受到白粉给他带来的诱惑。"来自毒品的诱惑，让我感到恐惧。我每天都会突然陷入这种恐惧里，心慌。我对自己的未来没了信心，我需要重建信心。从前，在我没有钱的时候，我是多么地有信心啊。我想回到那种信心满满的状态。"这个男人的声音如同暴风骤雨，他大声地说着，"我心里的这些痛苦，不方便向任何人说，我的妻子、情人，我都不能跟她们说，我怕会毁掉我在她们心目中的强者形象。谢谢你啊，我不认识你，不知道你是谁，你专门来听我唠叨这些。我说一说，就好了。下次，我恐惧得不得了的时候，我会再来找你的。"

梅音默默地听这个男人诉说着，有那么几个时候，她产生一种错觉，坐在她面前的是丰梓凯。为什么一个在常人眼里如此强大的男人，在一个陌生姑娘面前，愿意彻底扯下面具，亮出自己最脆弱的一面呢？丰梓凯，这个她心心念念一直想着的男人，为什么就从来不能像这个陌生男人一样，向她敞开心扉？哪怕只是敞开一个小缝，即便只敞露那么一次。可是，别说他向她敞开心里的秘密，他连人影都不见了，不知道去哪里了。

一个又一个有钱而急需找到一个安全的方式排泄掉内心毒素的男人，坐到梅音面前来了。梅音听着他们耸人听闻的故事，却总是走神。她下意识地把每个来人跟丰梓凯对应。

这世上有很多与众不同的男人，他们的心思，也与一般的男人不同。他们一生都设法让自己人前闪亮，规避着别人去发现他们的瑕疵，却在暗中忍受着瑕疵像一粒粒结石给他们带来的痛。

丰梓凯一定也有痛苦和慌乱。梅音想起一九九三年的夏天，她在他的宿舍里看到的那一幕：他变得神经质，摔掉他不满意的木鸟。他是痛苦的，一种不平凡的痛苦。她有机会洞见他的痛苦吗？

九

工作之余，黄生亦会用一种窥探的语气问梅音："梅音，我真是不解，你是怎么做到不被客人干扰的呢？我就不行，很多人都不行。我们都需要说话，把心里的话说出去。我们总有情绪，在生活中寻找各种机会排解情绪。"

黄生的问题和灵感总是太多，让梅音应接不暇。她不太确定，要不要告诉他，她只是反应慢罢了。她的反应实在是太慢了。譬如那些有钱而困惑的人在向她倾诉完，等到大半天后，甚至几天后，她一个人静静坐下来，会去细细揣摩他们说过的那些话，而那些时候，她会为他们的痛苦流泪，替他们恐惧。

朱老师曾经用一种不确定的语气对别人说过，她怀梅音怀了十一个月，在母体里待的时间过长的梅音，在漫长的发育过程中，把脑子里那些负责恐惧啊犹豫啊不安啊之类不良情绪的细胞全都杀掉了，于是一出生就是一块坚硬的石头。这是朱老师对梅音性格的一个解释，梅音自己并不赞同。

黄生建议梅音把家人接到广州来一趟，他负责他们的食宿、差旅费。梅音不知道，他其实是想用这种方式取悦她而已。不管怎样，梅音欣然同意了黄生的建议。突然出现在广州的朱老师，还是像从前一样，对梅音骂来喝去，她总是能找到贬损梅音的话题。

"你怎么就那么笨呢？你到底要我怎样做，才能帮助你变得聪明那么一点点？"她当着黄生的面，用类似这样的话训斥梅音。

朱老师和梅音的奶奶、弟弟在广州待了半个月就走了。他们走后，黄生以一种恍然大悟的语气对梅音说："我知道你为什么那么沉着、冷静了，是你妈从小在这方面给你强化训练的啊，你从生下来的第一天，就在承受她对你的打击吧？你的感觉神经，因为这种承受性训练，粗壮到了常人难以想象的地步。你在你妈的训练下，早就变得麻木了。"

黄生有些难过地望着梅音，他是想暗示梅音，她太麻木、迟钝，始终没有发现，他那么地喜欢她。但他终究又想到，暗示对梅音是不起作用的。

十

梅音仍然在思念丰梓凯。她那些舒缓的思绪这时候已经完全停在了这种思念里，逃脱不出去。缓慢是她的一种特质。一种东西，想进入她内部，会慢；想出去，也同样会慢。现在，那种思念，仿佛在她心里生根了，永远出不去了，要与她同生共死了。多少天了

257

啊？她该有大半年没有丰梓凯的音讯了吧？

丰梓凯到底还是在梅音面前出现了。这一次，是季妙清，促使他与梅音相会了一次。

季妙清跟一个矮小的广东小伙子结婚了。当然小伙子家里很有钱，不然季妙清怎么可能愿意嫁给他呢？季妙清当然要嫁给有钱人，非但如此，还要让她的亲朋好友知道她嫁给了有钱人。季妙清勒令丰梓凯必须参加她的婚礼，丰梓凯知道季妙清肯定也邀请了梅音，有心不去，但忽然又想到在那样的婚礼上，能多认识几个有钱人，丰富他的人脉圈，便去了。

就这样，梅音在来广州大半年之后，与丰梓凯重逢了。梅音眼前的丰梓凯一副意气风发的样子，但他只是用不诚实的态度夸了梅音两句，此后便对梅音视而不见了。他股票炒得不错，赚了一些钱，此前不久，他刚与一个新结识的朋友合伙开了一家外贸公司，做进出口生意。由于这位朋友有官方背景，他们在关税上可以做些文章，所以，这个外贸公司虽然才成立，但已经显现出能赚大钱的迹象。丰梓凯很快就要成为一个大老板了。

梅音躲在角落里，偷偷眺望活跃在宾客间的丰梓凯。他的身边环绕着一个模特般的比季妙清还漂亮的姑娘。梅音的自卑感蜂拥而出。她有心走过去问问，"不是说好了我们没事不见面是为了事业的吗？怎么你找了新女朋友了？"却到底没有这样去做。她就静静地待在角落里，脑海里浮现出那些去她的黑屋子里寻找精神故乡的男人们，耳边回荡着他们倾诉的声音。她把这些声音置换成丰梓凯的声音，默默地享受着那并不真实存在的丰梓凯对她的倾诉，然后，她感到有眼泪淌到了她的嘴角。

丰梓凯正在变成一个愈来愈强大的人，他愈强大，她便愈渺小，她便愈加没有机会去进入他的内心。这样的定论，让梅音悲痛。黄生错了，梅音不是没有情绪，不是不具备细致体验人情冷暖、喜怒哀乐的能力，她只是习惯把情绪压抑得很深，封冻在内心最深处，一旦它们破冰，便势不可挡。

从这个角度说，黄生虽然思维敏捷，善于捕捉人心，但并不真的了解梅音。

参加完季妙清的婚礼过后，梅音暗暗地难过了一个来月，然后，她去了成教中心。她要像如今社会上很多人一样，去参加成人自考。她心里有种担忧，随着丰梓凯越来越强大，她越来越没有可能了解他，越来越没有机会与他见面，她要尽可能在这一天没有到来时，缩短她与他之间的距离。她想不到别的方法，成人自考是她暂时能想到的唯一办法了。

"你这是干什么呢？你学这个，有什么意义啊？"梅音才报完名，刚把教材领回来，黄生就阻止梅音，"梅音，你活得没有创意。社会上很多人都参加成人自考，你就去参加，这算什么呢？绝不是赶潮流。潮流是什么？是大多数人还没发现它存在、还不知道它特别重要的时候，你发现它，重视它。现在，成人自考像一支大军，拥堵在社会的角角落落，这预示着十年二十年之后，我们走在大街上，每个人的口袋里都可能揣着这样那样的自考文凭，到那时候，这种文凭毫无意义。一个人，活在这个世界上，必须要有创意，思路必须比别人提前那么一点点。梅音，上天其实已经在你身上种下了一个最好的创意，你只需顺应天意，服从这个创意就可以了。梅音，你风平浪静的个性，就是你今生最大的能量。你只需好好开发、利

259

用这个特质，就能成为一个极成功的人。别去加入什么成人教育了，跟着我，按部就班地前进，就可以了。"

梅音抬起目光，微有些不悦地打量黄生。毋庸置疑，这个男人如同先哲，想事情总比别人快一步，很有能力走在当下的潮流之前，但他热爱及时指出一切的习惯，常让梅音感到无力应付，感到疲累。她从未想过要去做一个惊世骇俗的人，她只要做一个普通人。普通人没有必要活得那么有创意。他说这些，除了徒增她的不快，还有什么别的意义？还是丰梓凯好，他说出来的话，从来都让她开心、自在。

不过，梅音还是听从了黄生的建议，因为，黄生虽然不赞同她去赶成人自考这趟拥挤的列车，但还是喜欢她、支持她热爱学习的好习惯的。黄生想办法带梅音去见了一个心理学的教授。他让梅音拜他为师，并且他出钱，以私教的方式，让梅音学习心理学。梅音天生冷静的性格，如果配上相关的心理学知识，可以使她未来成为一名优秀的心理咨询师，这是黄生对梅音的理解。

黄生还让梅音从工作室的业务中全身脱离了出来，专门去学习。他另找了几个姑娘和小伙子，来充当倾听者。虽然那些年轻人不如梅音笃定，但黄生有办法。他让他们在每次上岗前服用镇定精神的药，以确保对倾诉者无动于衷。创意才是最重要的，执行创意从来就未必只有一种办法。以黄生的脑子，他有大把的主意让他的创意付诸实践。所以，其实用不用梅音来执行他的创意，这并不重要。说到底，他让梅音干这个，只是为了使他们之间有更多的连接点而已。现在，梅音和他之间有了新的连接点，她在按他对她的规划去学某种专业。这个新的连接点，将使他们的关系变得更加意义深远。

他大可不必让梅音还像以前那样，坐到一个又一个的陌生人面前，充当他们的情绪垃圾桶了。更何况，这个叫作故乡的奇特工作室，毕竟只能赚点小钱，它很快被黄生当成了副业。他把自己对于社会、人心的敏锐判断能力再次发扬光大，专门给想发财的人们去提供创意。他做了一个创意公司，专门生产创意。

十一

几个月后，创意公司的业务走上正轨，黄生向梅音正式表白过一次。不暗示，也不曲里拐弯，就直截了当地，他对梅音说："梅音，我挺喜欢你的，而且，我觉得，我们在一起也很和谐，不如，我们谈朋友吧？"

梅音看着黄生，省俭地笑了一下，慢慢地摇摇头，又把头低下去。

"你不同意吗？"

"不是的。"梅音说，"黄生，我只是觉得，我不爱你。我不能跟一个我不爱的人谈恋爱。"

"我们还没谈恋爱，你怎么就断定你不会爱我呢？至少，你要给自己爱的机会。"

"我们认识都有一年了吧。一年的时间不算短，能够让我知道我不可能会爱你。"

"梅音，你这么说，好像你多么懂爱似的。我比你爱过的次数多，我都不敢说我懂爱。只要你愿意接受我们的新关系，以我的人生经验，我断定，你会爱上我的。"

"爱这种东西，跟爱过次数的多少，是没有关系的，只要爱过一次，就知道是什么感觉了。黄生，我爱丰梓凯，这个你是知道的呀。"

"可是丰梓凯不爱你。"

"我愿意等的，等他爱上我。"梅音说，"黄生，谢谢你！你给我一个有意思的工作，通过这个工作，我才知道，每个看起来挺风光的男人，心里都有脆弱的一面哪。我相信，丰梓凯也是这样的。你知道凡·高吧？一个天才的画家，被内心的疯狂折磨得受不了，割掉了自己的耳朵。丰梓凯也是个有才华的人，他刻的那些鸟，多好看呀。只有内心足够疯狂的人才会像他这样执迷于刻鸟这件事。人为什么会疯狂呢？还不是因为心里有自己把控不住的情绪。丰梓凯一定也有脆弱的一面，只是呢，以前，他不愿意让我知道这个。但只要我愿意等，终归有一天，我就有机会看到他脆弱的那一面。到那时候，他对我的态度，就会变的。"

"梅音，你这些话，不太好理解啊。你就说说，为什么你坚信，只要你能看到他脆弱的一面，他对你的态度就会变呢？"黄生这么聪明的人，都有点被梅音弄糊涂了。

"这是我的一个直觉，女人的直觉。"梅音说，"在黑屋子里，每次一个男人宣泄完心里的坏情绪之后，他们都变得非常相似。"

"相似？"

"就是松散、柔弱，毫无战斗力的样子。任何一个肩膀这个时候出现在他们面前，他们都会靠过去。"

这大概是工作经验带给梅音的独特感悟了。黄生这么历经世事的人，都难免因梅音的这个感悟而感到新奇。但他仔细想想，觉得梅音说的是有一定道理的。

梅音忽然拿出那只木鸟，爱惜地望着它，说："有些男人，他们生来就与众不同，他们对自己的人生寄予厚望，就像个木匠似的，拼命雕刻他们的人生。他们都是有力量的男人。黄生，你就是这样的男人。你是最好的雕匠。你雕好了人生的同时，还不会伤到自己的手。丰梓凯不一样，他雕啊雕，却总把自己的手伤了。他需要一个人，总在他身边，在他突然受伤的时候，替他包扎伤口。"

黄生诧异地望着梅音。这样的目光，据说一直陪伴了梅音好几年。

十二

有将近十年的时间，梅音和丰梓凯逐渐从我们这些热爱谈论他人的镇民嘴里消失了，这正是梅音和丰梓凯这类离开家乡去外地打拼的人的宿命。不是吗？镇上的孩子一茬一茬地长大，新的话题人物不断涌现，取代着过去被我们珍视的那些谈论对象。没有一棵树是可以常青的，没有一个人可以成为永不被人厌倦的话题。在新人辈出的我们的镇子里，关于梅音和丰梓凯的话题，必然会被层出不穷的新鲜话题淘汰。

由于梅音和丰梓凯近十年来几乎不回家的缘故，我们都快淡忘这两个人了。如果不是季妙清频繁地回来，在回来后偶或兴之所至地谈及梅音和丰梓凯，我们真的可以彻底地将梅音和丰梓凯忘得一干二净。

这些年里，季妙清喜欢不辞辛劳地奔波于广州和家乡小镇之间，那当然是因为，这样的奔波可以给她带来金钱和物质的享乐所不能带给她的精神乐趣。她多么需要这种精神乐趣啊，这几乎成了她后来生活的最大目的。难道不是吗？她每次耀武扬威地回到小镇，一边向镇民们分发从广州带来的并不昂贵的各种小吃，同时接受别人的夸赞，这是一件多么能给她带来快乐的事情啊。

大家夸赞季妙清，当然是因为她有钱的老公，以及远远超越了丰衣足食标准的富足生活。她现在的生活，几乎是镇上层出不穷的所有年轻人的梦想。那些年里，他们一个接一个地像他们的前辈丰梓凯、季妙清一样离开小镇，去珠三角、长三角及其他的富庶之地淘金、打工，最根本的目的，不就是希望得到季妙清这样的生活吗？

季妙清一年回来三四趟，我们眼见着她胖了起来。这当然是她故意的。镇上的人，仍然抱持着一种朴素的看法，他们认为，胖，说明人吃得好，不用干活，过着养尊处优的生活，所以，季妙清当然要胖给大家看。

这个越来越胖的女人，穿着打扮越来越俗气，但她自己浑然不觉，感觉良好地从遥远的广州回到镇上，借助人们的想象，炫耀着自己。光炫耀她并不满足，还要拿梅音与她做对比。她嘲讽梅音的生活，以进一步标榜自己的成功。

透过季妙清那张贱嘴，我们逐渐知道了近十年来发生在梅音身上的事。这些个别事件，跟丰梓凯是有联系的。

据季妙清说，梅音傍上了一个在山东有老婆的男人——她说的当然是黄生了——这个男人品味奇特，持之以恒地喜欢着梅音，还供梅音读书，非但如此，他还不干涉梅音的私生活，允许梅音爱丰梓凯。"这是一个多么好的男人啊，简直是梅音的贵人。"季妙清说。

264

而梅音，这个傻女人，这个傻透了的女人，竟然不领这男人的情。有一天，她主动向他提出，不许他再接济她读书的学费，她要自食其力地完成自己的学业。无论那个男人怎么做梅音的工作，梅音都固执己见。没办法，他只好答应了梅音。

最可笑的一点是，梅音竟然开始躲避这个男人。"我不爱你，所以，我不想在你身边待下去了。我多待一天，对你的生活就是多一天的干扰。你是个优秀的男人，不应该为我这样一个普通女人浪费心力。"那个男人啊，可真是天下第一号的痴情汉，梅音偷偷从他那里离开后，他想尽一切办法寻找她，竟还让他找到了。最终，他跟梅音约法三章：他与她之间，就是老板和雇员的关系，除此之外，不能有别的关系，连朋友都无须是。是的，故乡工作室还存在着，梅音还兼职去那里当倾听者，以挣得她的学费。

有一天，工作室迎来了一个失魂落魄的男顾客。这个人看起来很高，比他这个身高的男人，看着要高许多，究其原因，是因为他太瘦了。当时是工作室的另一个女员工接待的他。这名女员工刚与他在黑屋子里待了一会儿，就尖叫着冲了出来。"这个人是个疯子，他太吓人了。梅姐，还是你去接待他吧。"女员工一脸的恐惧，请求梅音。

梅音便穿上特制的工作服，把头脸包得严严实实，走进屋里，去迎接这名可怕的顾客了。

屋内光线昏暗，但梅音一进去有了一种不凡的感受，仿佛坐在那里的那个男人，与她之间有种莫名的联系似的。她悄悄走到窗边，将窗帘拉开一条小缝。从窗帘的缝隙里射进来的光，像探照灯一样打在这男人的脸上，梅音看见了，倒吸一口冷气。这是丰梓凯啊。

"故乡"如今在珠三角一带太有名了，终于把丰梓凯钓过来了。哦！这就是梅音朝思暮想的丰梓凯，他怎么变成这样了？什么样的悲惨经历，使他变得这么瘦？

梅音耐住性子，在丰梓凯面前坐好，任凭丰梓凯抓起能抓到的一切可移动的东西，摔到墙上、地上。他还跳过他与梅音之间宽阔的桌子，来打梅音。他以为梅音要躲的，但令他意外的是，梅音没有躲，于是，他在对梅音拳打脚踢了几分钟之后，自己也觉得无趣了，到梅音先前坐着的椅子上坐好。梅音从桌边绕开去，换坐到了刚才丰梓凯坐着的那张椅子上。

"说吧，有什么不开心的，就全说出来吧。"梅音轻声诱导丰梓凯。

丰梓凯一头趴到桌上，趴了许久。终于，他还是开始说了。多年以后，他的普通话变得特别标准，不再有任何乡音的痕迹。以下便是丰梓凯对梅音说的他那几年来的经历：

起先，他炒股，同时主要经营着那个外贸公司，在长达两年的时间里，事业风生水起。忽然有一天，两名警察来到了他的屋子里，把他铐走了。原来，他的合伙人长年用非法手段进口物资，换句话说，疑似有走私行为。丰梓凯矢口否认自己知道合伙人走私的事，加上他愿意上交他的全部财产，于是他在这场突如其来的审判中，得以轻判。他判了两年，由于表现好，提前半年出来了。出来后，丰梓凯锐气还在，通过入狱前积累的人脉，很快开了一个娱乐城。这一次，丰梓凯决心做一个守法公民。他本本分分地经营着娱乐城。由于有人帮助，娱乐城做得不错。在一年半之内，他的个人资产达到了百万。他再次迎来人生的低潮，是因为喜欢上了娱乐城的一个陪唱小姐。谁知道这个女的，竟然是一个在道上很有头脸的男人的姘头。结果可想而知，丰梓凯被那男人盯上了，再次以失去所有家业的代价，换得了平安。祸不单行的是，重新变得身无分文之后，丰梓凯的身体出现了异常。去医院一查，他得了病，梅毒二期。多亏他还认得几个朋友，借得一笔钱，花了一段时间，看好了这病。但此后，他暴瘦，人也失去了锐气，再去干什么，都不顺。他放下架子，去打工，却因为身体元气大伤，无法做一个合格的普通工人，只好不再打工。后来，他跟几个刚来广州的打工仔合租在一套房子里。房子六十平方米，原来是一个大开间，却被隔成十几个小间。他住在其中一个小间里，生活了一两个月，最终被一种难以排遣的抑郁情绪控制了。是啊，他每天早上从床上睁开眼，第一个念头，就是觉得他如今的人生太失意了，心里非常地消沉。这样的消沉情绪会在接下来的一天里持续，直到傍晚入睡前，才会好那么一点。但等到睡过去，再醒来，又是同样的消沉。他怕长此以往下去，变成一个废人。

"我为什么落到了今天这步田地？"丰梓凯痛哭地说，"我以前多风光啊，很多姑娘喜欢我。我干什么，都有人帮衬。想干什么，无须多长时间，不需要费太多力气，就能成功。为什么我现在变成了这样一个什么都不是的人？"

我们的梅音，就这样静静地听着她心爱的人的心声，然后，她感觉到眼泪在面罩之下轻缓地淌了下来，直淌到她的嘴角。她用舌头舔食自己的泪水，感觉着它的苦涩。这种苦涩的感觉蜇痛了心神。

"丰梓凯，"梅音轻唤着眼前这个失意的男人，"真没想到，你受了那么多的苦。"

丰梓凯一怔，抬起头来，望着昏暗中与他隔桌相坐的这个全副武装的姑娘。

梅音站起身来，走到门边，摁下灯的开关。屋子被炽亮的灯光填满了。

"丰梓凯，我等了那么久，终于等到你向我吐露心声了。这些年来，我心里一直有一个信念，只要我愿意等，一直等下去，总有一天，上天会安排我走进你的内心的。能够走进你内心的感觉真好。丰梓凯，你现在的样子好柔弱，让我心疼。"

梅音向丰梓凯走过去，途中，她慢慢地取下了面罩，又慢慢地卸下如同盔甲的身上的其他束缚。丰梓凯瞪大眼睛，惊愕地看到，一个颀长的姑娘，在向他走近。这个姑娘，长着一张他既陌生又熟悉的脸。想起来了，多年前，在家乡的小镇上，他勾引了她，然后，她爱上了他，要追随他去往任何他想去的地方，但这么些年，他无情地躲避着她。在最近的一两年里，他近乎都把她忘掉了。

"你是梅音？"丰梓凯望着面前这个瘦姑娘。

梅音也不知道为什么，突然在这一两年之间，她怎么就变瘦了，脸上的粉刺也没有了。大概由于她皮肤的修复功能比较好，那些从前的粉刺，并未在她脸下留下多么明显的疤痕。

"梅音！真的是你？"丰梓凯的脸上忽然现出了激动的神情，他动情地抱住了梅音，"又见到你了，我太高兴了。"

梅音静静地任凭丰梓凯抱着她。这一刻，在她梦里出现过很多很多次。现在，它成真了。她忽然从兜里掏出一只木鸟。"我一直带着它，感觉它随时会帮我把你找回来的样子，我果然没白疼它，它让我梦想成真了。"

丰梓凯竟然也掏出一只木鸟，在梅音眼前晃了晃。"在监狱里，我终于刻出了一只我满意的鸟。我也随身带着，以便随时把它交给我一见倾心的女人。"他将这鸟交给梅音，取过梅音手里的那只，远远扔开，又望着远处躺在地上的它说，"它不好，不值得你珍藏它。你要珍藏，就珍藏我现在给你的这只吧。"

十三

在季妙清的理解里，重新遇到梅音的丰梓凯对梅音一反常态地表现出一种莫名的喜爱，没有别的原因，原因只有一个，那就是，梅音变好看了。这个男人，永远都改不了戴着有色眼镜看女人的习惯。一个丑女，无论对他多好，他唯一要做的，就是远离她；而一个漂亮姑娘，哪怕不说一句话地站在他面前，他也只有一个念头，那就是，去讨取她的欢心，得到她，睡她。

季妙清关于丰梓凯重见梅音后对她产生好感的原因，给出的是一个这样的论断。我们无法驳斥她，只能寄希望于有一天梅音和丰梓凯回到镇上时，我们有机会通过他们之间难以避免会出现的某些微妙的小举动，来判断季妙清的论断是否偏狭。

机会到底还是出现了。在梅音、丰梓凯、季妙清他们从镇上离开的十二年后，我们迎来了梅音和丰梓凯彻底的归来。这一天午后，梅音和丰梓凯一前一后各自手上提着并不沉重的两个包，衣着朴素地出现在了镇子的主干道上。现在，这里严格说来已经不叫镇了，前两年，市政规划部门将这一带划为市高新开发区的一个部分。

朱老师和梅音的弟弟此前就在电话里知道了梅音要回来的消息，

已经站在那巷子与主干道之间的路口，等着梅音呢。梅音的奶奶，上一年得了老年痴呆失足落水去世。

出现在朱老师眼前的，是一个窈窕的、略有些知性气质的女人。怀着一丝惊喜和难以置信，朱老师望着越来越近的梅音，仿佛望着她从小对梅音的深刻期许。丰梓凯自然是走在梅音前面的。朱老师眼前的丰梓凯，并不像季妙清所说的，是一个暴瘦的男人。十几年过去了，这个男人也快四十了吧，居然还像从前在这儿时那么年轻和富有活力。朱老师在心里骂季妙清："这个骚货，故意诋毁我们家女婿。"

确切地说，这是二〇〇五年春天的一个午后，接到梅音和丰梓凯的朱老师，欢天喜地地把梅音和丰梓凯往家里领去。朱老师一边在前面领着路，一边大声跟过往的人介绍丰梓凯："我女婿！我女婿呀！多帅啊，看到没？"

朱老师的语气里洋溢着一种快感。季妙清这个臭女人，最近的这几年来，一次又一次地在人们中间散布梅音和丰梓凯的坏消息，这让朱老师一天比一天抬不起头来。她，朱玉芳，打生下来的第一天起，就是个要强的女人，自尊、好面子，凡事都不愿落在人后，又是这里最著名的老师，让她这样的人，如此这般地忍受着季妙清，简直是一种非人的折磨。现在她终于得以扬眉吐气了。

"我和梅音这次回来，不打算再走了。"梅音和丰梓凯之间，看起来依然是丰梓凯是主导，而梅音还像从前一样，习惯沉默。才进了屋门，丰梓凯就对朱老师这样说。

朱老师含着泪，用力地点头："不走，不许走，哪儿都不如家乡好。"

十四

丰梓凯和梅音是带了一笔钱回来的。这些钱,是他们两个最近的这几年里,一起在广州赚的。这笔钱不多,但也不算少,有两百来万吧,足以让他们在家乡做点他们想做的事。经与朱老师商量,丰梓凯花了一个月的时间在这个如今被叫作高新区的地方开了一家工厂,专门生产一种手机配件。梅音在回来之前,已经考到了心理咨询师从业资格证书,正好原先的镇卫生院现在的第十人民医院第二门诊部缺心理医师从业者,加上门诊部的主任是朱老师的学生,梅音未费任何周折,就成了门诊部的一名医生。由于高新区的人,大多还是些不太有文化的农民和原先各镇的居民,大家对心理疾病这样的事不太当回事,所以甚少有人来找梅音求诊,梅音落得个清闲,大部分的时间里,就在办公室里看她喜欢的书。

有些事,朱老师必须弄清楚。一个上午,梅音去门诊部上班之后,朱老师拦住要出门的丰梓凯。"我们好好谈一下吧。"

"我知道你一直想跟我谈谈。"丰梓凯笑了。

"就开门见山。"朱老师说,"第一个问题,为什么你们结婚的时候,不通知我一声?为什么结婚三年后你们才回来?"

朱老师的问题勾起了丰梓凯的诸多记忆,它们大多是不快的。"我不想灰溜溜地回来。我希望回来的时候,有那么一点人样。"

"这么说,季妙清说的是真的?"

"她说什么了?"

"她说,你曾经很失败,瘦得跟个鬼一样的,找到了梅音。梅音

271

不计前嫌，收留了你。"

"不能这么说，是我和梅音最终都发现对方跟自己特别登对，不存在谁收留谁的问题。"

"那你后来怎么就觉得梅音跟你登对了呢？最早那些时候，你是不要梅音的，你后来怎么就良心发现了？这是我的第二个问题。"

丰梓凯目光变得滞重，望着朱老师。这个失意了一辈子的女人，直到现在，还把梅音当成她生命中最重要的人，她不想把梅音稀里糊涂地交给一个男人。她需要弄清楚，这个男人是真的爱梅音的，她才能放心地把梅音交给他。丰梓凯看出来了，他必须赢得朱老师的信赖。

"男人比你们女人想象的要脆弱。"丰梓凯说，"如果没有梅音，我不会东山再起。"

"你感激梅音，娶了她？"

"感激？"丰梓凯生气了，"朱老师，你是看着我长大的。俗话说，三岁看到老，我丰梓凯是一个可以被一点感激的意识收买的人？"

"你当然不是。"朱老师冷笑，"你从来不会因为感激，而强迫自己去接纳这个人。可我真的不明白，就你这么个男人，眼见着要四十了吧，还动不动跳脚，梅音怎么就死心塌地爱上你了？"

"梅音只需去爱，不会想太多。"丰梓凯说，"还有，我也爱梅音。这种爱，是一种依附。我必须依附梅音，才能成为一个一直强大下去的男人。"

"我是老师，你放心，我能听得懂你说的一切。"

丰梓凯停了一下，叹了口气："朱老师，你听说过鳄鱼与牙签鸟

272

的典故吗？牙签鸟，一种很小的鸟，人们喜爱这种鸟，后来把它叫成了燕千鸟。我想把我比作一条鳄鱼，你不会笑吧？如果我是鳄鱼，那梅音就是一只燕千鸟。鳄鱼很强大，水陆两栖，生物界的王者。但你知不知道，再强大的动物，身上也有致命的缺憾。鳄鱼嘴里有一种细菌，如果不及时清理掉，它的牙齿会坏。一个靠尖牙利齿在世上立足的动物，没一副好牙齿，怎么成为王者？它不能让牙齿坏掉。怎么办？它自己又掏弄不了牙缝，只有借助别的动物，来帮它掏弄了。燕千鸟，就是这个帮鳄鱼及时清理牙缝中致命细菌的动物。它来到鳄鱼的口腔，兢兢业业做它的清洁工。也只有它，愿意替鳄鱼这么干。孔雀愿这么干吗？不愿。它只愿意在人前展示自己的羽毛。麻雀都不愿这么干，哪儿有食，它就飞哪儿去。只有燕千鸟，它爱鳄鱼嘴里那种细菌，只从鳄鱼嘴里觅食，它和鳄鱼达到了一种完美的共生关系。"

朱老师颇有些震惊地望着丰梓凯。她大概没有想到，梅音在丰梓凯的生命里，竟扮演了如此重要的角色。

"梅音不像你想的那么普通。我现在一直记得，在我最失意的时候，当我觉得自己的人生一败涂地，再也起不来的时候，梅音是怎么帮我的。就说我重新遇到梅音的这最近三四年吧。我在广州，重新创业，通过朋友的担保，跟银行贷到一笔款，做了个小公司。我坐过牢，再创业很难。我苦闷，时常想着要放弃。很多时候，在外面遭了白眼，受了气，回到家我就气不打一处来。我痛斥这个世界，迁怒于梅音，还摔东西，而那些时候，梅音就只是用焦急的、担忧的目光望着我。我迁怒于她，她也不辩解。我摔东西，她默默把碎片捡起来。我把从外面带回来的烦躁、焦虑、不满、痛苦，那些精

273

神的碴儿，倾泻完了，这才想到，刚才那会儿，梅音一直在忍受着我。我羞愧了。梅音呢，见我平静下来了，开始和我分析我在工作上有哪些得失，原因到底在哪儿。我们开始平心静气地探讨解决问题之道。最终，找到了办法，对症下药，下一步的工作中，我避免这些问题。就是这样，梅音用她的忍耐、分寸、坚定，一而再再而三地帮我梳理人生，使我及时挣脱精神的枷锁，变成一个真男人。最近这几年我但凡还有点成功，那都跟梅音不无关系。"

朱老师到底还是因丰梓凯的这番话，对他放了心。季妙清是肤浅的，绝对肤浅，丰梓凯怎么可能是因为梅音后来变得好看而爱上了梅音呢？梅音和丰梓凯之间，是一种再稳固不过的精神关系。这种关系，能使他们的婚姻永远安全。

丰梓凯从兜里掏出一只一块钱硬币那么大的木鸟，端详它。这是一只美丽的木质燕千鸟。不知道他什么时候雕出它的。看了一会儿，他珍惜地将它放回兜里。朱老师望着他的动作，不明所以。

"一个男人和一个女人的关系，看起来简单，实际上复杂得很。"朱老师在退休前的最后一堂课上，对她的学生们大加感慨。学生们不明白这个从前的镇花，现在满头白花、风华不再的女人为什么跟他们说这些。

十五

诚如朱老师所期指的那样，梅音和丰梓凯的婚姻关系是稳固的。回到家乡的第二年，他们之间有了一个孩子，男孩，长得像丰梓凯一样漂亮。又过了三年，他们又有了一个孩子，这一次，是一个女孩，还是像丰梓凯一样漂亮。丰梓凯的手机配件厂办得风生水起，这几年里，业务量不断攀升，营业额跨越式地逐年递增，他一跃成为我们高新区里几十个富豪中的一个。而梅音，自始至终，都甘愿做门诊部的一名普通医生。

原先镇子的主干道的两边，修了一条宽有十来米的绿化带。许多个周末，我们看到梅音和丰梓凯带着他们的孩子在绿化带上散步。两个孩子总是在他们的前面跑来跑去，而梅音和丰梓凯挨得很近地并肩向前走。丰梓凯总有说不完的话，而梅音甚少说话，只是见缝插针地说上那么一两句。我们知道，梅音那一两句话，必然是很有力度的话。

也有些时候，丰梓凯会当街对梅音大声而激烈地喊叫。梅音总是对丰梓凯视而不见，只全心全意地向过往的行人抱歉地微笑。"他只是一时气急，发个脾气而已。"梅音的微笑里面，一目了然是这样的话语。我们都还像很多年前的那些镇民一样，用担忧的目光望着梅音，生怕她无法承受丰梓凯突如其来的恶语。我们通常是多虑的，丰梓凯最终还是和梅音并肩前行了，又恢复了温和但急促的语气。

"你不能总是这样受着他。"私下里，朱老师也会把梅音叫到一边，挑唆地说。

无论如何，朱老师这样在女儿和女婿之间挑唆，是不该的。这只能证明，她活到现在，依然是个控制不住要乱说话的女人。所以，对于朱老师这样的挑唆，梅音通常报以沉默。她就只是低下头去，静静地做她手中的事，当朱老师的话是空气。

"你看季妙清现在多惨，四十岁了，突然就离婚回来了。我可不想你像她一样，弄到最后，被他抛弃。男人有钱就会变坏，何况，丰梓凯现在是越来越有钱了。"

十六

季妙清那个矮富丑的老公上一年向她提出离婚，任凭她如何妥协，答应他各种无理条件比如偷偷找一个二房，都不能改变他要跟她离婚的决意。季妙清的聪明劲还是有的，她就想了个法子，试图来拴住老公，她去怀孕。原先，因为她在结婚前多次流过产，被医院判定为怀孕有风险，不敢怀孕的。果然如医院预料的那样，生产的时候，她差点在产床上死过去。令她沮丧的是，孩子生下来了，是个女孩，这导致了她那个有钱而思想陈旧的老公更加想跟她离婚了。非但要离婚，还要她把女儿带走。就这样，季妙清在四十岁这年带着一个嗷嗷待哺的女儿回到了家乡。因为那次难产而导致的长期抑郁，她人瘦了四十几斤，变成了皮包骨头。由于她是胖过的，突然这样瘦下来，脸上就堆积了很多的皱褶。即便她如何精通化妆术，也无法改变看上去已成老态的状况。

她变成了一个神经兮兮的女人，动不动就坐在街边的茶馆里，跟熟悉或不太熟悉的人回顾她过去曾经有过的辉煌，试图让别人知道，她吃过的山珍海味是她眼前的人几辈子都吃不到的，她住过的那些酒店，没有一定的身份，是不可能入住的。她这种肤浅的炫耀，自然是讨嫌的，于是，再有涵养的人，听她说了一阵，也忍不住会拿话揶揄她。季妙清现在极其地敏感，别人一揶揄，她马上就听出来了，就跟人家吵。有一次，我们竟然看到她跟一个强壮的男人要

276

当街干仗。

"你个胸小无脑的蠢女人，看我不搡死你！"男人用恶毒的语言大声叱骂季妙清。

季妙清当然是不让的，蹦蹦跳跳地去从地上捡起一个空的易拉罐，向男人掷去。男人眼疾手快，接住了空罐子，在季妙清还没反应过来的当儿，向她的脑门掷去。季妙清来不及避让，任由那罐子砸在脑门上。然后，她气急败坏地拿起手机打110。那男人的表情却不因为警察即将过来而松懈一点，他指着季妙清继续骂："我看你脑子坏掉了吧？你回去照照镜子，看看你什么鬼样子，还作，作，你有作的资本吗？"

有一次，季妙清觉得自己受了莫大的欺负，去找梅音倾诉了。梅音气息均匀地坐在她面前，听她说完，然后就轻言细语地安抚她。季妙清却只是为了控诉出心中的不平而已，没有心情听梅音的安抚。梅音马上看出来了，就不再说话了，只静静地坐在季妙清面前。

"梅音，你知道我忽然想到什么了吗？"

"什么呀？"梅音问。

"我想到了一个心理测试题。你学这个的，应该知道这个题。"

"哦，说说看呀。"

"说是有五种动物，老虎、猴子、孔雀、大象，还有狗，它们随一个人在森林里。这个时候，突然出现了一种危险，迫使这个人要逐一扔掉这五种动物。扔掉动物的次序，能揭示出父母、儿女、朋友、金钱、情人这五种事情在这个人心里的排序。"

"我知道的，我知道这个测试题。"梅音笑了笑。

"你也应该知道，几乎所有的人，最先扔的，都是孔雀吧？"季妙清悲愤地哭了，"孔雀代表爱情，代表情人，我就是那只孔雀啊，我就是那只孔雀啊，只能被男人抛弃的一只老孔雀。"

如果季妙清真的是一只孔雀的话，那现在已然是一只干瘪的老孔雀了。梅音同情地看着面前的这个女人。要多大的失败感，才能让季妙清在她面前示弱啊？梅音不知道该怎么帮助季妙清去跟她心里的失败感战斗，她真的不知道。她并不像别人所以为的那么具有智慧，她最多只是心里比别人笃定、缺乏杂念罢了。

十七

"你怎么就爱上了丰梓凯，而且一直爱到现在呢？"季妙清探究地问，"他早先是个混蛋啊。我就从来没有爱过他，那时候，我只是跟他做戏罢了。"

梅音不想回答这个问题。诸如此类的问题，她都不想回答。她和丰梓凯现在是一体的，季妙清这样一个外人，想知道她与丰梓凯之间的事，那是多余了。

"你为什么就那么爱丰梓凯啊？你知道吗？你爱到把自己都丢掉了。"季妙清不依不饶。

梅音忽然放声笑了。她就那么大声地笑着，直笑得季妙清吓得站起来，逃也似的跑出梅音的办公室。梅音拿起杯子，去饮水机那儿接了一杯水，而后，她双手捂住杯子，来到窗口。窗外，季妙清干瘦的身影越来越远了。梅音将水杯抬起，慢慢地喝水。

梅音怎么可能会爱到失去自己呢？这些年来，她逐渐知道，丰梓凯如果失去了她，一定会在某个突如其来的时候，一个人躲在屋里哭。她所做的一切，主要是不想他哭。有这样的认识做支撑，梅音从来都是在做自己。

（原载《长江文艺》2015 年第 4 期）

图书在版编目（CIP）数据

随他去吧／王棵著. －－北京：中国文史出版社，
2021.3

（中国专业作家作品典藏文库. 王棵卷）

ISBN 978 - 7 - 5205 - 2591 - 6

Ⅰ. ①随… Ⅱ. ①王… Ⅲ. ①中篇小说 - 小说集 - 中
国 - 当代 Ⅳ. ①I247.5

中国版本图书馆 CIP 数据核字（2020）第 232323 号

责任编辑：牟国煜　　薛未未

出版发行：**中国文史出版社**

社　　　址：北京市海淀区西八里庄路 69 号院　　邮编：100142

电　　　话：010 - 81136606　　81136602　　81136603（发行部）

传　　　真：010 - 81136655

印　　　装：北京新华印刷有限公司

经　　　销：全国新华书店

开　　　本：720×1020　　1/16

印　　　张：18　　　　　字数：196 千字

版　　　次：2021 年 3 月第 1 版

印　　　次：2021 年 3 月第 1 次印刷

定　　　价：63.00 元